淮安古诗选

张旭光题

夏石矿　张双龙　编

图书在版编目（CIP）数据

雄安古诗选 / 夏石矿，张双龙编．-- 北京 ：朝华出版社，2018.4

ISBN 978-7-5054-4246-7

Ⅰ．①雄… Ⅱ．①夏… ②张… Ⅲ．①古典诗歌—诗集—中国 Ⅳ．①I222

中国版本图书馆 CIP 数据核字（2018）第 058163 号

雄安古诗选

编　　者　夏石矿　张双龙

选题策划　白洋淀历史文化研究院
责任编辑　刘小磊
责任印制　张文东 陆竞赢
封面设计　张艳超

出版发行　朝华出版社
社　　址　北京市西城区百万庄大街 24 号　　**邮政编码**　100037
订购电话　（010）68413840　68996050
传　　真　（010）88415258（发行部）
联系版权　j-yn@163.com
网　　址　http://zhcb.cipg.org.cn
印　　刷　三河市新新艺印刷有限公司
经　　销　全国新华书店
开　　本　710mm×1000mm　1/16　　**字　　数**　160 千
印　　张　25
版　　次　2018 年 4 月第 1 版　2018 年 10 月第 2 次印刷
装　　别　精
书　　号　ISBN 978-7-5054-4246-7
定　　价　118.00 元

谨以此书献给：

中国　河北　雄安新区

白洋淀历史文化研究院

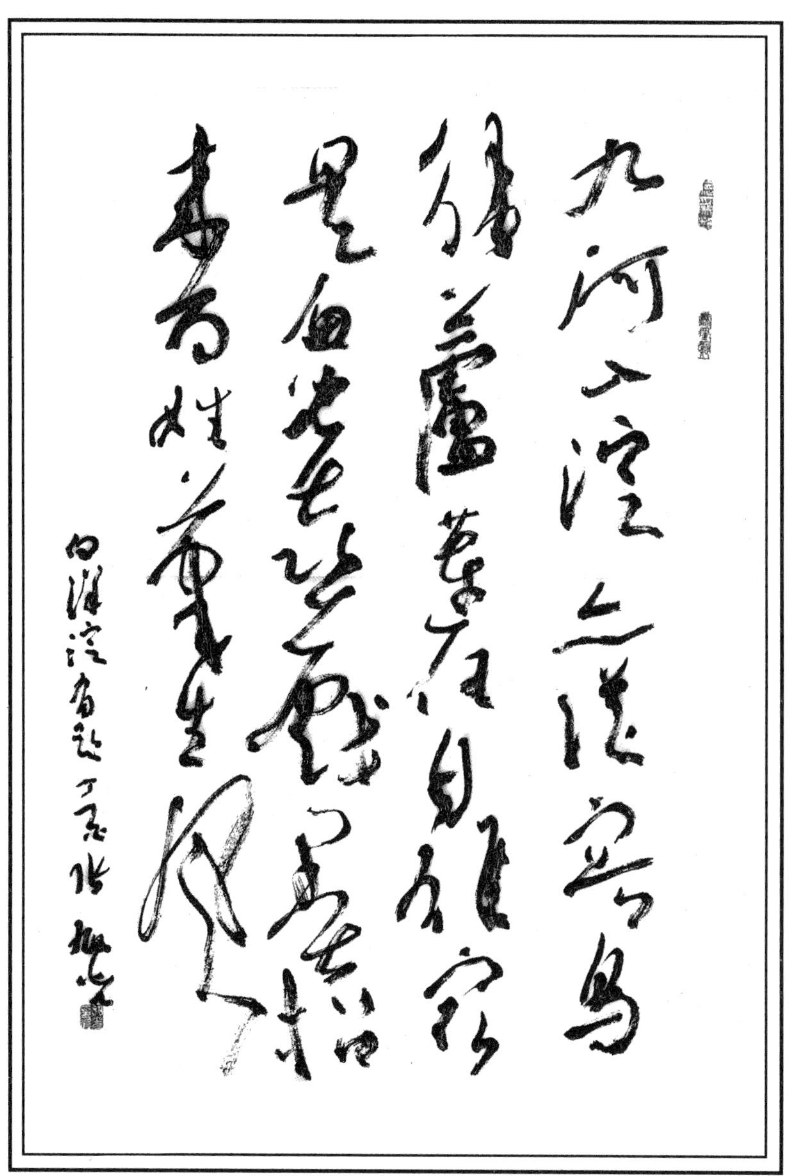

著名书法家张旭光先生为本书题写的七言绝句：

九河入淀亦从容，鸟蟹芦莲任自雄。
最是鱼儿嬉戏墨，招来百姓笔生风。

序

雄安地处白洋淀流域核心区域，早在新石器时期先民就在这里繁衍生息，在历史长河发展进程中，文化延续从未间断，形成中华文化中的精彩篇章。

本诗集遴选诗作七百余首，多出自雄县、容城、安新、安州、任丘、高阳等地旧志，与当地人文历史、自然地理息息相关。作者除知州邑令、乡贤孝廉外，帝王将相、贤臣名辅也在其中，甚至不乏陶潜、苏轼、王世祯、纪昀等历代名家。从时限看，上起春秋战国下至明清，两千多年的历史长卷在此徐徐展开。

编者在收录诗歌时从以下几个方面考虑：其一，突出以忠孝节义为核心的燕赵文化传统，以荆轲、杨继盛、孙承宗、房壮丽、王乔栋等代表的忠悫气节，彰显燕赵文化精髓。其二，展现当地的资政教化，如安州知州贾应乾、新安知县周冕、雄县知县姚文燮、容城知县赵士麟、任丘知县唐介等，他们体恤民生，兴学施教、修桥筑堤造福一方，官德官绩为民敬仰。尤其安州知州贾应乾，主持修筑州堤百余里，同役工风餐露宿三个多月，堪称古今官吏楷模。其三，突显当地的捕鱼文化，如孙承宗《渔父词》中的“箫幸声殷雷”，再现捕鱼伴有箫鼓的白洋淀风俗。边连宝《赵北口竹枝词》中的“铁壁铜墙恍惚中，巨絙拽水漾长虹。苗才动处旋笼罩，恰得唐家赤鲤公。”描述了白洋淀渔民“拉絙”的劳动场景。再如，“泽腹水坚雪满天，蛮男蛮妇下蛮船。”“蛮船”又称“浮家”，即南方渔船。明朝永乐年间南方流民居此以打鱼为业，后定居下来。白洋淀一些渔具渔法很可能由南方传入，从而丰富了白洋淀渔业发展史。马希周的诗《中元夜观沙门放河灯》，对“放河灯”这种白洋淀民俗进行了详细描写，等等。以上佐证了雄安地区风土民俗的形成、演变或消弭。其四，展示历史文化底蕴。古代雄安区域素是兵家必争之地，曾发生过许多重大历史事件，有的甚至影响中国历史进程，如战国时期的荆轲别燕丹，东汉末年袁绍、公孙瓒诸侯之战，五代十国时期周世宗收复瓦桥关，北宋时期雄州榷场、“塘泊防线”，明朝初期靖难之变中的“白沟之战”，清朝皇帝在白洋淀巡幸水围、操练水军等。这些史实或事件在本诗集中均有反映，体现了雄安地区历史文化的厚重性。

本诗集所收录诗作遣词造句严谨准确、形象生动。比如刘恺《长沟钓叟》中的“小杆钓破波心月，短笛吹清水面风”，清康熙皇帝《白洋湖》中的“遥看白洋水，帆开远丛中。流平波不动，翠色满湖中”等诗句，脍炙人口。此外，诗集还透露出古代白洋淀河流、淀泊等诸多水文信息，比如濡水、渥水、长沟河、依城河、四角河、瓦济河，边吴淀、五官淀、大涝淀、大涡（渥）淀、小涡（渥）淀等，以上河淀有的在明清时期即已消失。因此，这些诗歌对研究白洋淀形成与变迁、开发利用及生态环境保护具有重要参考价值。

本诗集所选诗作，虽然力求题材多样和表现丰富，但限于诗歌体裁的局限性，难以反映全面，希望以此能对读者了解、研究雄安历史文化有所帮助。

编者

2018 年 1 月 23 日

目录

白洋淀篇

八景篇

赵北口篇

行宫篇

易水篇

白沟篇

古城篇

堤堰篇

桥梁篇

古刹篇

亭台篇

黉序篇

三贤篇

祠冢篇

白洋淀篇

白洋淀位于冀中平原中东部，形成于距今10000—7800年的全新世，是古雍奴泽的遗存，历经千万年沧桑变迁，古有“掘鲤”“南塘”“西塘”“西淀”“白羊淀”等称谓。其上游潴龙河、孝义河、唐河、府河、清水河、漕河、瀑河、萍河、白沟引河九条河流为主要水源，最大水域面积360平方公里，隶属安新、雄县、容城、高阳和任丘。区域内有大、小淀泊143个，沟壕纵横，河淀相连，渔村掩映，堤防环绕，构成华北平原最大的湿地系统，具有涵养水源、缓洪滞沥、调解气候的重要功能，有“华北之肾”之称。白洋淀“水会九流，堪拟碧波浮范艇；花开十里，无劳魂梦到苏堤”，其秀美风光为世人称赞，古往今来，众多名家在此留下许多壮美诗篇。本篇辑录咏白洋淀诗歌120首。

同陈郎中游南塘[①]　〔北宋〕金君卿[②]

水光烟色满南塘，　十里横连古战埠[③]。
千顷芋畦楸[④]罫[⑤]局，　万章云木[⑥]羽林枪。
渔歌闹处菱花紫，　田妇归时秫[⑦]穗黄。
贤守[⑧]公余行乐去，　许陪旌骑问耕桑。

本诗出自金君卿《金氏文集》。

① 南塘：宋金时期白洋淀称谓之一。

② 金君卿（1023—1098）：北宋江西浮梁（今江西省浮梁县）人，庆历二年（1042 年）进士。善诗文，尝与范仲淹、欧阳修、曾巩相唱和。著有文集十五卷，有《江西通志》《易说》《易笺》等传世。

③ 埠：无水的护城壕。

④ 楸（qiū）：楸木，别名萩、金丝楸，可制造船只、器具。

⑤ 罫（guǎi）：围棋上的格子。

⑥ 万章云木：指大片苇田。

⑦ 秫（shú）：俗称“黏高粱”，多用以酿酒。

⑧ 贤守：贤明的地方官员，这里指陈郎中。

南塘闲泛二首　〔北宋〕金君卿

一

雨收平淀饮残虹，　苹末无风碧印空。
寒净浑疑踏冰去，　清光直欲贮胸中。
客樯隐隐逐飞鸟，　钓舸悠悠任转蓬。
日暮韩堤犹极望，　却将耕稼问渔翁。

白洋淀篇

二

水乡真个似三吴，　碧淀寒秋水鉴湖。
十里香风起莲萼，　半空飞雪下鸥雏。
堤森古木严征[1]仗[2]，塞缭方田展角[3]图。
闲舣[4]洛阳桥畔饮，　风涛还到引中无。

却将耕稼问渔翁：昔日田夫今日渔翁矣。

闲舣洛阳桥畔饮：桥在淀南洛阳堤上，雄莫州[5]之间。

本诗出自金君卿《金氏文集》。

① 征：军旅。

② 仗：兵器、仪仗。

③ 展角：古时职官冠帽后部的附件，如尺状向两边伸展。比喻淀中条状园田。

④ 舣（yǐ）：停船靠岸。

⑤ 雄莫州：雄州（今河北省雄县）、鄚州（今河北省任丘市鄚州镇）。

西塘[1]游　〔元〕谢应芳[2]

西塘本无风物奇，　有功于民民称之。
旱田沾溉[3]数百顷，苗无槁死年无饥。
非湫[4]非壑非瀚渤，不为蛟螭[5]作窠窟。
轻舟往来快如马，　拨棹人如执鞭卒。
东邻西舍杂渔樵，　朝出暮归歌且谣。
白红荷花紫菱芡，　萑[6]苕[7]苹[8]蓼[9]蒲芦茭。

本诗出自谢应芳《龟巢诗文钞》。

① 西塘：南宋至明朝中后期对白洋淀称谓之一。

② 谢应芳（1295—1392）：字子兰，号龟巢，元朝常州武进（今江苏省常州市武进区）人，理学家。授徒讲学，导人为善。著有《辨惑编》《龟巢稿》《怀古录》《毗陵续志》等。

③ 沾溉：浸润浇灌。
④ 湫（qiū）：水池。
⑤ 蛟螭：指蛟龙。亦泛指水族。
⑥ 萑（huán）：芦类植物。幼小时叫“蒹”，长成后称“萑”。
⑦ 苕（tiáo）：草本植物，亦称“野豌豆”。茎细长，花紫色。
⑧ 苹：藾蒿。
⑨ 蓼（liǎo）：水蓼，多年生水生植物，粉红花穗。

潴龙河[①] 〔明〕田景旸[②]

天生神物假凡胎，变化成渠亦异哉。
一自飞升霄汉去，几番犹听起风雷。

本诗出自民国《高阳县志·旧志摘存》。

① 潴（zhū）龙河：白洋淀上游河流。上源沙河、磁河、孟良河，于安国市军诜村北汇流后称潴龙河，向东北流经安平县、博野县、蠡县、高阳县、安新县。1955 年高阳博士庄决口后，第五次改道由安新县南冯村西入白洋淀西南马棚淀。相传颛顼时，猪化龙而成河，故名潴龙河。

② 田景旸：字时中，明朝直隶高阳（今河北省高阳县）人，景泰五年（1454 年）进士，历官监察御史、大理寺卿、礼部尚书。数直谏时事，剀切弹劾官员，不避权要。逝后谥“文懿”。

潴龙河 〔明〕吴琮[①]

龙河一道岂人为，故迹相传事亦奇。
若水不随灵物远，临波空动后人思。

本诗出自民国《高阳县志·旧志摘存》。

① 吴琮：字廷章，明朝直隶高阳（今河北省高阳县）人。祖父官武昌学台。琮少孝亲笃友，专心好学。天顺元年（1457 年）以进士授行人，后升四川兵备副使。

长沟[1]钓叟 〔明〕刘恺[2]

芦花深处小舟横，长占烟波兴不穷。
卖酒旗摇青柳外，打鱼人在白云中。
小杆钓破波心月，短笛吹清水面风。
时得鲜来沽酒醉，谁知天乐在渔翁。

本诗出自清乾隆《新安县志·舆地志》。

①长沟：古河名。《保定府志·山川》：“长沟河新安西南五里，一名长沟河。上流为依城河，下流名梁头河，在县南三里又东南流到雄县境入于瓦济河，或以为渥水旧流。明景泰间知县张勉疏河引流，自城西南隅过南门至东门外三里，接梁头河。”

②刘恺（1470—1524）：字承华，明朝直隶新安县三台镇（今属河北省安新县）人。弘治三年（1490年）进士，授刑部山西主事。累官主礼部尚书。恺素以公正宽和自励，断案为人称道。有《西皋吟》《咨奏稿》传世。

莲花淀[1]泛舟 〔明〕严嵩[2]

沿洄[3]洲渚[4]异，演漾[5]水云空。
绿荷初冒日，青苹解起风。
唳鹤横天[6]回，眠鸥炯云同。
会意[7]聊自适，望美转难穷。

本诗出自严嵩《钤山堂集》。

①莲花淀：白洋淀其一淀。位于白洋淀东北部，以其莲盛故名。明、清时属雄县境。

②严嵩（1480—1567）：字惟中，号勉庵，明朝江西分宜（今江西省分宜县）人。弘治十八年（1505年）二甲进士。累进吏部尚书，谨身殿大学士、少傅兼太子太师、少师、华盖殿大学士。正德十六年（1521年），严嵩省亲赴京路过雄县游览白洋淀作此诗。

③沿洄：顺流而下或逆流而上。

④洲渚：水中小块地。
⑤演漾：水波荡漾。
⑥横天：横陈天空。
⑦会意：会心，领悟。

白洋淀 〔明〕樊鹏[①]

白洋古淀城南曲[②]，淀口遥通五六川[③]。
撼郭朝催云到屋，围村秋送水连天。
晴纱碧石渔人钓，细雨孤汀贾客船。
安得禹公[④]开大壑，会倾平地变桑田。

本诗出自民国《高阳县志·旧志摘存》。

①樊鹏：字少南，明朝河南信阳（今河南省信阳市）人，嘉靖五年（1526年）进士，初选安州知州。著有《樊子集》十卷。

②城南曲：李白诗《战城南》。叙述唐朝与匈奴在桑干原征战。文中借指白洋淀曾是宋辽两国边界。

③五六川：盖指白洋淀上游河川。

④禹公：指大禹。

河漘[①]对酌 〔明〕樊鹏

湖上开樽影欲流，风前杨柳度娇喉[②]。
歌残[③]不动沙头鸟，醉倒应羁[④]渡口舟。

本诗出自民国《高阳县志·旧志摘存》。

①漘（chún）：水边。

②度娇喉：是指柔美的歌喉。语出元朝许有孚《圭塘杂咏·柳下听莺》："阴阴烟翠足潜身，其奈娇喉百啭新。" 度，度过、过来之意。

③歌残：歌声低缓。

④羁：停留。

秋潦二首 〔明〕樊鹏

一

燕山一夜雨，夜决九河源。
路向孤村断，船随反照翻。
龙潭雷突兀，涝淀水奔喧。
应怪千年事①，何人凿禹门②。

二

下地河流迴，连朝寒雨多。
村野栖一阜，官路总为河③。
鹭饱遥沙立，乌饥独树歌。
官情④真草草，漂泊奈吾何。

本诗出自清康熙《安州志·艺文志》。

① 千年事：指大禹治水。

② 禹门：即龙门，地名。在山西河津县西北、陕西韩城县东北。相传为夏禹所凿，故名。

③ 村野栖一阜，官路总为河：村头土山可长留，做官如河水漂流不定。作者感慨不能长期留任治理民患。

④ 官情：指上级官署政务。

舣舟观涛友人招饮入夜 〔明〕樊鹏

一

西来万马倒昆仑[1]，汜水[2]平于岸上村。
不道孤舟横渡口， 坐中风浪入黄昏。

二

千层波浪起菰芦，青雀[3]遥看一夜孤。
自是君家能砥柱，不难杯酒傲天吴[4]。

本诗出自民国《高阳县志·旧志摘存》。

①西来万马倒昆仑：白洋淀水自上游宣泄而下，似万马奔腾，势如排山倒海。

②汜（sì）水：岸边之水。

③青雀：青雀舫。泛指华贵游船。

④天吴：古代中国神话传说中的水神。

长沟钓叟 〔明〕周冕[1]

神翁出没隐长沟， 日暮依稀傍碧流。
独坐鹤汀[2]云影散，潜行岛渚月光浮。
桐江老叟[3]年年见，渭水衰公[4]夜夜游。
烟雾一蓑人不识， 更深犹自钓鳌头。

本诗出自清乾隆《新安县志·舆地志》。

①周冕：号玄齐，明朝滁州（今安徽省滁州市）人，嘉靖八年（1529年）举人，选新安知县。后擢南京陕西道御史。

②鹤汀：水畔鹤群等水鸟栖居的小洲。

③桐江老叟：隐士严光曾在桐江（富春江桐庐段）归隐，这里借指垂钓隐者。

④渭水衰公：姜尚曾在渭水垂钓。句中借指垂钓隐者。

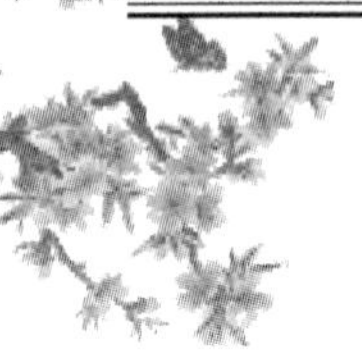

渥易河[①] 〔明〕张寅[②]

南濡北易合流时， 西滱[③]重来势若期。
三岔泒分燕赵险， 九河源汇顺安[④]陲。
童谣避世[⑤]名区古，隐吏清心圣泽私。
独立此中应叹息， 更从川上忆宣泥。

本诗出自清乾隆《新安县志·舆地志》

① 渥易河：古河流名，流经安州和新安。清乾隆《新安志·舆地志》载："渥易水谓渥易二水所合也，俗称温易河者即此，在县西南五里。源自清苑一亩泉，安肃徐河、漕河、方顺河来至安州大桥北为长流河，南一股为渥易河……"

② 张寅：字仲明，明朝直隶太仓（今江苏省苏州市）人，嘉靖十三年（1534 年）任安州知州。后升南京文选司郎中，为官勤政，谨慎廉明，不事烦苛，礼以待士，宽以抚民。在任期间，修筑安州堤岸，开通子牙港河，定明贤祀，修建三守祠，修《安州志》，政绩很多。

③ 西滱：即滱水，古水名，今之唐河。上游为今河北省定州以上唐河，自定州以下。《汉书·地理志》《水经注》载故道东南流经今安国南，折东北经高阳县西，又北流经安州镇西，东北流与易水合，此下易水亦通称滱水。

④ 顺安：即顺安军。宋淳化三年（992 年）于瀛州唐兴寨置顺安军；至道三年（997 年）徙治高阳县，时治安州。

⑤ 童谣避世：即避世谣。指东汉末年公孙瓒听信"避世谣"在现雄县西据重兵，筑高楼，以待天下之变。

辨滱水 〔明〕张寅

滱水安州失旧名，依城河[①]古是流形。
谁将北易为南滱，要识源头读水经[②]。

本诗出自清康熙《安州志·山川志》。

①依城河：清康熙《安州志·山川志》："依城河在州城北关，滱水流经之地，《水经注》：'滱水又东经依城谓之依城河'。"依城，《安州志·图考》、张寅《滱水考》："依城在安州，乃汉时县名也。"

②水经：即《水经注》。

白洋泛舟 〔明〕杨濂[①]

悠悠东下近壶天[②]，渺渺烟花兴洒然。
十里飘香歌扇底，一樽杯度舞衣前[③]。
沙鸥[④]应识东来客，瀛海何须更问仙。
歌罢采莲人不见，西风载月始回船。

本诗出自清康熙《安州志·艺文志》。

①杨濂：字伯清，明朝直隶安州（今河北省安新县）人。嘉靖十七年（1538年）进士。由户部主事郎中升任广西按察佥事、陕西苑马寺少卿。

②壶天：指仙境、胜景。

③十里飘香歌扇底，一樽杯度舞衣前：此句言诗人墨客文娱活动，即景描绘于扇相赠，吟诗填词，令歌姬吟唱。

④沙鸥：水鸟。古代诗文常拟隐士闲情逸致，意为与鸥鸟为伴。

白洋淀 〔明〕陈玉[①]

当年窃笑青苗法[②]，此土新蠲[③]白地[④]钱。
必欲诸公恤民隐[⑤]，宁教洋淀莫桑田。

本诗出自民国《高阳县志·旧志摘存》。

① 陈玉（1505—1580）：字汝良，号龙峰，明朝长乐沙京上陈村（今属福建省长乐市）人。嘉靖二十年（1541年）进士，授户部主事，迁刑部主事。善决狱，公正廉明。陈玉才思敏捷，善诗。

② 青苗法：宋王安石新法之一。以诸路常平、广惠仓所积钱粮为本，在春夏两季青黄不接时出贷给民户。春贷夏收，夏贷秋收。每期收息二分。本意在以低息限制豪强盘剥，减轻百姓负担，但因在施行中弊端层出，又遭到保守派的反对而废止。

③ 蠲（juān）：通“捐”。除去；减免。白居易《杜陵叟》：“十家租税九家毕，虚受吾君蠲免恩。”

④ 白地：未耕种的撂荒地。

⑤ 隐：恻隐。

白洋泛舟 〔明〕刘梦元[①]

漠漠湖光接远天，　苍茫云树亦依然。
芰荷[②]香散烟霞外，鸥鹭风翻锦缆前。
眼底笑看蓬底醉，　望中人似镜中仙。
留连落日忘归去，　携手河梁[③]月满船。

本诗出自清康熙《安州志·艺文志》。

① 刘梦元：字伯始，明朝直隶安州（今河北省安新县）人，嘉靖乡试时值髫年，提学奇之。嘉靖十年（1531年）中举，嘉靖二十年（1541年）进士。长于古文辞研究，当时安州署衙诗文以及碑记、志铭皆出自其手。由户部郎历汉中知府、陕西按察司副使。所到之处，以清廉耿介著称。

② 芰荷：荷叶与菱叶。亦泛指荷。

③ 携手河梁：引《与苏武诗三首》（其三）：“携手上河梁，游子暮何之？徘徊蹊路侧，悢悢不得辞。”指送别。

白洋淀 〔明〕王荔[1]

水色涵天光，风帆坐超忽。
木末出远山，湖心涌孤月。
取水龙尾悬[2]，探鱼鸟颈没。
可怜禾黍场，连岁成溟渤[3]。

本诗出自民国《高阳县志·旧志摘存》。

①王荔：字子岩，号青屏，明朝直隶高阳（今河北省高阳县）人。嘉靖三十一年（1552年）举人，任登州知府。

②取水龙尾悬：白洋淀地区“龙取水”传说，常出现在春夏雨季，实为水面上的12级以上的大风，使水成柱状向天上卷曲，形成水柱。古人不解自然气象，将其神化，并预示年有丰水。

③可怜禾黍场，连岁成溟渤：禾黍场，句中指耕地。溟渤，泛指海，引为水面广袤之意。清乾隆《新安县志》载：明弘治年间，白洋淀淤积干涸，“中间辟马场耕可食”。正统年间，杨村河（潴龙河）决口，白洋淀烟波浩渺。

潴龙河 〔明〕王荔

痴龙入水改常服，气势骄悍长堤开。
江翻千尺波涛发，雷动半天风雨来。
汉王斩蛇[1]传异事，宋祖射蛟[2]惊雄才。
徒效白鱼[3]诉上帝，禄山当日[4]谁矜哀。

本诗出自民国《高阳县志·旧志摘存》。

①汉王斩蛇：引汉高祖刘邦“斩蛇”的传说。

②宋祖射蛟：指汉武帝射获江蛟事。后诗文常以此典颂扬帝王勇武。此言宋祖实为转借。

③白鱼：引“白鱼入州”典故。《史记·周本纪》：“武王渡河，中流，白鱼跃入王舟中，武王俯取以祭……诸侯皆曰：‘纣可伐矣’。”本义指殷亡周兴之兆，后比喻用兵必胜征兆，也形容好兆头开始。

④禄山当日：指安禄山称帝后“为子所弑”一事。

伤新安[①]水灾 〔明〕贾仁元[②]

濒死民生谁去疗，问方才济九河桥。
衰疲残喘唯食草，浩荡汹涛尚税苗[③]。
不念邦宁惟固本，如何皮尽又求毛。
推扶老幼诚堪恻，欲上流图[④]达圣朝。

本诗出自清乾隆《新安县志·艺文志》。

①新安：即今安新县。春秋战国时期属燕地，建浑埿城。金明昌元年（1190年），章宗以新安为其元妃李氏故里，阔城周为九里。章宗泰和四年（1204年），改浑埿城为渥城，并设渥城县。章宗泰和八年（1208年），移安州州治于渥城，渥城为附郭，同时领葛城、高阳二县。元世祖至元二年（1265年），渥城县改为新安镇，并入归信县，四年（1267年），渥城割入容城，九年（1272年），渥城复置县，名新安县，取新安州之意，属保定西路。1914年，新安与安州合并为安新县。

②贾仁元：明朝山西万泉（今属山西省万荣县）人。嘉靖四十一年（1562年）进士，曾任兵部左侍郎、保定知府，后因戍边，迁升为山东按察右布政史，后再升为陕西延绥巡抚。

③税苗：田税。

④流图：贫民逃离现象。

白洋泛舟 〔明〕邵淮[①]

渥水东游别有天，烟茫无际兴飘然。
侧身已出尘寰外，纵酒能辞锦瑟前[②]。
两度招携[③]频作主，百年樗散[④]愧登仙。
采莲忽听渔郎曲，日暮歌声到客船。

本诗出自清康熙《安州志·艺文志》

①邵淮：字伯昭，明朝直隶安州（今河北省安新县）人，都察院右副都御史邵锡之子。嘉靖中以父荫入国子监，擢两淮运判。

② 纵酒能辞锦瑟前：饮酒抚琴，即景吟唱。辞，泛指辞章。

③ 樗（chū）散：引《庄子集释》卷一上《内篇·人间世》：“樗木材劣，多被闲置”。比喻不为世用，投闲置散。 后常作谦词。

④ 招携：招引尚未归心的人。

白洋泛舟 〔明〕杨文盛[1]

芳塘如镜碧云天，载酒携朋意旷然。
飞棹谩随红蓼岸，片帆长挂绿涛前。
浪游花外浑无厌，始信人间自有仙。
纵饮不嫌归去晚，一天明月下楼船。

本诗出自清康熙《安州志·艺文志》。

① 杨文盛：明朝直隶安州（今河北省安新县）人。嘉靖选贡，任陕西华亭（今甘肃省华亭县）知县。有文学才能，后任山西定襄教谕。

新安水淀 〔明〕孙慎[1]

一望湖天接杳茫，蒹葭[2]杨柳郁苍苍。
长空淡荡入飞鸟，积水清虚浮夕阳。
偶为游观增浩叹，忽从流水得行藏。
兴来更欲扁舟去，极日烟波看海洋。

本诗出自清乾隆《新安县志·艺文志》。

① 孙慎：明朝直隶高阳（今河北省高阳县）人，嘉靖年间举人，官至都御使。

② 蒹葭（jiānjiā）：泛指芦苇。

白洋泛舟三首 〔明〕郑材[①]

一

潺潺秋涨浥[②]荷渠，澹澹浮云自卷舒。
清夜月明群动息[③]，不知何处唱樵渔[④]。
荷花丛里放兰桡[⑤]，濯足临流[⑥]兴太骄。
碧叶红渠零乱处，恍疑鲛室[⑦]练轻绡。

二

寥廓湖天爽气归，乘槎[⑧]独泛思依依。
秋澄渚水寒空尽，露冷沙津[⑨]远树微。
坐对渔舟夹个个，时兼鸥鸟故飞飞。
翻嫌[⑩]宦况[⑪]风尘下，真想严滩卧钓矶[⑫]。

本诗“一、二”出自清康熙《安州志·艺文志》。本诗“三”出自清乾隆《新安县志·艺文志》。

①郑材：字思成，明朝直隶安肃（今河北省保定市徐水区）人，万历初及第进士，万历六年（1578年）博平知县，后累官至按察副使。

②浥：洼坑、浅塘。

③群动息：所有的动物都安息下来，这里指静夜。

④唱樵渔：唱渔歌。

⑤兰桡：小舟的美称。

⑥濯足临流：赤脚站在水畔。

⑦鲛室：大鱼洞穴。

⑧槎（chá）：木筏、小舟。

⑨沙津：沙滩水畔。

⑩翻嫌：厌倦之意。

⑪宦况：指仕途境遇、情味。

⑫卧钓矶：坐在水边石头上垂钓。矶，突出江边的岩石或小石山。

白洋游同房素中[1]泛舟归饮沈溥令宅得江字

〔明〕郑材

高秋积雨渺淙淙，　此际湖光好放艭[2]。
蜃气[3]千重疑大海，　波涛万里似长江。
金茎[4]夜湿鲛鮹帐[5]，　银汉晴连水阁窗。
结客良游聊纵饮，　碧荷无谢玉为缸[6]。

本诗出自清康熙《安州志·艺文志》。

①房素中：明朝天启吏部尚书房壮丽（直隶安州进士），号素中。

②艭（shuāng）：古书中的一种小船。

③蜃气：由于光折射，使远处景物显现在半空中或地面上的奇异幻象。常发生在海上或沙漠地区。古人误以为蜃吐气而成，故称。

④金茎：古代用以擎承露盘的铜柱。

⑤鲛鮹帐：喻指精美的帐子。鲛鲭，湖海中的大鱼。

⑥玉为缸：用莲叶作盛水器。

白洋游同房素中归饮沈溥宅得庭字

〔明〕郑棻[1]

回舟犹自敞空庭，　对酌何妨眼共青。
水月风光连碧海，　薜萝[2]情兴灿明星。
歌传欸乃[3]声初歇，　醉解殷勤意若醒。
无限采莲清调在，　含情从倚翠云屏。

本诗出自清康熙《安州志·艺文志》。

①郑棻（fēn）：字思众，明朝直隶安肃（今河北省保定市徐水区）人。有俊才，万历二十五年（1597年）举人。

②薜（bì）萝：野生植物，常攀缘于山野林木或屋壁之上。这里借指隐者或高士的住所。

③欸（ǎi）乃：象声词，摇橹声；棹歌，划船时歌唱之声。

白洋游得留字 〔明〕汪凤翔[①]

不尽烟波兴，　应教暮雨留。
醉依徐孺榻[②]，狂笑子犹舟。
铁马催深漏[③]，吟蝉哄晚秋。
高堂频剪烛，　得句漫相酬。

本诗出自清康熙《安州志·艺文志》。

① 汪凤翔：明朝天都人，生卒年不详。

② 徐孺榻：典出《后汉书》卷六十六《陈王列传·陈蕃》：“前后郡守招命莫肯至，唯蕃能致焉。字而不名，特为置一榻，去则县之。”后以“徐孺榻”指礼贤重才，或指礼遇宾客。

③ 深漏：“更深漏断”之省。是古时计时方法，更以人敲梆为记，漏以水滴漏壶为记。“更深漏断”即夜已深沉，时间很晚。漏，古代计时器，铜制有孔，可以滴水或漏沙，有刻度标志以计时间。

白洋游 〔明〕邢云路[①]

风雨晚初歇，悠然景更清。
亭台迟落日，渔火[②]傍孤城[③]。
不尽观涛兴，能忘访戴[④]行。
狂歌还烂醉，忽尔绛河[⑤]明。

本诗出自清乾隆《新安县志·舆地志》。

① 邢云路（1548—1626）：字士登，号泽宇，明朝直隶安肃（今河北省保定市徐水区）人。万历八年（1580 年）进士。官至陕西按察司副使等职。精天文历法，著有《古今律历考》七十二卷，校正元代天文学家郭守敬历法之谬误。另有《戊申立春考证》《庚午冬至正讹》《历元元》《七政真数》等。

② 渔火：渔船上的灯光、火把和炊烟。

③ 孤城：环周城池，诗中指新安城。

④ 访戴：典故，意指被眼前景色吸引不必拜访朋友。

⑤ 绛河：即银河。又称天河、天汉。

白洋大湖歌 〔明〕孙敬宗[①]

君不见，白洋大湖浪拍天，苍茫万顷无高田。
鼋鼍[②]隐见蛟龙走，菡萏[③]参差菱荇[④]连。
又不见，青雀舫头风色恶，楫郎[⑤]夜半不停泊。
起乘四顾水漫漫，　疑泛灵槎[⑥]度寥廓。
我故高阳池上客，　平生眼见才数尺。
洪涛倏忽惊心神，　银汉悬流坤轴坼。
适来适去一苇间，　四时风浪舒心颜。
须知人世无多事，　撑得虚舟心自闲。

本诗出自清乾隆《新安县志・舆地志》。

① 孙敬宗：字叔倩，明朝直隶高阳（今河北省高阳县）人。万历十九年（1591 年）中举，授武强教谕。历吏部、工部、都察院司务，兵部职方司员外郎。

② 鼋鼍（yuántuó）：甲鱼与扬子鳄。

③ 菡萏（hàndàn）：荷花的别称。

④ 荇（xìng）：荇菜，水生植物，茎细长柔软而多分枝，匍匐生长，节上生根，漂浮于水面或生于泥土中。叶片形睡莲，小巧别致，鲜黄色花朵挺出水面，花多且花期长。

⑤ 楫郎：楫，船桨。这里指渔人。

⑥ 槎（chá）：木筏、小舟。

洋口雨 〔明〕孙承宗[①]

一

洋口[②]云头黑，野老[③]遥相谓。
一雨见蛙沉，　再雨惊鱼沸[④]。
尔家上平田，　穗乎可获未。

二

我有蟹螺田，夕夕防小偷。
洋口雨不歇，那得同瓯[5]篓。
采采任健儿，不胜填龙湫[6]。

本诗出自孙承宗《高阳诗文集》。

① 孙承宗（1563—1638）：明朝直隶高阳（今河北省高阳县）人。字稚绳，别号恺阳。明末战略家、军事家，著名抗清将领。万历二十二年（1594 年）中举，万历三十二年（1604 年），殿试榜眼，授翰林院编修。后任天启帝师，累升礼部右侍郎、兵部尚书兼东阁大学士。崇祯四年（1631 年）遭奸党诬陷致仕，离职后常游历白洋淀。清兵入关后率领家口及城民守高阳城，城陷后被缢而死，儿孙妇老殉难四十余口。著述颇多，有《督师全书》《督师事宜》《车营百八扣》《抚夷志》等。

② 洋口：古水名，在白洋淀东北。

③ 野老：村中老人。

④ 沸：波涌的样子。

⑤ 瓯（ōu）篓：瓯，古代酒器，形为敞口小碗式。这里指敞口鱼篓。

⑥ 龙湫：上有悬瀑下有深潭的地方。

渔父词 〔明〕孙承宗

洋风何逄逄[1]，洋流日濈濈[2]。
白云茅屋边，　绿水蓬船侧。
放歌一棹闲，　提网万鱼集。
尚不分鲈腮，　谁能惜鸡肋。
箫幸声殷雷[3]，终日重青笠。
蛙廪[4]顷为公，鱼租催且急。
芦火昼不燃，　渔姓饶苦色。
无心云水清，　不竞风波息[5]。
洋畔有独醒，　从来不相识。

本诗出自孙承宗《高阳诗文集》。

①逄逄（páng）：鼓声。

②濈濈（jí）：聚集貌。很多东西聚在一起的样子。 出自《诗经·小雅·无羊》：“尔羊来思，其角濈濈。”

③箫幸声殷雷：庆祝的箫鼓如同雷鸣。

④廪（lǐn）：集聚。

⑤无心云水清，不竞风波息：这句是说由于鱼租很重，渔人不去打鱼，水淀冷清。

渥洞口[①]〔明〕孙承宗

浑垩城东渥之薮[②]，雨渥簇来[③]渥洞口。
家家惯养弄潮儿，舴艋[④]在门鱼在罶[⑤]。
箫鼓一声走村翁[⑥]，蓄眼[⑦]相看未曾有。
小艇耐将采芰荷，大堤不解折杨柳。
假髻婉婧[⑧]半疑真，却顾绿窗[⑨]惊老丑[⑩]。
渔梁南畔第三家，绕径蓬蒿宫半亩。
似是玄亭扬子云[⑪]，下帷寂寞不窥牖[⑫]。

本诗出自孙承宗《高阳诗文集》。

①渥洞口：今安新县同口村古称。《水经注》：“易水径（经）容城县南，又东，渥水注之。其水上承二陂于容城县东南，谓之大小渥淀（大、小涡淀），南流注易水，谓之渥洞口。”

②薮（sǒu）：生长着很多草的湖泽。

③雨渥簇来：冒雨至渥洞口。

④舴艋（zé měng）：小船。

⑤罶（liǔ）：捕鱼的竹篓子。口阔颈狭，鱼进去就出不来。

⑥箫鼓一声走村翁：村翁吹着箫、敲着鼓快步离开。走，离开。

⑦蓄眼：凝神观看。

⑧假髻婉婧（tuǒ）：用假发编成好看的发饰。婧，美好。

⑨却顾绿窗：隔着窗户看。

⑩老丑：作者自称。

⑪玄亭扬子云：扬子云，指西汉著名文学家、哲学家扬雄，字子

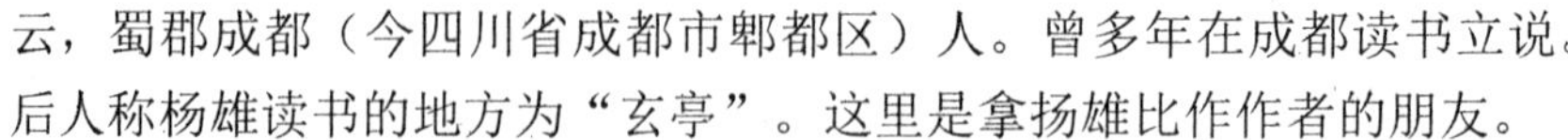

云，蜀郡成都（今四川省成都市郫都区）人。曾多年在成都读书立说。后人称杨雄读书的地方为“玄亭”。这里是拿扬雄比作作者的朋友。

⑫ 下帷寂寞不窥牖（yǒu）：关起门拉下窗帷潜心读书，不向窗外看。牖，窗户。

夜泊白子港① 〔明〕孙承宗

独抱江湖意，　不涉江湖边。
此日望洋水，　还同秋水篇。
远岸疑无地，　悬流别有天。
浮槎②不可问，何以济长川。

本诗出自孙承宗《高阳诗文集》。

① 白子港：在白洋淀西南。

② 浮槎：槎，木筏。句中指水中小船。

洞口移舟 〔明〕孙承宗

野航堪载酒，鼓枻①一经过。
渐入白洋水，平桥落日多。
鸥鸟风舞袖，樯燕语行歌。
不是思鲈鲙，重纶②向碧波。

本诗出自孙承宗《高阳诗文集》。

① 鼓枻（yì）：划桨，谓泛舟。枻，短桨。

② 纶：钓鱼钩线。

入淀 〔明〕孙承宗

渡口官河狭，　风波不敢前。
远滩急鸟倦，　夜宿傍渔船。
枕簟[1]饶秋意，笙箫破暝烟[2]。
停杯一以望，　孤棹月清圆。

本诗出自孙承宗《高阳诗文集》。

① 枕簟（diàn）：簟，竹席。枕着竹席。

② 笙箫破暝烟：笙箫锣鼓暮霭响起。古代白洋淀渔民捕鱼的习俗。

夜过蒲口[1] 〔明〕孙承宗

暂解尘缨[2]半日闲，片帆小艇弄潺湲。
长裾[3]调笑余金蜂，秋药[4]翾[5]飞关玉颜。
酒态偏从烟雨里，　诗情半在水云间。
不知万顷玻璃月，　何似蓬瀛[6]共奉班[7]。

本诗出自孙承宗《高阳诗文集》。

① 蒲口：今河北省高阳县蒲口（南蒲口、北蒲口），位于河北省高阳县北部白洋淀南岸，与安新县同口镇接壤。

② 尘缨：喻尘俗之事。

③ 长裾：长衣、长袖。

④ 秋药：指白芷，伞状花絮。

⑤ 翾（xuān）飞：低空飞翔。

⑥ 蓬瀛：指蓬莱和瀛洲。

⑦ 奉班：陪同、排列。

莲花港分韵得蒲口回船惜芰荷 〔明〕孙承宗

一

蒲月[1]凌波生极浦，菡萏[2]摇风浑欲语。
何处渔舟夜不归，田田乱拂张鱼罟[3]。

二

鸣榔[4]才办酒家钱，一醉鱼娃带月眠。
耐可西邻租吏闹，踏翻门外打渔船。

三

玻璃千顷涌纤阿[5]，夜永无风月作波。
一曲棹歌天欲雨，却随明月点青荷。

本诗出自孙承宗《高阳诗文集》。

① 蒲月：农历五月初，称为蒲月，源自民间门窗挂菖蒲的习俗。

② 菡萏：荷花的别称。

③ 罟（gǔ）：网的总名。这里指渔网。

④ 鸣榔：打鱼的方式，响板儿惊鱼。

⑤ 纤（xiān）阿：亦作“月御”。古代神话中为月亮驾车的神，此处借指月亮。

渔家〔明〕孙承宗

一

买得渔家舴艋[1]舟，一竿风雨大江头。
渔娃新学渔家傲，　纵使无鱼亦不愁。

二

青衫何处湿琵琶，醉眼谁看过客槎。
明月也嫌箫鼓闹，尽攒清影伴芦花。

三

一望青帘便泊船，　醉来时向酒家眠。
儿童又报罾[2]头满，裁半分偿旧酒钱。

四

呵冻提篙手未苏，满船凉月雪模糊。
画家不解渔家苦，好作寒江钓雪图[3]。

五

揽月批风抱一梭，　豆花水长鲤鱼多。
滩头秔[4]熟原堪醉，　不为家贫乞监河[5]。

六

夜来无酒对渔娃，却负江天满月华。
忽见浪花高尺许，迎风新钓重唇鲨。

本诗出自孙承宗《高阳诗文集》。

①舴艋：小船。

②罾（zēng）：一种用木棍或竹竿做支架的方形鱼网。

③寒江钓雪图：指柳宗元诗《江雪》。

④秔：同“粳”。一种黏性较小的稻。

⑤监河：监河侯。出自《庄子·杂篇·外物》：“庄周家贫，故往贷粟于监河侯。”后因以“监河”或“监河侯”泛指出贷钱物的人。

边吴淀[1]（明）孙承宗

沧水东环塘水野，边吴淀头走逸马。
圣代祇[2]今三辅[3]中，空余楼撸夕阳下。

本诗出自孙承宗《高阳诗文集》。

①边吴淀：古淀名。宋代称边吴泊，明代称边吴淀。在新安（今河北省安新县）西南北边吴一带，面积万余亩，到明代初干涸，明中期后消失。

②祇：同“只”。

③三辅：西汉治理京畿地区三个长官的合称。景帝时分置左、右内史及都尉，合称“三辅”。也指京畿之地，诗中指边吴淀属京畿之地。

东田庄[1]（明）孙承宗

屋后青秧水畔扉，方舟曾忆系渔矶[2]。
柳花日扑人头白，柳叶青青燕子飞。

本诗出自孙承宗《高阳诗文集》。

①东田庄：村名，建于明永乐年间，属新安县易阳社，今河北省安新县圈头乡东田庄。

②渔矶：可供垂钓的水边岩石。

野塘（明）孙承宗

谁将舴艋载愁来，万斛[1]浇愁此地开。
一雨横塘流野水，藕花丛里玉人怀。

本诗出自孙承宗《高阳诗文集》。

①斛：旧量器名。一斛本为十斗，后来改为五斗。

渥水[1]呼舟 〔明〕孙承宗

匹马杨林野渡头，芦花深处唤拿舟[2]。
渔郎不识行吟者，欸乃一声起白鸥。

本诗出自清乾隆《新安县志·舆地志》、孙承宗《高阳诗文集》。
① 渥水：古河名，金代至明清时期位于新安县境内。
② 拿舟：渡船。

过城南 〔明〕孙承宗

绿荫初长薄罗[1]秋，斜月清风荡小舟。
柳外差池冲紫燕， 似令春色在枝头。

本诗出自孙承宗《高阳诗文集》。
① 薄罗：薄纱，句中指绿荫。

野步 〔明〕孙承宗

几望兰舟[1]秋思长，同人徐徐水云长。
怕惊两岸闲鸥鹭， 收尽滩头红蓼香。

本诗出自孙承宗《高阳诗文集》。
① 兰舟：兰木小船。

入同口 〔明〕孙承宗

西风吹燕几行秋，一老河干理[1]钓钩。
最是渔家双醉眼，豆花蓬下有孤舟。

本诗出自孙承宗《高阳诗文集》。
① 理：打理、整理。

雍城[1] 〔明〕孙承宗

寂寞孤邹乱水涯，古堤残垒几人家。
老农枯坐浑无事，日看清风送浪花。

本诗出自孙承宗《高阳诗文集》。

① 雍城：村名，在白洋淀西南畔，今属河北省高阳县。

雄令行 〔明〕孙承宗

仁哉雄令尹[1]，　孤城空万家。
城既不可守，　守亦不能遮。
何处散四方，　苌楚[2]乐无涯。
健儿枉跳梁[3]，　人躏徒纷拏[4]。
忿聘无所掠，　不坚亦无瑕。
怪尔贪婪吏，　政虎[5]赋方蛇[6]。
营橐[7]不营城，　罝罝[8]复罝筊[9]。
痴黠半相拗，　枯菀[10]竟为哗。
聚徒获一躯，　而丛万咨嗟。
岂谓城当空，　不守空为嘉。
大雄与小雄[11]，　衰柳仍寒鸦。

本诗出自孙承宗《高阳诗文集》、民国时期《雄县新志·艺文志》。

① 雄令尹：崇祯九年（1636年），清兵近逼畿南，雄县知县李盛枝弃城逃离，清兵入城肆意杀戮。孙承宗闻讯不剩悲怆，奋笔此诗。

② 苌（cháng）楚：攀缘植物，猕猴桃之古名。借桃之谐音“逃”，讥讽李盛枝不顾城民，望风逃离。

③ 跳梁：本意乱跳乱蹦，诗中为奔袭搏斗之意。

④ 纷拏（ná）：混战。

⑤ 政虎：严苛的政令，引“苛政猛于虎”典。此为作者对明朝苛政

之感叹。

⑥ 赋方蛇（shé）：引柳宗元《捕蛇者说》典，亦为作者对苛政的感慨。

⑦ 营橐（tuó）：经营私利。橐，口袋。

⑧ 罝（jū）：捕捉野兔的网。泛指捕捉野兽的网。

⑨ 笯（nú）：鸟笼。

⑩ 枯菀（wǎn）：生死。菀，茂盛，荣，引为生。

⑪ 大雄与小雄：雄县大雄山、小雄山。

七夕[①]泛舟莲湖[②] 〔明〕马希周[③]

放舸[④]芙蓉渚[⑤]，泠[⑥]然积暑清。
雨余烟水阔，　日暮海云生。
灵瑟[⑦]空中应，　湘娥[⑧]月下迎。
莫愁津路隔，　今夜鹊[⑨]成。

本诗出自民国《雄县新志·艺文志》。

① 七夕：农历七月初七晚，源于中国古代民间牛郎织女的传说。

② 莲湖：明代雄县城东一处荷塘。

③ 马希周：字齐庄，明朝直隶雄县（今河北省雄县）人。万历三十一年（1603 年）举人，选河南夏邑令，升临洮郡丞。擅诗文，咏家乡诗作颇多。

④ 放舸（gě）：行船、开船。舸，大船。

⑤ 芙蓉渚（zhǔ）：生长着荷花的小洲。芙蓉，荷的别称。渚，水中的小块陆地。

⑥ 泠（líng）：清泠。

⑦ 灵瑟：古代的拨弦乐器。形似古琴，有二十五根弦，每弦一柱。

⑧ 湘娥：即湘妃，相传为帝尧之二女，帝舜之二妃，没于湘水，遂为湘水之神。句中比喻美女或情人。

⑨ 鹊桥：比喻夫妻或情人久别后短暂团聚。

中元[1]夜观沙门[2]放河灯[3] （明）马希周

落日空林寂，　传灯到水头。
慈航[4]依彼岸，仙梵[5]乡中流。
月满金波泻，　风高玉树秋。
花飞晴作雨，　云结幻成楼。
缥缈诸天近，　苍茫大地浮。
沉灰[6]原有劫，泛海讵[7]无舟。
不灭因吾性，　光轮转[8]未休。

本诗出自民国《雄县新志·艺文志》。

① 中元：民俗时节，农历七月十五。

② 沙门：佛教语。

③ 放河灯：白洋淀村庄民间祭祀习俗。

④ 慈航：佛教语。

⑤ 仙梵：指佛家诵经的声音。

⑥ 沉灰：原指沉埋于昆明池底的黑灰。附会为佛教所谓“劫灰”。

⑦ 讵（jù）：副词，岂，怎。

⑧ 光轮转：时光轮转或生死轮回。

白洋观莲 （明）鹿善继[1]

白洋五日看花回，　馥馥莲芳入梦来。
再订东君[2]明岁约，钓台明月胜云台[3]。

本诗出自清乾隆《新安县志·舆地志》。

① 鹿善继（1575—1636）：字伯顺，号乾岳。明朝直隶定兴（今河北省定兴县）人。万历四十一年（1613年）进士，历万历、天启两朝，曾随孙承宗率兵榆关（今山海关）。官至太常少卿，管光禄寺丞事。崇祯九年（1636年），清兵围攻定兴战死。著作有《四书说约》《前督师纪略》《认理提纲》等。

② 东君：指作者益友孙启梦。

③ 云台：（汉）宫中高台名。汉明帝时因追念前世功臣，图画邓禹等二十八将于南宫云台，后用以泛指纪念功臣名将之所。

舟行 〔明〕李国楷①

毵毵②垂柳蘸清波，　几处人家住绿萝。
菰米③摇空张锦幔④，　鲦鱼⑤跃水掷银梭。
云生远浦千峰乱，　浪破长空一鸟过。
雅意江湖生事稳，　推窗把酒听渔歌。

本诗出自民国《高阳县志·旧志摘存》。

① 李国楷（1585—1631）：字元治，号续溪。明朝直隶高阳（今河北省高阳县）人。万历四十一年（1613 年）进士。官至礼部尚书兼东阁大学士。有《文敏遗集》，收入《钦定四库全书》。

② 毵毵（sān）：形容毛发、枝条等细长的样子。

③ 菰（gū）米：多年生水生宿（根）草本植物，生在浅水里，嫩茎称茭白，果实称“菰米”“雕胡米”，可煮食。

④ 锦幔：锦制帐幕。诗中指成熟金黄菰米。

⑤ 鲦（tiáo）鱼：亦称“白鲦”。色白、条状、体扁。

舟行雨过 〔明〕李国楷

烟雨微茫入袂凉，　平湖轻碾贝珠光。
飞飞社①燕撩新水，　嫋嫋②秋荷斗晚妆。
倏忽阴晴碁③局变，　浑忘夷险洒枪香。
采莲何事归来急，　懒向芦花深处藏。

本诗出自民国《高阳县志·艺文志》。

① 社：古代村里集体性组织。句中指农舍。

② 嫋嫋（niǎo）：同“袅袅”。

③ 碁（qí）：同“棋”。

忧旱 〔明〕陈舜道[1]

处处河津欲断流， 纷纷尘起旧汀洲。
嘉禾[2]苦虐根先拔，恶鸟乘风噪未休。
身老久怀平子[3]志，家贫乃抱杞人忧。
穹皇[4]原自怜天下，一转玄机众愿酬。

本诗出自清乾隆《新安县志·艺文志》。

① 陈舜道：字希孟，明朝直隶新安县（今河北省安新县）人。以选贡两任临县、平利县令。未满四十岁挂印回乡，看到家乡子弟上学艰难，便传授其麟经，所授弟子皆取科试，晚年隐居静聪寺山房，绝迹公门，专心授学，谈诗讲艺，怡然自得，三十年如一日。与人相处无论少长皆有所得，其风范尤为当地人所传诵。殁后祀乡祠。

② 嘉禾：泛指生长茁壮的禾稻。在古代，则把一禾两穗、两苗共秀、三苗共穗等生长异常的禾苗称为“嘉禾”。人们认为它们是政治清明、天下太平的征兆。

③ 平子：屈原。

④ 穹皇：苍天，喻指当朝。

秋涝悯时二首 〔明〕陈舜道

一

涨流横肆虐，堰溃树连颠。
何处禾栖亩，无边浪接天。
眼穿官放赈，魂断地征钱。
朝夕应难保，谁能待稔年[1]。

二

流离千万户，安饱定谁家。
举贷愁擒虎，逃租冀捕蛇[2]。
尽将犁束阁，宁望麦盈车。
宵哭那堪听，行看日又斜。

本诗出自清乾隆《新安县志·艺文志》。

①稔年：庄稼丰收的年景。

②举贷愁擒虎，逃租冀捕蛇：引柳宗元《捕蛇者说》典。指生计异常艰难。

白洋纪胜 〔明〕芦中人[1]

一

崩涛无际起云烟， 翻出双丸地底天。
（白洋、胜芳两淀如日月，双拱燕京故云。）
郁岪液灵泄一气， 洪澜派大受千川[2]。
分源喷吐西来晋[3]，闾尾[4]停泓北汇燕。
雨露丰亨妃子睇[5]，胜芳[6]久与白洋偏。

二

平铺练色泛渔船， 天堑当年博浪传。
歌舞等闲湖上月， 兴衰迁变海中田。
苍苍积绿深藏鸟， 簇簇堆红半吐莲。
濡渥[7]虞邱为小派，灵长还是白洋边。

崩涛无际起云烟，翻出双丸地底天：白洋、胜芳两淀如日月，双拱燕京故云。

本诗出自清乾隆《新安县志·舆地志》。

①芦中人：即高鐈（qiǎo），明朝直隶清苑（今河北省保定市清苑区）人。孙奇逢弟子。《保定府志》卷四十四载："甲申三月二十四日，流寇陷保定，死难诸人，（鐈）居白洋淀侧，池多葭苇，自号芦中人。"

②郁岪液灵泄一气，洪澜派大受千川：言白洋淀集聚上源山川之灵气，形成波澜壮阔的湖泊。岪（fú），山势曲折。派，水的支流。

③西来晋：来自山西。如，白洋淀上游沙河发源于山西繁峙县，唐河发源于山西浑源。

④ 闾尾：也称尾闾，水汇聚之意。

⑤ 睇（dì）：斜着眼看。

⑥ 胜芳：今廊坊市胜芳镇。20 世纪 50 年代前曾是水埠码头，地处大清河要冲。文中借指东淀。

⑦ 濡涹：濡水和涹水。

和孙奇逢 〔明〕芦中人

月落凄凄[1]青艇横，暝烟初破晚钟声。
芰荷香遍白洋水，　烂醉渔歌天海宏。

本诗出自清乾隆《新安县志·舆地志》。

① 凄凄：云兴起貌。

白洋观莲 〔明〕孙奇彦[1]

花香透玉骨，绿叶映红莲。
满座青云客，高吟白雪篇[2]。
游鱼形隐见，飞鸟影翩跹。
识得中流意，行看济巨川。

本诗出自清乾隆《新安县志·舆地志》。

① 孙奇彦：明朝直隶容城（今河北省容城县）人，孙奇逢胞弟。天启年间恩选，任武城（今山西省武城县）县令。

② 白雪篇：指中国古代名曲《白雪》。传为春秋晋国师旷所作。战国楚国宋玉 《讽赋》：“中有鸣琴焉，臣援而鼓之，为《幽兰》《白雪》之曲。”《淮南子·览冥训》：“昔者师旷奏《白雪》之音，而神物为之下降。”

舟游 〔明〕孙铨[①]

一

抱月飘烟玉一湫[②]，羊家静婉[③]余风流。
新凉一夜连轻帐， 暗入红香不雨秋。

二

小艇晴流雨亦清，一行解缆海云生。
河公似解游人意，雨雨风风阴更晴。

本诗出自民国时期《高阳县志·舆地志》。辑录时无题名，“舟游”为编者题。

① 孙铨：字次公，明朝直隶高阳（今河北省高阳县）人。恩选为国子监生，曾任山东高苑县县令。孙承宗长子。

② 湫（qiū）：水潭。

③ 羊家静婉：指纤柔善舞的腰肢。出自引《梁书·羊侃列传》：“静婉，古代舞女张净琬。”

白洋纪胜 〔明〕孙鈐[①]

一

百里荷香断若连， 漫谈绝胜六堤船。
鱼龙窟宅风云满， 蒲柳烟霞楼阁悬。
中泽[②]谷王[③]环四辅[④]，西昆[⑤]白帝[⑥]控诸天。
汉家不用昆明力， 双镜高悬日月边。

二

凤凰新诏汉租蠲， 泽国人歌酺[⑦]大年。
九译梯航[⑧]归禹贡，万家耕凿仰尧天。
燕南赵北雄[⑨]三辅，越女吴儿受一廛[⑩]。
最喜太平说盛事， 笙箫灯火拥楼船。

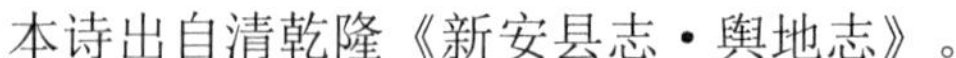

本诗出自清乾隆《新安县志·舆地志》。

① 孙鈖：字楚惟，明朝直隶高阳（今河北省高阳县）人。孙承宗次子。

② 中泽：比喻困境。

③ 谷王：指明太祖朱元璋第十九子朱橞。自幼聪颖好学，深得朱元璋的器重，册封为谷王，统领上谷郡地和“长城九镇之一宣府镇”。朱橞藩宣府后，一边兴建谷王府，一边搞戍边建设，他积极贯彻朱元璋提出的“高筑墙，广积粮，缓称王”的治国方略，构筑长城，戍边御敌，做出贡献。后自恃迎成祖进金川有功，骄横霸道，陷害忠良，于永乐十五年（1417年）被废为庶人，宣德三年（1428年）死于狱中。

④ 四辅：星名，环抱北极，共四星。

⑤ 西昆：昆仑山。

⑥ 白帝：即少昊，又名玄嚣，是汉族神话中五方上帝之一的西方白帝之神。

⑦ 酺：欢乐饮酒。

⑧ 九译梯航：边远地区的水陆。

⑨ 雄：雄踞。

⑩ 廛（chán）：古代城市平民的房地。

过白洋淀小田家庄[①] 〔明〕孙鈖

初游方作客，　水木已相亲。
楼上喁喁[②]望，恍如企远人。
解缆芳树下，　举网得锦鳞。
呼儿挥霜刃，　荐[③]作盘中珍。
琥珀领玉碗，　两颊忽生春。
吴觎飞白雪，　墙头满比邻。
海翁不易虑，　鸥鹭饮其醇。
吾本淡荡者，　尘网[④]断其真，
为踏花深处，　行行共隐沦[⑤]。

本诗出自清乾隆《新安县志·艺文志》。

① 小田家庄：白洋淀内村名。疑指今河北省安新县圈头乡北田庄。

② 喁喁（yóng）：形容众人景仰归向的样子。
③ 荐：推荐、当作。
④ 尘网：旧谓人在世间受种种束缚，如鱼在网。故称。
⑤ 隐沦：隐没身体不使人见。

马铺[1]听渔歌　〔明〕孙钥[2]

鱼镜鹤池另有天，　轻帆迎旭带浮烟。
沧浪曲[3]罢人何处，恰好同游便是仙。

本诗出自清乾隆《新安县志·艺文志》。

① 马铺：今河北省安新县端村镇马堡村，地处安新县四门堤侧，濒临白洋淀。

② 孙钥：明朝直隶高阳（今河北省高阳县）人。孙承宗第五子。

③ 沧浪曲：即《沧浪歌》，水乡船歌或渔歌。

淀头泊舟　〔明〕孙钥

白洋湖里淀头[1]村，石发垣衣碧绿痕。
为语长康[2]细着笔，青天露处是云根。

本诗出自清乾隆《新安县志·艺文志》。
① 淀头：村名，今河北省安新县端村镇东淀头村。
② 长康：指东晋顾恺之字“长康”。借指其字画。

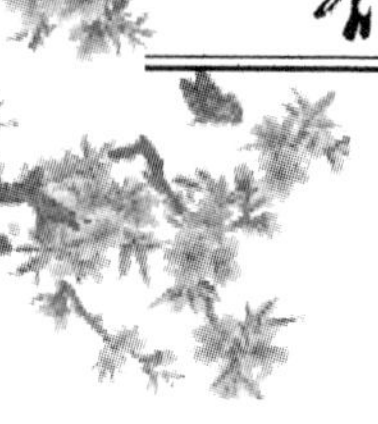

白洋纪胜 〔明〕孙钥

一

野水[1]新添碧玉波，采莲时复采菱过。
孤村断岸湿烟少， 一棹浮家[2]生事多。
换酒有鱼才到市， 挂帆无语不成歌。
须知水涉偏成趣， 白鹭青天日几何。

二

王孙归去草芊芊，一向江湖学水仙。
旧月尚依浮海棹，好风特趁打渔船。
依樯诗思随流远，击楫边筹到岸先。
但得虚舟藏大壑，不妨白鹭上青天。

本诗出自清乾隆《新安县志·舆地志》。
① 野水：指上游涌入沥水。
② 浮家：长年漂泊的渔家或船家。

夜过四角河[1]头 〔明〕孙钥

秋潨[2]夜雨聚头来，几阻兰舟未便开。
似是钱塘八月望， 三千水弩射潮回。

本诗出自清乾隆《新安县志·舆地志》。

① 四角河：清朝陆陇其《畿辅八府地图记》言曰：“赵北口之四角河在任邱县西北五十七里，一接长流河，一接白沟河一支，流过赵北口，由柴禾淀入玉带河，保定之水，如易如徐皆会于四角河。”《畿辅通志》：“四角河其北接高阳河，即沙、滋、滱三水下流也，自保定府之祁州、博野、蠡县、高阳、新安至雄县，由莲花淀而入。其西接长流河，即徐雹，诸水下流也。自保定府之安州、新安由四殳河而入，南接白沟河、历雄县、新安由烧车淀而入，三河合流而东过赵北口。”

② 潨（cóng）：急流、水声。

大涝洼[1] 〔明〕孙钥

鱼龙今不夜，村落大河湄[2]。
已自绝烟火，仍看换霆霓[3]。
范甑[4]蛙同怒，巢居鸟共栖。
诟租[5]悍吏下，索饭痴儿啼。
兵檄[6]急星火，岂不念孑黎[7]。
仁哉恤民诏，催科有限期。
当日郑监门[8]，抱泣欲何之。

本诗出自清乾隆《新安县志·舆地志》。

① 大涝洼：淀名。清乾隆《新安县志·舆地志》：“大涝洼在县西南，野水汇也。”

② 河湄（méi）：河畔。湄。河岸，水与草交接的地方。

③ 霆霓：疾雷。

④ 甑（zèng）：古代蒸食用具，为甗（yǎn）的上半部分，与鬲通过镂空的箅相连，用来放置食物，利用鬲中的蒸汽将甑中的食物煮熟。单独的甑很少见，多为圆形，有耳或无耳。

⑤ 诟租：骂骂咧咧的交租。

⑥ 兵檄：古代官府用以征召或声讨的文书。

⑦ 孑黎：遗民或残存的百姓。

⑧ 监门：守门小吏。

莲花港 〔明〕王昺[1]

十里芳湖花隐州，游人港里戏兰舟。
金房翠盖摧风雨，明日娇姿可在不。

本诗出自民国《高阳县志·旧志摘存》。

① 王昺（bǐng）：明朝直隶高阳（今河北省高阳县）人，王荔曾孙，官太子太师掌宗人府事。儒雅无勋贵气，时词臣陶望龄、董其昌皆乐与游，文献之誉声闻。才华出众，尤擅诗词。著作有《谏草》《谪居草》《白洋游草》等。

白洋湖[1] 〔清〕爱新觉罗·玄烨[2]

遥看白洋水，帆开远树丛。
流平波不动，翠色满湖中。

本诗出自清乾隆《任邱县志·宸章》。

① 白洋湖：即白洋淀。清人称白洋淀水域为湖淀。

② 爱新觉罗·玄烨（1654—1722）：清朝第四位皇帝，在位六十一年，奠定了清朝兴盛根基，开创“康乾盛世”。

白洋湖 〔清〕爱新觉罗·玄烨

万人齐指处，一鸟落晴空。
携琴鼓棹返，乐与大臣同。

本诗出自清乾隆《任邱县志·宸章》。

水村 〔清〕爱新觉罗·玄烨

孤树绿塘水，旷野起春云。
槐柳胜南苑[1]，青莎[2]有鹭群。

本诗出自清乾隆《任邱县志·宸章》。

① 南苑：北京南苑。

② 莎：草名，香附子。诗中泛指草。

水淀杂诗 〔清〕爱新觉罗·玄烨

一

轻舟十里五里，垂柳千丝万丝。
忽听农歌四起，满村红杏开时。

二

春水船行天上，冷风雨过田家。
深树几声布谷，晚晴千缕明霞。

三

衔泥双燕沙际，唤雨单鸠树头。
昨夜桃花新水，鲤鱼跃入兰舟。

四

为爱沙明水远，更看柳亸[①]花新。
草木禽鱼咸若，河山民物同春。

本诗出自清乾隆《任邱县志·宸章》。

①柳亸（duǒ）：垂柳。亸，下垂。

水村 〔清〕爱新觉罗·玄烨

曾记江淮泊万艘，便旋水淀暂春游。
虽无浩渺长波险，亦有清漪锦浪浮。
日暮帆樯排远岸，风清蓑笠聚芳洲。
乡村不识居官况，漫笑朝堂身世忧。

本诗出自《钦定四库全书荟要·圣祖仁皇帝御制文集》。

风阻驻跸白洋湖偶成 〔清〕爱新觉罗·玄烨

平波数顷似江声，风阻湖边一日程。
可笑当年巡幸远，依稀吴越列行营。

本诗出自《钦定四库全书荟要·圣祖仁皇帝御制文集》。

月夜舟行二首 〔清〕姚文燮[①]

一

官程[②]深喜引蜻蜓，霜月分明乡梦醒。
跳水草鱼翻夜白，惊群花鸭响寒青。
珠楼不见当山出，玉笛何人隔浦听。
独有江南诗客兴，船头高咏落残星。

二

三春土筑急堤工，万杵悲啼汗血红。
怒息秋涛惊徙鳄，影怜夜月冷长虹。
膏粱[③]晚实桑榆获，寸草倾心枫陛[④]通。
为祝冯夷思帝德，紫澜大海已回风[⑤]。

本诗出自民国《雄县新志·艺文志》。

① 姚文燮（1628—1692）：字经三，号羹湖，清朝安徽桐城（今安徽省桐城市）人。顺治十六年（1659 年）进士。康熙八年（1669 年）补雄县知县。正值水患后城郭倾塌，平民流离失所，盗贼四起。姚文燮首先采取均徭、赈灾、灭贼措施，告示流民复业者垦荒归己，民接踵而至，后又筑堤复城，建桥通渡，修葺学宫，集学士编修《雄县志》。任职期间勤政清廉，众所称道。后历官中书太史、开化知州、开元知州。因不事吴三桂获罪入狱，后逃隐居。

② 官程：官吏赴任的旅程。

③ 膏粱：肥肉和细粮，泛指美味的饭菜。

④ 枫陛：朝廷。

⑤ 为祝冯夷思帝德，紫澜大海已回风：指作者任期治水。冯夷，是古代神话中的黄河水神，借指水患。

藕粉行 〔清〕姚文燮

九河绕郭称水乡，　二十九淀同汪洋。
长堤蜿蜒带村舍，　荷花曲曲风飘扬。
粉红婍娜翠羽盖，　棹歌吹入琴声香。
水田交秋或淫潦，　圆珠紫菂[1]充秋粮。
深深青泥镢碧藕，　玲珑寒玉如舡[2]长。
融冰碎雪漉素汁，　京师藕粉推雄良。
匙流酥乳雕胡[3]滑，香过龙涎[4]玉糁[5]凉。
今我分符[6]长此邑，似逐句漏丹砂床。
解渴不必金茎露，　贻羹还胜紫琼霜。
我时郊行四五月，　洪波不见青荷叶。
虚疑娇姿出水迟，　弄珠解佩芳华歇。
崩堤野老临秋泣，　空吊红妆血泪湿。
宓妃[7]凌波杳不还，湘灵[8]乘烟久无色。
水花本自水中生，　弱根难敌惊涛力。
鸳鸯含啼翡翠愁，　玉环失去金莲匿。
羊敦[9]饥卧九无食，渡江何处求萍实。
嗟我本是茹荼人，　名花恰早侵波臣[10]。
枯肠空想锦带羹[11]，归梦已负江南莼[12]。
黍稷不登少干土，　芙蓉还为招迷津。
我昨醉草浑龙檄[13]，沈我锦字胜白璧[14]。
秋潮渐减影清水，　蛟宫仙子归云碧。
须知明年朱夏间，　定有荷花香斑斓。
醉引碧筒[15]饱吃粉，歌我诗句欢我颜。
君不见，河阳花为潘郎盛[16]，合浦珠[17]因孟守还。

本诗出自民国《雄县新志·艺文志》。
① 菂（dì）：古代指莲子。
② 舡（chuán）：同“船”。
③ 雕胡：茭白或茭白籽实。白洋淀称“芒子米”。
④ 龙涎：龙的唾液，喻指美味。

⑤ 玉糁：即玉糁羹。

⑥ 分符：帝王封官授爵，分与符节的一半作为信物。

⑦ 宓（mì）妃：洛嫔，溺死于洛水，遂为神。

⑧ 湘灵：古代传说中的湘水之神。

⑨ 羊敦：字元礼，北魏泰山钜平人。历任尚书左侍郎、洛阳令、太府少卿、广平太守等。雅性清俭，属岁饥馑，家馈未至，使人外寻陂泽，采藕根而食之。遇有疾苦，家人解衣质米以供之。

⑩ 波臣：指水族。古人设想江海水族也有君臣，其被统治的臣隶称为“波臣”。后亦称被水淹死者为“波臣”。

⑪ 锦带羹：锦带，茜草目、忍冬科植物，锦带花具有清热解毒，活血止痛功效。

⑫ 莼（chún）：多年生水草，浮在水面，叶子椭圆形，开暗红色花。

⑬ 浑龙檄：传说康熙八年（1669 年），姚文燮补雄县知县，到任后巡察县境，眼见去岁灾后城郭倾圮、百姓流离，心甚不安，即组织人丁筑堤修桥、兴利济困。姚公既知“浑龙”之说，遂仿韩文公之例，作《浑龙檄》投于河水。此后浑河水渐东徙，至康熙十一年（1672 年）终于改道，由固安东移霸州，自此不过县境，“浑龙”之患遂除。

⑭ 沈我锦字胜白璧：沈，同“沉”。锦字，指《浑龙檄》，意锦囊妙计。白璧，珍贵美玉，借指重礼。

⑮ 碧筒：用荷叶做成的酒杯。

⑯ 河阳花为潘郎盛：引“河阳一县花”之典。潘郎，指晋荥阳潘岳。三十岁任河阳令，令全县广植桃花，遂有“河阳一县花”之典。

⑰ 合浦珠：广西合浦的珍珠。汉代合浦太守孟尝为弥补前任毁灭性采蚌取珠造成的后果，以休养生息政策，使百姓又有珍珠可采。“孟守还珠”的典故即此。

题雪中垂钓图 〔清〕朱彝尊[①]

九十九淀[②]畿南水，五三六点塞北鸿[③]。
雪花溟蒙湿柳絮，人影瑟缩枯莲蓬。
易酒涞酒村瓮白，东家西家炉火红。
此时坚坐不归去，一笑无乃天随翁。

本诗出自民国《雄县新志·艺文志》。

① 朱彝尊（1629—1709）：字锡鬯，号竹垞，清朝浙江秀水（今浙江省嘉兴市）人。词人、学者、藏书家。康熙十八年（1679 年）举博学鸿词科，除检讨。康熙二十二年（1683 年）入值南书房。曾参加纂修《明史》。朱博通经史，诗与王世祯称南北两大宗（“南朱北王”）。精于金石文史，购藏古籍不遗余力，为清初著名藏书家之一。著有《曝书亭集》《日下旧闻》《经义考》《词综》等。

② 九十九淀：白洋淀诸淀总称。《新唐书·地理志》：“莫有九十九淀。”

③ 五三六点塞北鸿：约记数字之诗句。泛指大雁在空中飞翔时，一会儿人字形，一会儿一字形，形容雁群飞行的变化。

枣林庄[①] 〔清〕李经垓[②]

挥手游燕路[③]，长途嘶紫骝[④]。
水光凝碧镜，岚气静岑楼[⑤]。
照影羞言醉，随风舞态柔。
西湖曾不见，仆[⑥]象落吾丘。

本诗出自清乾隆《任邱县志·艺文志》。

① 枣林庄：现河北省任丘市村名，地处千里堤侧，滨临白洋淀。清乾隆《任邱县志》记“任邱六景” 之一“枣林晚渡”，地点在枣林庄。

② 李经垓：字性孚，清朝直隶任邱（今河北省任丘市）人，明兵部尚书李文之后，学问博洽，天性仁厚。后袭叔父荫补国子监博士，著有《东园集》。

③ 燕路：通往燕国的道路，也泛指燕地。

④ 紫骝：指好马。
⑤ 岑楼：岑，小而高的山。岑楼，意为高楼。
⑥ 仆：自谦。

荷花荡 〔清〕庞玺[1]

十里铺[2]南菱芡好，柳林庄[3]北蟹鳌肥。
记得通宵曾把酒， 荷花香里不曾归。

本诗出自清乾隆《任邱县志·艺文志》。

① 庞玺：字信公，号紫崖，清朝直隶任邱县（今河北省任丘市）人，建宁知府庞垲之弟。康熙三十七年（1698 年）选为拔贡，雍正二年（1724 年）举任东阳县令，雍正九年（1731 年），卸任。在位期间勤俭廉明，政绩有声。著有《周易集说》《闲居录》及《松间书屋诗稿》等。

② 十里铺：今雄县十里铺。地处千里堤一侧，南与任丘赵北口毗邻。

③ 柳林庄：今河北省任丘市枣林庄，地处任丘千里堤侧，濒临白洋淀。

水淀荷花 〔清〕王企堂[1]

水淀浩无涯， 东西连滉瀁[2]。
平时水不风， 波面平于掌。
夏日菡萏开， 尤令烦襟[3]爽。
吾生惜景光， 行乐及时往。
载酒挈[4]良朋，中流轻荡桨。
翠盖与红衣， 一望渺且广。
人在镜中游， 花从尘外赏。
水清见游鱼， 丛密难下网。
一曲采莲歌， 临风散清响。
玩久不知疲， 坐看纤月[5]上。

本诗出自民国时期《雄县新志·艺文志》。

① 王企堂：字纪远，号雪波，清朝直隶雄县（今河北省雄县）人，王炘之子。康熙四十四年（1705 年）中举，出任江苏荆溪（今属江苏省宜兴市）知县。著有《雪波诗稿》四卷。

② 滉瀁：水深渺茫。

③ 烦襟：心绪愁闷。

④ 挈（qiè）：相携。

⑤ 纤月：织女星。纤月上，指天色已晚。

柳枝词[①] 〔清〕纪士勋[②]

一

十里烟堤傍绿津[③]，纤条低拂往来人。
自从摇曳风光里，分得梅花一半春。

二

送雨迎风绝点尘，离亭折取不嫌频。
那知日日开青眼[④]，分别妍媸[⑤]转胜人。

本诗出自纪士勋《待鉴斋诗草》。

① 柳枝词：词调名。又称《杨柳枝》。盖由乐府横吹曲《折扬柳》演变而来。单调，二十八字，四句，句七字。平韵。形似七言绝句，声律较灵活，平仄不拘定。

② 纪士勋：生卒年不详，清朝直隶任邱（今河北省任丘市）人。曾任涿州、武强等州县训导。有《待鉴斋诗草》。

③ 津：渡水的地方。

④ 青眼：对人喜爱或器重。

⑤ 分别妍媸（chī）：各种各样送别之人。妍，指美丽；媸，指相貌丑陋。

望淀 〔清〕王应楔[①]

午后长堤望，春波绿一湾。
风微杨柳静，雨歇鸬鹚闲，
酒客扬帆去，渔人收网还。
相将歌日晚，归计掩柴关。

本诗出自清道光《任邱续志·艺文志》。

① 王应楔：号海峰，清朝直隶任邱庠生。清乾隆《任邱县志·人物志》载，王应楔“少负奇志，欲遍览山川名胜，以亲在不果。后亲殁竟出游不返”。所为诗神似姚合，著作有《珊瑚集》。

世传烧车淀[①] 〔清〕无名氏

乡村有明社[②]，阛阓[③]总民居。
万瓦偏连屋，千家曾结庐[④]。
日中朋作市[⑤]，夜静侣求鱼[⑥]。
还有旧修者，时惟读古书。

本诗出自清乾隆《新安县志·舆地志》。

① 烧车淀：今白洋淀其中一淀泊，水域万余亩。位于河北省安新县郭里口村正北。明朝以前无此淀名，弘治年间此地曾干涸，可耕而食，行车走马。正德年间蓄水，因以故名。明朝弘治《保定郡志》：“昔人以车装石灰，经此遇雨，灰生火烧车，延及蒲苇，通宵不熄，故名烧车淀。”明朝嘉靖《雄乘》：“烧车（淀）方三十里，在雄县少，新安为多，昔人载灰遇雨而烧，故得名焉。”清乾隆《新安县志》：“烧车淀在县东十里，周围四十里，与雄县共此。长流、渥易二水所注，世传烧车人烟为水漂没故名。”

② 社：古代土地神和祭祀土地神的地方。

③ 阛阓（huánhuì）：阛，是指环绕市区的墙；阓，是指市区的门。古时，市道在墙与门之间，所以通称市区为“阛阓”。

④ 结庐：建筑房屋。

⑤ 日中朋作市：每天宾朋往来，市井繁华。

⑥ 侣求鱼：侣，结伴、陪伴。

恭依皇祖鄚州水淀杂诗韵

〔清〕爱新觉罗·弘历

一

远渚风生鸥浪，长堤烟罥[①]杨丝。
为问春湖何似，一篙恰始胜时。

二

船泊不妨浅处，溪流曲绕人家。
得鱼沽酒至乐，颓然两颊微霞。

三

画意湖光山影，生涯沙嘴溪头。
载得鱼鹰棹去，银刀倾刻盈舟。

四

不识鄚州佳处，今朝领略方新。
记取禽鱼咸若。圣人贻我熙春。

本诗出自《钦定四库全书荟要·御制诗集》。
① 罥（juàn）：捕鸟网，句中为笼罩之意。

泊舟夕景 〔清〕爱新觉罗·弘历

别馆[①]临春淀，兰舟坐晚晴。
水风侵夕冷， 渔火隔洲明。
行漏旋移晷[②]， 温花尚吐荣。
依然青雀舫， 未免一牵情。

本诗出自《钦定四库全书荟要·御制诗集》。
① 馆：指行宫。
② 晷（guǐ）：日晷，古代计时器。句中指时间。

白洋淀水围 〔清〕爱新觉罗·弘历

一

远碧极空明，　风恬镜影平。
鸿絧[1]排叶舫，　齐止视虞旌[2]。
水猎方山猎，　欢声发棹声。
合围徐俟[3]际，　五字[4]适因成。
皇祖修春猎，　端因重武功。
继绳[5]予悃[6]切，　踊跃众心同。
箭发鸥浮水，　枪鸣雁落空。
停桡颁获罢，　满意畅东风。

二

前岁试为初，　今春乃继诸。
拂云频射鹳，　傍渚亦义鱼。
老幼就瞻切，　闾阎[7]气象舒。
睹兹勤保乂[8]，　圣泽实贻予。

前岁试为初，今春乃继诸：戊辰东巡过赵北口便道一试为之，今春实特举水猎云。

本诗出自《钦定四库全书荟要·御制诗集》。
① 鸿絧（dònɡ）：连续。
② 虞旌：虞旗，指虞人在汇集所获猎物时用的旗帜。
③ 俟（sì）：等待。
④ 五字：古代军队编制单位，五人为伍。
⑤ 继绳：指前后相承，延续不断。
⑥ 悃（kǔn）：至诚，诚实，诚心。
⑦ 闾阎：古代里巷内外的门，后泛指平民老百姓。
⑧ 保乂（yì）：治理使之太平。

水村杂咏　〔清〕爱新觉罗·弘历

一

荡桨沿洄过水村，水村生事略堪论。
地收一麦无租赋，父老讴歌忆圣恩。

二

蜗寮[①]栉比尽渔家，杨柳风轻碧水涯。
捕却鱼虾横系艇，　夕阳一抹网丝斜。

三

鱼租雁赋随时足，　春酿秋醪[②]不待沽。
无心歆羡[③]志和者，尽入烟波钓叟图。

四

不争水地足安流，　岂是区区为豫游。
畿辅黔黎[④]蒙乐利，神尧遗制庇千秋。

地收一麦无租赋，父老讴歌忆圣恩：康熙年间，皇祖岁行水围于此，因周视地界而免其租赋。一以习武，一以为畿南潴水之区。圣人之意盖深远矣。然土人每于淤出之地，仍播麦为饼饵之计，夏水涝时则麦已收，俗谓一麦当三秋云。

本诗出自《钦定四库全书荟要·御制诗集》。

①蜗寮（liáo）：平民小屋。

②醪（láo）：浊酒，泛指酒。

③歆（xīn）羡：爱慕、羡慕。

④黔黎：黎民百姓。

平阳淀[1]水围作 辛巳[2]暮春

〔清〕爱新觉罗・弘历

围期较略过头鹅， 尚聚凫鹥[3]此淀多。
谩颂川灵兹有效， 由来祖制[4]奉无讹。
应声乱落如飘雪[5]， 拾坠旋收仍蔽波。
小试可哉传罢猎， 当春生意戒伤和。

围期较略过头鹅：水围率以正月杪二月初为度，兹略过期。

尚聚凫鹥此淀多：命向道视围场别淀无一禽栖止，惟此淀聚有数千，咸以为奇。

本诗出自《钦定四库全书荟要・御制诗集》、清乾隆《任邱县志・宸章》。

① 平阳淀：白洋淀其中一个淀泊，位于今安新县圈头村东南，任丘市西大坞西北。

② 辛巳：指乾隆二十六年（1761 年）。

③ 鹥（yī）：鸥的别名。

④ 由来祖制：祖制，宗法制度。这里指满族一贯进行射猎活动。

⑤ 应声乱落如飘雪：随鸟铳声响禽鸟跌落，空中羽毛像飘雪一样。

八景篇

本篇辑录咏雄安区域濡阳（安州）八景、雄州八景、容城八景、任丘（六景选五）、新安八景诗 106 首，旨在追忆历史，记住乡愁。

濡阳八景[①] 〔明〕王钦[②]

云锦春游

完颜太守[③]人中英，构亭占断郊原清[④]。
春风桃李铺金谷[⑤]，曲江有花真虚名[⑥]。
软绿深红自成锦，坐垄浓香放怀饮。
古来胜地多不常，空吊遗迹费题品。

齐云晚眺[⑦]

杰哉危楼作云梯，落星有名难与齐。
仰面银河手可挽，掉头华岳翻成低。
层栏曲槛[⑧]新制作，吟倚高寒日欲落。
揪髯一嘘[⑨]清风生，万里长空下孤鹤。

石臼[⑩]停舟

茫茫石臼烟水绿，莎草青青春雨足。
轻舟一叶寄柳荫，人在蓬窗睡方熟。
醒来无事唱棹歌，远山隔岸排青螺。
闲情惯与鸥鹭狎[⑪]，宁知宦海[⑫]多风波。

白洋垂钓

钓鱼溪头竿七尺，长占白洋千顷碧。
得鲜换酒醉即休，任渠乌兔[⑬]争朝夕。
短蓑破笠分自安，通侯[⑭]五绶[⑮]何相干。
渭水严滩有渔父[⑯]，纷纷俗眼休轻看。

易水秋风

六丁[⑰]驱鬼疏银潢[⑱]，凿穿鳌背[⑲]通濡阳。
九河[⑳]细流属统领，奔趋东海朝扶桑[㉑]。
秋风吹霜木叶醉，回首西山倚天翠。
嗟哉壮士去不还，千古英雄堕清泪。

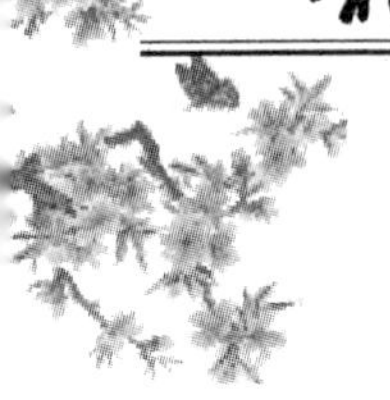

蒲口[22]落花

莺啼蒲口春欲归，东风拂花花乱飞。
残妆满地收不起，香魂附草空依依。
万绿枝头红渐少，蜂蝶无聊容易老。
寻芳尚有载酒人，为报风姨[23]且轻扫。

板桥[24]月夜

雄鸡三叫东方白，玉兔捣药犹未歇。
清光万顷侵板桥，斗杓[25]堕地天盘侧。
钟鸣八百村寺遥，征途车马声萧萧。
桥头明月自今古，不与人物随时凋。

柳滩[26]飞絮

杨花缭乱春云热，　流水滩头正三月。
糁径[27]浑疑铺白毡，漫天谁酿纷纷雪。
香吹古店晴昼长，　化萍点点投林塘。
御寒番致木绵笑，　等闲休逐东风狂。

本诗出自清康熙《安州志・艺文志》。

① 濡阳八景：濡阳，指安州（今河北省安新县安州城。按康熙《安州志・濡易水考》："安州郡名曰濡阳，以地在濡水之阳。"）。濡阳八景包括：云锦春游、齐云晚眺、石臼停舟、白洋垂钓、易水秋风、蒲口落花、板桥月夜、柳滩飞絮。

② 王钦：明朝应天（今江苏省南京市）人，成化十七年（1481 年）知安州。

③ 完颜太守：完颜安远，金朝大定年间任安州刺史。清康熙《安州志・官绩》，"完颜安远大定中任监察御史有声，拜蓟州守。居内艰上嘉其治……中为安州守。政尚宽惠，历有成绩，士民至今思之。齐云楼、云锦亭皆其遗事也"。

④ 构亭占断郊原清：这句意为完颜安远在安州郊地修建的云锦亭，占尽了那里的景色。

⑤ 金谷：指西晋富翁石崇与贵族大地主王恺争富，修筑了金谷别

墅，即称“金谷园”。以秀美别致著称，“金谷春晴”为当时“洛阳八景”之一。句中借喻“云锦春游” 惬意。

⑥ 曲江有花真虚名： 曲江，在西安城区东南部，唐代建有皇家园林，有曲江池、大雁塔、寒窑、秦二世陵等名胜。这句意为曲江与这里精致相比都显得逊色。

⑦ 齐云晚眺：傍晚在齐云楼眺望。清康熙《安州志·古迹》：“齐云楼在州治西北隅城上，金刺史完颜安远建，以其突兀凌空故名，后毁于兵燹。成化中知州王钦重建。一曰五代时韩公建。”

⑧ 曲槛：曲折的栏杆。

⑨ 嘘：表示停止。叹词、助词。

⑩ 石臼：淀名。清康熙《安州志·山川》：“城西北三官庙以北，近陈家庄，古有石臼。不知始自何年何代，彼时濡阳居然泽国，惟此处有淤滩，往来利涉者，多从此泊舟，后北淀渐渐淤高，石臼亦拆坏列崩，迄于今，地仍以石臼闻。”

⑪ 鸥鹭狎（xiá）：距鸥鹭很近，常喻隐者闲情逸致。

⑫ 宦海：仕途、官场。

⑬ 乌兔：古代指日月，比喻时间。汉族神话传说日中有乌，月中有兔，故合称日月为乌兔。后人常用乌兔来形容时间。

⑭ 通侯：爵位名。秦及汉初原名彻侯，因避汉武帝刘彻名讳，改作通侯，又称列侯。

⑮ 绶：一种丝质带子，古代常用来拴在印纽上，后用来拴勋章。

⑯ 渭水严滩有渔父：指姜尚在渭水垂钓，比喻垂钓悠闲自得。

⑰ 六丁：六丁六甲，为六丁神和六甲神合称。

⑱ 银潢：天河、银河。

⑲ 鳌背：借指大海。

⑳ 九河：指白洋淀上游水系。

㉑ 扶桑：古代指东方极远处或太阳出来的地方。

㉒ 蒲口：地名。今高阳县蒲口村，曾隶属安州。清康熙《安州志·古迹》，“安阳亭在州南堤上……何承矩请顺安寨开易河蒲口，今堤西一里许有蒲口村，旧所谓安阳亭者疑亦不远”。

㉓ 风姨：古代神话中司风之神。

㉔ 板桥：地名。今高阳板桥，时治于安州。清康熙《安州志·山川》：“板桥在州西五十里。”

㉕ 斗杓：指北斗七星中第五、第六和第七颗星。

㉖柳滩：清光绪《畿辅通志·山川志》：“柳滩在安州东南三十里白洋淀西堤，与蒲口、赵口、陶口连连。”

㉗糁（sǎn）径：散落碎花的小道。糁，米粒。与“径”组词，散开、散落之意。

濡阳八景 〔明〕刘朝任[①]

云锦春游

柳舞[②]花殷罨[③]尽亭，昔贤乐趣地多灵。
踏青士女纷游赏， 谁识华胥[④]与大庭[⑤]。

齐云晚眺

飞楼突兀与云齐， 手摘星辰碧落[⑥]低。
暝入虞渊[⑦]穷睇眄[⑧]，倒衔暮景上丹梯[⑨]。

石臼停舟

石臼渟泓[⑩]宝镜开，芰荷十里接云隈[⑪]。
喧阗[⑫]箫鼓争欢赏，一片风帆天际来。

白洋垂钓

寂寞磻溪[⑬]鸟背飞，桐江[⑭]终处有光辉。
烟波万顷一竿竹， 曾见幽人钓月归。

易水秋风

萧萧声送白衣冠[⑮]，易水千秋尚自寒。
莫笑荆卿疏剑术， 几人侠气寸心丹。

板桥晓月

共说当年古板桥，管弦醉月吟昏朝。
于今留得繁华否，依旧清光挂碧霄。

柳滩飞絮

绿丝金穗翠烟迷，历乱[16]飞花踏作泥。
遮莫漫天还糁径，可怜莺老子规啼。

蒲口落花

芳林艳紫斗嫣红，万片香魂一夜风。
青帝韶华[17]何处觅，六龙[18]欲倩[19]挽元工[20]。

本诗出自清康熙《安州志·艺文志》。

① 刘朝任：字元弼，明朝直隶安州（今河北省安新县）人。嘉靖年间以选贡任文登知县，后选怀庆府长史辅藩八年，加大中大夫正四品服奉。致仕旋里与先达诸公饮酒赋诗，多所唱和。

② 柳亸 (duǒ)：柳树枝条垂下。

③ 罨 (yǎn)：捕鱼的网，亦指用罨捕取。这里指覆盖或掩盖。

④ 华胥：人名。传说是伏羲氏的母亲。

⑤ 大庭：传说中的古代帝王神农氏的别称。

⑥ 碧落：月亮的别称。

⑦ 虞渊：黄昏。古代神话中日落地方。

⑧ 睇眄 (dìxì)：斜着眼看。

⑨ 丹梯：台阶。

⑩ 渟泓：积水深而平静。

⑪ 隈（wēi）：边际、山水弯弯处。

⑫ 阗（tián）：充满。

⑬ 磻（pán）溪：徽州境内昌源河畔。宋代，有一名士隐居于此，因慕名姜尚隐居陕西的“磻溪”之含义而改名磻溪，句中借指白洋淀。

⑭ 桐江：引唐朝诗人汪尊“严陵何事轻轩冕，独向桐江钓月明”诗。严陵，指东汉隐士严光。作者以东汉初年隐士严光不肯致仕的典故为题材，否定了严光不肯为官建设国家而超然物外的消极思想，同时勉励当今的士人应该为国效力。

⑮ 白衣冠：指为荆轲送别的燕太子丹。《史记》载，燕太子丹率众卿送别荆轲，皆白冠素袍。

⑯ 历乱：纷乱。

⑰ 青帝韶华：中国古代传说中五帝之一，亦称“木帝”，掌管天下

的东方。句中借“东方木”，寓繁茂生长。

⑱ 六龙：古代天子的车驾为六马，马八尺称龙，因以为天子车驾的代称。借指天子。

⑲ 倩：美景。

⑳ 元工：原本景致。工，制作。

濡阳八景之四景 〔明〕邵炳[①]

云锦春游

云锦亭开春色深，绿肥红瘦媚芳林。
游人不倦登临兴，醉听黄鹂弄好音。

齐云晚眺

孤楼缥缈与云齐，四望空明烟树低。
日暮虚窗留返照，衔杯[②]徙倚[③]漫相题。

白洋垂钓

日日持杆钓锦鳞，　片帆常挂白洋滨。
笠翁非是耽[④]云水，只恐红尘误月人。

石臼停舟

石臼茫茫接远天，渔人唱晚兴悠然。
归来倚棹泊何处，只在晴沙白石边。

本诗出自清康熙《安州志·艺文志》。

① 邵炳：明朝直隶安州（今河北省安新县）人，邵锡曾孙。嘉靖岁贡，任肃宁训导。

② 衔杯：口含酒杯。多指饮酒。

③ 徙倚：徘徊，来回地走，逡巡。

④ 耽：停留。

濡阳八景之四景 （明）邵炯[1]

柳滩飞絮

柳色青青笼细烟，因风吹絮远迷天。
寻芳正喜韶光媚，无限春深啼杜鹃。

蒲口落花

遥望晴川春深浮，繁花袅袅尽盈眸。
突然一夜东风急，摇曳轻红逐水流。

板桥月夜

鸡鸣五鼓促行驺[2]，曙色才分宿雾收。
人度板桥回首望， 尚留残月挂城头。

易水秋风

壮士[3]提戈出凤城[4]，易桥相送夕风生。
行人试看东流水， 犹是当年呜咽声。

本诗出自清康熙《安州志·艺文志》。

① 邵炯：字晦钟，明朝直隶安州（今河北省安新县）人，邵锡曾孙。万历四年（1576年）举人，初为修武县令，修学造士，奖善除奸，劝农桑，减矿税。升叙州郡丞，营立社仓，全活饥民，政务猬集迎刃而解，官绩彰彰。

② 行驺（zōu）：驺，古代掌管马的官员。句中指行进中的马。

③ 壮士：指荆轲。

④ 凤城：古代诗歌中常指宫阙，皇帝居住地。

雄州[①]八景[②]有七 〔明〕魏纶[③]

雄山[④]晚照

精卫东飞恨欲平[⑤]，双峰[⑥]遗秀古今名。
鸦翻落照流丹绮[⑦]，风送归云补翠屏。
暝色[⑧]渐添千里暗，长虹斜压九河明。
不堪高处频凝望， 振古华彝[⑨]几战征。

易水秋声

风景凄凉万木凋，易易[⑩]城外碧迢迢。
九河南汇成天堑，一派东归助海潮。
浩气吟风霜叶冷，商声[⑪]卷雪浪花高。
寻常如咽还如怒，疑是荆卿怨未消。

瓦桥[⑫]夜月

冰轮[⑬]东转海天凉，十二栏杆夜未央[⑭]。
睡熟长鲸金作背， 归来仙鹤雪为裳。
宝珠落水骊龙戏[⑮]，药杵敲云玉兔忙。
却笑汉家题柱客[⑯]，终渐商代济川[⑰]航。

石罅[⑱]甘泉

雄山日照霭晴烟， 鬼划云根[⑲]迸出泉。
仙掌金盘[⑳]常贮露，峰头玉井待栽莲。
千年气脉通沧海， 一点澄泓浸碧天。
却忆炎蒸无处避， 苍生多少渴心悬

望山云树

均乐亭[21]前春草生，几番登眺动吟情。
天开九水为池沼， 地拥群峰作画屏。
燕赵故墟云聚散， 宋元老树[22]鸟飞鸣。
多情唯有当时月， 依旧清光照古城。

莲浦晴游[23]

芙蓉五月半开花，　早引骚人笑语哗。
风定绿云[24]香缥缈，日高红袖影横斜。
歌声送酒休辞醉，　柳色笼舟便是家。
此地已知天作画，　若耶[25]风景复谁夸。

柳溪垂钓

细柳微风水气清，绿蓑青笠觉身轻。
经纶不换丝纶手，徇世[26]争如遁世[27]情。
一片溪云依野鹭，数声渔唱杂流莺。
金鳞钓得常抛却，要听龙门[28]变化声。

本诗出自民国《雄县新志·艺文志》。

① 雄州：春秋战国时期为燕国易邑地，燕王喜十二年（公元前 243 年）并入赵国。秦朝，先后属广阳、上谷郡。汉置易县，属涿郡，治所在今县城西北六公里古贤村（原名古县村）。汉末更名易城县，属河间郡。北魏天兴二年（399 年）复故名易县，后废易县入莫县，属高阳郡。隋代，仍为莫县地，先后属涿郡、河间郡。唐武德年间，置归义县，属北义州，治所在今容城县王路村北。唐景云年后，先后属莫州、幽州、范阳郡、涿州。后周显德六年（959 年）世宗亲征伐辽，收复瓦桥关置雄州，“雄”名源于此，归义县为附郭。至此，归义县以白沟河为界分为南北两县，南归义先属后周，后属宋，北归义属辽。南归义县于宋太平兴国元年（976 年）更名归信，仍属雄州。宣和四年（1122 年）宋收复涿州，归义、归信两县并存。金天会三年，即北宋宣和七年（1125 年）归义、归信两县皆入金，后废归义县并入归信县，县仍治于州中。元至元二年（1265 年）废雄州，四年，归信县并入容城县。至元二十一年（1284 年）雄州、归信县同时复置，县仍治于州中，雄州属大都路，二十三年（1286 年）改属保定路。明洪武二年（1369 年），废归信县入雄州，属保定府，七年（1374 年）四月降雄州为雄县，雄县始名于此，属保定府，同年容城县并入雄县，十三年（1380 年）析置容城县。清代继续沿用明制。1914 年保定道，1928 年直隶省政府改河北省，属河北省保定道。新中国成立后隶属保定地区、保定市。

② 雄州八景：雄山晚照、石罅甘泉、吕庙烟波、易水秋声、瓦桥夜

月、望山云树、莲蒲晴游、柳溪垂钓。

③ 魏纶：字理之，明朝山东利津（今山东省利津县）举人。正德年间以禄养任雄州教谕，任内“条教严明，勤于劝课，身以孝悌相率”。后拜南京工部主事。

④ 雄山：指宋知雄州李允则所筑两处土山，今已不存。民国时期《雄州新志·古迹》：“大雄山一名望山，在城西南二里，高二三丈，广可数亩。按：大雄山一名望山，宋景德年初安抚使李允则（雄州知州）积土外罗城隅，以备水患者也。其时黄湾河自西南来至此东入瓦济河，故筑土山以捍冲漱。至金熙宗皇统二年，节度使构土其上，曰望山，以眺望西山而名之也。前明邑乘犹云突出群表，遥望燕山，俯视诸淀。顶上广阔，有亭有林，今惟土阜而已。小雄山在城南瓦济河北岸，上有五龙宫，下为雄文阁，明天启甲子年复建，壮丽高耸，多名人游览，匾额楹联书题殆遍。按：小雄山旧传宋御契丹所筑土垒，旧志称其后依城堞，亦指外罗城而言。又云：山多奇石罅，有泉甘而冽，入景中之石罅甘泉即此。顺治三年移建五龙宫于其上，遂为台墀所掩。”

⑤ 精卫东飞恨欲平：喻雄山工程之艰难。

⑥ 双峰：指大雄山、小雄山。

⑦ 丹绮：红色而有花纹的丝织品。

⑧ 暝色：暝，昏暗。这里指暮色。

⑨ 华彝：中国古代中原汉族对少数民族蔑称，又称“华夷”。

⑩ 昜（yáng）：“阳”的古字。

⑪ 商声：中国古代“宫、商、角、徵、羽”其“商”音。指燕丹送荆轲时高渐离击筑声。

⑫ 瓦桥：指古关隘瓦桥关。遗址位于今雄县西南，建于唐代。北宋时瓦桥关与益津关和淤口关并称“三关”，为北宋王朝御辽要地。

⑬ 冰轮：明月、冷月。

⑭ 夜未央：夜未尽，谓夜深还未到天明。

⑮ 宝珠落水骊龙戏：典故名，传说中的一种黑龙。典出《庄子·列御寇》。骊，纯黑色的马。

⑯ 题柱客：典故名，典出《华阳国志》卷三《蜀志》。汉司马相如初离蜀赴长安 ，曾于成都城北升仙桥题句于桥柱，自述致身通显之志，曰：“不乘赤车驷马，不过汝下也！”桥名作“升迁”。后以“题柱客”指誓志求取功名荣显之士。

⑰ 济川：本义渡河。后多以“济川”比喻辅佐帝王。

⑱ 石罅（xià）：石缝。罅，原意为瓦器的裂缝。

⑲ 云根：意为深山云起之处。

⑳ 仙掌金盘：传说汉武帝造柏梁台，建铜柱，高二十丈，大十围，上有仙人掌金盘承露，和玉屑饮之以求仙。

㉑ 均乐亭：雄州古亭，又称望山亭。民国时期《雄州新志·古迹》：“望山亭在县西大雄山上，金皇统二年徒单公建，后四十余年完颜公重建，改名均乐。”

㉒ 宋元老树：宋代李允则经营雄州时栽植的树木。

㉓ 莲浦晴游：雄州城南雄河水塘，时莲蒲芰荷繁盛。

㉔ 绿云：古代多指女子头发。

㉕ 若耶：山名。在浙江省绍兴市南。又溪名，相传西施浣纱于此，故一名浣纱溪 。

㉖ 徇世：随顺世俗。

㉗ 遁世：独自隐居，避开俗世。

㉘ 龙门：又名禹门，在今山西省河津市西北和陕西省韩城市东北。

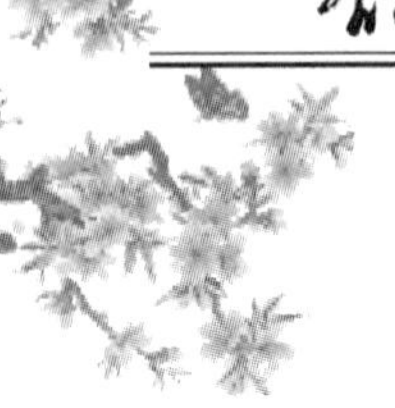

雄州八景诗 〔明〕王齐[1]

雄山晚照

雄山屹立草亭孤， 径仄[2]林稀望眼苏。
百里花封依日月， 十年桑野半江湖。
星罗谢傅[3]新棋局，秋入王丞[4]老画图。
胜地自来多感慨， 明时谁许著潜夫[5]。

石罅甘泉

龙泉[6]背郭酿千家，泉上龙宫[7]晚报衙。
岁久人窥星宿海[8]， 秋高客泛斗牛槎[9]。
金茎[10]露下青云湿，玉井莲开白日斜。
咫尺蓬莱隔烟树， 一川芦荻散晴花。

吕庙烟波

吕庙[11]仙桥秋水滨， 闲花野草尚鲜新。
黄粱归梦[12]骑黄鹤， 白日来游咏白苹[13]。
嘒嘒[14]玄蝉[15]依落木，冥冥[16]鸿鹄傍离人。
苕溪[17]此去三千里， 雪棹终当一问津。

易水秋声

易水西来会九河， 谁家金鼓[18]弄清波。
莲房菰米秋偏好， 估客[19]渔人晚更多。
饮马上流思郭隗[20]，屠龙失计[21]惜荆轲。
儒宫[22]萧散寒尊发，细听沧浪孺子歌。

瓦桥夜月

瓦桥关隘井梧秋， 急杵繁砧[23]起暮愁。
万壑松风连古塞， 一天花月近高楼。
公孙台殿俱尘土， 袁绍[24]干戈亦白头[25]。
独有江边黄石在， 柳阴时缆济川舟。

镜堂[26]嘉会

镜堂高起泮池东[27]，萝月[28]娟娟竹树风。
古木蟠龙朝夕见，层轩巢燕往来通。
黄云香落螯初紫，白雪团开酒正红[29]。
万卷少年虚自负，一樽今日有谁同。

莲蒲晴游

西湖十里镜光平，水淡云闲夕照明。
芦荻秋清归棹缓，藕花风细舞衣轻。
忘情仙侣沙鸥狎，放眼乾坤海鹤鸣。
共向习池[30]拼一醉，浪传王谢[31]得齐名。

柳溪垂钓

柳堤风物已萧森，坐对寒花思不禁。
楚北[32]松楸频入梦，燕南[33]桃李几成阴。
蹉跎四载[34]青毡敝，留滞三关[35]白发侵。
恋国未陈王粲[36]赋，临歧[37]空羡宓生琴。

本诗为编者所题，原诗题为“雄山秋兴兼赠少溪谢公德清之别时谢调繁。”诗出自民国《雄县新志·艺文志》。

①王齐：字元修，明朝河南新蔡举人，嘉靖八年（1529年）任雄县教谕。才高学博，工诗文，修编《嘉靖雄乘》，后升任任丘县令。

② 仄：倾斜、狭窄。

③ 谢傅：即谢安，字安石，东晋名士、宰相，死后赠太傅。这里是说谢安排兵布阵。

④ 王丞：指唐开元尚书右丞王维。善诗作画，曾作《辋川图》。

⑤ 潜夫：指隐士。

⑥ 龙泉：指小雄山附近涌出的泉水。

⑦ 泉上龙宫：指小雄山上五龙宫。

⑧ 星宿海：满天星斗或苍穹。

⑨ 客泛斗牛槎：槎，小船。人们在水上荡舟。

⑩ 金茎：擎承露盘的铜柱。

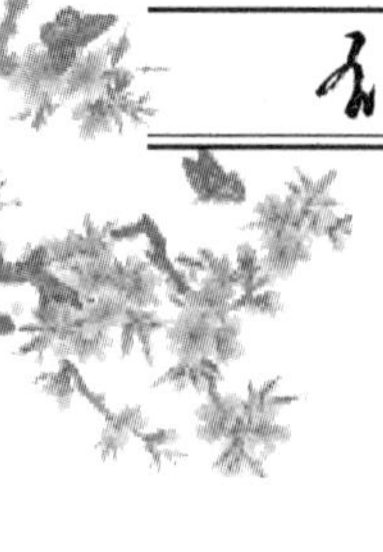

⑪ 吕庙：即吕公祠。

⑫ 黄粱归梦：即“一枕黄粱”之典故。这里指美境。

⑬ 苹：藾蒿。

⑭ 嘒嘒（huì）：象声词，形容小而清脆的声音。

⑮ 玄蝉：秋蝉，寒蝉。

⑯ 冥冥：与“昭昭”相对。昭昭指为阳、为天、光明之处。冥冥指为阴、为地、幽暗之处。

⑰ 苕溪：浙江水系之一，是太湖流域重要支流。

⑱ 金鼓：锣鼓。古代渔人捕鱼有击鼓吹笙习俗。

⑲ 估客：商人。

⑳ 郭隗：战国中期燕国人。燕国大臣、贤者。

㉑ 屠龙失计：这里用来指荆轲刺秦王之计而未成功。

㉒ 儒宫：古代官立学校。

㉓ 急杵繁砧：杵，木棒。砧，本义捣衣石。古代边塞士兵以杵击石鼓气声威。

㉔ 袁绍：袁绍（？—202），字本初。东汉末年群雄之一，建安四年（199 年）击败公孙瓒，五年（200 年）官渡之战中败于曹操。七年（202 年）病死。

㉕ 公孙台殿俱尘土，袁绍干戈亦白头：这句是说东汉末年公孙瓒与袁绍征战之事。

㉖ 镜堂：明雄州杨东山建，知州王齐增葺。《雄州新志·金石篇》：“雄邑庠明伦堂之东有僻地焉，新蔡王元修敷教之，明年构堂三楹，名曰东堂，盖为游息之所也。落成之期，客有献方镜者广尺许，元修嘉其有自照之仪，乃更堂之，名为镜堂，遂号镜堂。主人赋诗刻诸壁见（现）取名也。”

㉗ 泮池东：即明伦堂之东。泮池，半月形水池，意即“泮宫之池”，它是官学的标志。

㉘ 萝月：藤萝间的明月。

㉙ 黄云香落螯初紫，白雪团开酒正红：这句描写诸生镜堂集聚饮酒情景。黄云，指成熟麦田；白雪，疑为梨树开花。

㉚ 习池：指习家池，又名高阳池，是东汉初年襄阳侯习郁的私家园林，延存至今已有近 2000 年的历史。它是中国现存最早的园林建筑之一。这里借指莲浦。

㉛ 王谢：六朝望族琅琊王氏与陈郡谢氏之合称，后成为显赫世家大

族的代名词。

㉜ 楚北：湖北的北部，句中指作者故乡河南。

㉝ 燕南：燕国之南。句中指雄县。

㉞ 蹉跎四载：（作者）任雄县教谕四年。后任任丘县令。

㉟ 三关：瓦桥关、益津关、淤口关。借指雄县。

㊱ 王粲：字仲宣，东汉末年文学家，诗、赋、论、议皆能。以《登楼赋》《三辅论》著名，与孔融、徐干、陈琳、阮瑀、应玚、刘桢并称“建安七子”。

㊲ 临歧：分别。

容城[①]八景[②]之贤冢洄澜[③] 〔明〕张瑄[④]

桑田万顷汇成陂[⑤]，　贤冢依然信可奇。
自昔先生能继述[⑥]，　至今神物尚维持。
波光回合无乾土，　山色凄凉有断碑。
欲叩九泉寻坠绪[⑦]，　茫茫何处是津涯[⑧]。

本诗出自清光绪《容城县志・艺文志》。

① 容城：汉景帝初年 ，以匈奴降王徐卢封容城侯，始置容城侯国。王莽立新朝，置深泽县。晋武帝置容城县，属范阳国，县治在今安新县三台。北齐文宣帝天保七年（556 年），废容城入范阳县。隋开皇元年（581 年），改范阳国为遒县，移县治城子村，属上谷郡。唐圣历二年（699 年）改为全忠县，神龙二年（706 年）为遒县。天宝元年（742 年）复称容城县，代宗大历二年（767 年）并入雄州。五代，容城属契丹易州。宋乾德元年（963 年）移县治于雄州境内，属雄州。契丹亦于拒马河以北新城境内，侨置容城县，形成南北两个容城。金灭辽、宋，南北容城归一，县治地仍在城子一带，属雄州。至元二十三年（1286 年），容城属保定路雄州。明洪武十四年（1381 年），复置容城县，属京师保定府，景泰二年（1451 年），县治由城子村迁现址。清代，容城隶属直隶省保定府。1913 年，属保定府。1948 年，属河北省。1949 年，属河北省保定专区。1994 年，属保定市。

② 容城八景：古城春意、易水秋声、玉井甘泉、白沟晓渡、贤冢洄澜、忠祠雪松、古篆摇风、古城春色、白塔鸦鸣。

③ 贤冢洄澜：明清时“容城八景”之一景。贤冢，即刘因墓。光绪《容城县志·八景图》：“刘静修先生墓在拒马河南岸。河水冲决，地多圮坏，独此三面萦洄无虞。”

④ 张瑄：字廷玺，庐州府江浦县人。明朝正统七年（1442 年）进士，累官南京刑部尚书，有《观庵集》《香泉稿六卷》存世。

⑤ 陂（bēi）：小水塘。

⑥ 继述：继承。这里指静修墓能否被后人继承敬仰。

⑦ 坠绪：湮没的源头，仅存遗迹。

⑧ 津涯：边际。

容城八景二首 〔明〕李伸[①]

古城春意[②]

荒城百折几经春，每际春回景物新。
民庶杂耕偏乐业，牛羊群牧岂忧贫。
花开红树间啼鸟，柳折青枝赠远人。
共喜阳和添气象，游歌来往挹[③]香尘。

易水秋声[④]

壮士[⑤]归秦后，滔滔水自流。
北来经故邑，　南向渡雄州。
鸿雁三更雨，　蒹葭两岸秋。
西风同哽咽，　疑诉昔人愁。

本诗出自清光绪《容城县志·艺文志》。

① 李伸：明朝直隶安次（今河北省廊坊安次区）贡生，天顺三年（1459 年）任容城教谕。

② 古城春意：明清时直隶“容城八景”之一。清光绪《容城县志·艺文志》：“古城春意在城北十五里，土壤肥饶，草木畅茂，每春早发，比他地异。”

③ 挹（yì）：同“抑”，抑制。

④ 易水秋声：明清时直隶“容城八景”之一。清光绪《容城县

志·山川》，“《太平寰宇》：‘易水有三，南、北、中易水，北易水名濡水，出穷独山，南入定兴与中易水合流具入县之拒马河。予查阅容城县易水名，实皆易水之下流，旧志著易水源也。今就予所勘者而祥其原委，于佐……拒马河县北十里，源出涞水县，由定兴县之杨村入容城之城子村界，经沟市村至王家营入白沟河，或云拒马河。以晋刘琨拒石勒得名”。其“树本荫翠，禾稼繁盛，暑退风清，水声嘹亮 ”。

⑤ 壮士：指荆轲。

容城八景之忠祠雪松[①] 〔明〕陈伯友[②]

庙貌清幽依碧岑，　庭前松柏互森森。
一腔浩气还天地，　寸念丹衷贯古今。
胡塞竟成市马计，　明朝空费射狼心[③]。
惟留遗像伏腊[④]在，愧杀奸雄[⑤]骨已沉。

本诗出自清光绪《容城县志·艺文志》。

① 忠祠雪松：明清时直隶“容城八景”之一。忠祠，即杨继盛忠愍祠。清光绪《容城县志·山川》：“忠悯祠在邑学（明伦堂）东，万历四年建，有碑记。”自万历十四年（1586 年）至清乾隆二十四年（1759 年），先后修葺十余次。清光绪《容城县志·八景图》：“（忠悯祠）在学宫东。堂庑严整，柏桧森然，每当风雪，清翠亭秀。”

② 陈伯友（？—1625）：字仲恬，明朝山东济宁（今山东省济宁市）人。万历二十九年（1601 年）进士。官至太常寺卿。

③ 胡塞竟成市马计，明朝空费射狼心：指嘉靖二十九年（1550 年）“庚戌之变”。 嘉靖二十九年六月，俺答，因“贡市”不遂率军攻掠大同，明将仇鸾以重金赂赠俺答兵撤。八月，俺答陷古北口、密云、顺义直逼京城东直门外。双方以“不如往来买卖通贡” 议和。史称为“庚戌之变”。八月二十三日俺答撤兵，明廷经过一场惊恐，度过危机。依据协议，于十二月遣使至宣府大同，请求通贡，嘉靖为避免“临城胁贡”之耻，同意先在大同边外开设马市，宣府、延绥、宁夏诸镇也准许开市。杨继盛因以《请罢马市疏》被贬。

④ 伏腊：古代两种祭祀的名称。“伏”在夏季伏日祭祀，“腊”在农历十二月祭祀。

⑤ 奸雄：指严嵩。

容城八景之白沟晓渡[1] 〔明〕李进光[2]

绿杨堤畔早莺啼，客路长征望欲迷。
商舶渡头催棹急，皇华渚曲拥帆低[3]。
星疏月淡人呼钓，雨细风柔马踏泥。
倏忽秋高惊落叶，一声欸乃雁行西。

本诗出自清光绪《容城县志・艺文志》。

① 白沟晓渡：明清时直隶"容城八景"之一。白沟，即白沟河。光绪《容城县志・山川》："白沟河，县东北三十里，宋辽以此分解。原发代郡为拒马（河），中易（水），北易（水）三河汇流处由新城县之高桥流入容城。"清光绪《容城县志・八景图》："地当孔道，烟树苍茫，朝露未晞，竞渡绣错。"

② 李进光：清朝直隶容城（今河北省容城县）人。顺治十一年（1654 年）进士，任浙江金华知县。曾为清康熙《容城县志》编纂者之一，作修志纪事。

③ 皇华渚曲拥帆低：皇华，《诗经・小雅》中的篇名。渚曲，引白居易《泛春池》诗典，"白蘋湘渚曲，绿筱剡溪口。各在天一涯，信美非吾有"。此句言吟唱闲适之情。

容城八景七首 〔清〕赵士麟[1]

古城春意[2]

烟树苍茫远，　春城霁色霏。
堞[3]虚遗垒峭，麦径杂花飞。
断霭生西坞，　归鸿点夕晖。
驱车游赏再，　此意绘应稀。

易水秋声[4]

天地踈[5]秋色，云流水亦东。
远沙明野渚[6]，孤雁叫[7]寒风。
壮士看雄剑，　筑声落断虹。
萧萧无限意，　今古为谁恫。

玉井甘泉[8]

闻道玉泉寺，乘舆此旧游。
金鞍簇野甸，石甃[9]挹寒浏[10]。
去指渥城树，回瞻蓟阙[11]楼。
至今题额处，尚有赤霞流。

白沟晓渡[12]

北路蓟门古，　秋空易水沉。
晴沙带宿莽[13]，初日到平林。
连马登舟过，　群鸥坐石吟。
碧流清见底，　淡宕[14]洒[15]吾心。

贤冢洄澜[16]

极目苍岑外，　惊涛荡里门。
地因神物护[17]，道以先生尊。
元宋当时改[18]，乾坤此墓存。
共知英爽异，　风雨暗高原。

古篆摇风[19]

黉序[20]文明地，岿然隔代碑。
飘风随树过，　断碣向人欹[21]。
藓剥摇章[22]古，籀[23]镌鸟篆奇。
石鳌戴[24]不去，应有巨灵支[25]。

白塔鸦鸣[26]

青天塔直上，　皎皎覆霜花。
常有声呼鹤，　怪无色变鸦。
乾坤孤峙老[27]，云日映辉斜。
近郭晴游处，　棱层[28]望若遮。

本诗出自清光绪《容城县志·艺文志》。

① 赵士麟（1629—1699）：字麟伯，号玉峰，清朝云南澄江（今云南省澄江县）人。康熙三年（1664 年）进士，七年（1668 年）任直隶容城县令。创立容城“正学书院”，以“立志、辨学、正心、慎独”为宗旨，教育民众立志立德，勤奋读书。当时政务偏废，摊派苛刻，赵士麟到任后尽行革除，并刻碑文以示永远遵守。凡有诉讼，不拘时日，随到随审，明查果决，秉公判处，政声远播。修葺文庙、城池、官厅、桥梁、道路。济孤赈贫，抚恤鳏寡，事农桑。后历光禄寺少卿、鸿胪通政、都察院左副都御史、浙江巡抚。

② 古城春意：清光绪《容城县志·山川》：“在城北十五里。土壤肥饶，草木畅茂，每春早发，比他地异。”

③ 堞（dié）：城垛口。

④ 易水秋声：明清时直隶“容城八景”之一。容城县境内的南拒马河，全长 12 公里，发源于涞源县，古称涞水或易水。此为南拒马河秋景。清光绪《容城县志》载：“树本荫翠，禾稼繁盛，暑退风清，水声嘹亮。”

⑤ 踈（shū）：同“疏”。

⑥ 野渚：野水塘。

⑦ 叫（jiào）：同“笑”。

⑧ 玉井甘泉：明清时直隶“容城八景”之一。光绪《容城县志·本卷图》：“玉井甘泉在县城南午方村，泉清水甘，迥异他所，金世宗驻跸，名曰甘泉。”

⑨ 甃（zhòu）：井壁，也指井。

⑩ 浏：水清澈。

⑪ 蓟阙：指蓟城。今北京西南部，曾为燕国郡城，后定为燕都。

⑫ 白沟晓渡：明清时直隶“容城八景”之一。白沟，即白沟河。光绪《容城县志·山川》：“白沟河，县东北三十里，宋辽以此分解。原发代郡为拒马（河），中易（水），北易（水）三河汇流处由新城县之高桥流入容城。”清光绪《容城县志·八景图》：“地当孔道，烟树苍茫，朝露未晞，竞渡绣错。”

⑬ 宿莽：一种经冬不枯草。

⑭ 淡宕：水迂回缓流样子。

⑮ 洒：同“洗”意。

⑯ 贤冢洄涧：明清时直隶“容城八景”之一。贤冢，即刘因墓。光绪《容城县志·八景图》：“刘静修先生墓在拒马河南岸。河水冲决，

地多圮坏，独此三面萦洄无虞。”

⑰ 地因神物护：即指刘因墓“河水冲决，地多圮坏，独此三面萦洄无虞”（清光绪《容城县志》）。意为神佑。

⑱ 元宋当时改：指元宋嘉定之战。元至元十一年至十二年（南宋咸淳十年至德祐元年）（1274—1275），忽必烈灭宋之战。元军攻陷南宋都城临安后，再南下破南宋嘉定府（今四川省乐山市）作战。

⑲ 古篆摇风：明清时直隶“容城八景”之一。清光绪《容城县志·八景图》：“古篆摇风在明伦堂前，每遇微风，碑座摇动，尘埃徐出，见者惊异。”

⑳ 黉（hóng）序：古代学校。《北齐书·文宣帝纪》：“诏郡国修立黉序，广延髦儁，敦述儒风。”这里指容城县邑学明伦堂。

㉑ 攲（qī）：倾斜，歪向一边。

㉒ 章：绘画上赤与白相间的花纹。这里指碑上纹饰。

㉓ 籀（zhòu）：古代汉字中一种书体的名称。又称籀文或“大篆”“籀书”。籀文起于西周晚期，春秋战国时期行于秦国，字体与秦篆相近，但字形的构形多重叠。

㉔ 鳌戴：比喻负荷重任。典出《列子·汤问篇》，汉族神话传说谓渤海之东有大壑，其下无底，中有五座仙山，常随潮波上下漂流。天帝恐五山流于西极，失群仙之居，乃使十五巨鳌轮番举首戴之，五山才峙立不动。

㉕ 灵支：即灵芝。指古篆碑沧桑久远，有灵气。

㉖ 白塔鸦鸣：明清时直隶“容城八景”之一。清光绪《容城县志·八景图》：“（白塔鸦鸣）在城东白塔村。竚立塔下，拍手相击，鸦声即应，神异莫测。”

㉗ 乾坤孤峙老：白塔经年孤处，犹与天地对峙古老悠久。

㉘ 棱层：高耸。

容城八景之贤冢洄澜　〔清〕梁永淳[1]

集贤赞善狎鸥鸟，处士雷溪自鹖冠[2]。
千尺白杨归劫火，三方洚[3]洞尽回澜。
天留荒垅烟霞老，地护灵根松柏丸。
犹忆佳辰拜扫日，花茵柑酒共盘垣。

本诗出自清光绪《容城县志·艺文志》。

① 梁永淳：清朝直隶容城（今河北省容城县）人，康熙十一年（1672 年）举人，任直隶行唐县教谕，后历工部主事、台州知府。曾编修清康熙《容城县志》。

② 集贤赞善狎鸥鸟，处士雷溪自鹖冠：这句是赞叹刘因不趋仕途，清雅处居，潜心治学的风范。狎鸥，引“鸥鹭忘机”典。《列子·黄帝》：“海上之人有好沤鸟，每旦之海上，从沤鸟游，沤鸟之至者百住而不止。其父曰：‘吾闻沤鸟皆从汝游，汝取来，吾玩之。’明日之海上，沤鸟舞而不下也。”沤，同“鸥”。后以“狎鸥”指隐逸。鹖冠，秦汉时用鹖羽毛装饰武士之冠，这里指隐士之冠。雷溪，借指刘因。

③ 洚（jiàng，又读 hóng）：同“洚”，大雨。

容城八景之忠祠雪松　〔清〕李用楫[1]

精忠天赋障狂澜，　赢得祠宫额[2]尚丹。
夹陛[3]青松鸣涧溜，半天绛雪倚霜寒。
亭亭疏影摩霄汉，　落落孤踪照碧滩。
面目自猜终第一，　长余浩气斗[4]边看。

本诗出自清光绪《容城县志·艺文志》。

① 李用楫：清朝直隶容城（今河北省容城县）人，康熙十五年（1676 年）进士，除授中书，选安庆府同知。

② 额：匾额。

③ 陛：此指祠门台阶。

④ 斗：北斗。

容城八景二首 〔清〕李龙光[①]

古城春意

督亢[②]西望旧山河，此地偏宜春意多。
柳浪莺啼声早滑，　桃花村曲草如蓑。
晴霞历历荒城曙，　夕照沉沉牧竖[③]过。
回首英雄曾筑此，　迷离烟雨尚嵯峨。

古篆摇风

蛟螭[④]石室闪云旗[⑤]，时有惊风扣紫扉。
苍籀乍摇疑劲蛰，　古亭久眝[⑥]讶还飞。
宸奎[⑦]四壁金石色，　天翰[⑧]双钩[⑨]日月晖。
自是地灵多异迹，　寻常苜蓿有光辉。

本诗出自清光绪《容城县志·艺文志》。

① 李龙光：清朝直隶容城（今河北省容城县）人，康熙年间贡生，曾参与清康熙《容城县志》编修。

② 督亢：古地名，燕国膏腴之地，今河北省涿州市东南有督亢陂，其附近定兴、新城、固安诸县。清光绪《容城县志·古迹》：“督亢陂刘向别录曰：督亢燕膏腴之地，风俗通曰亢莽也。淫淫漭漭无涯也，在容城北界。”

③ 牧竖：引晚唐朝诗人崔道融诗典，《牧竖》诗描写出了一个天真浪漫的牧童形象。作者借《牧竖》诗描写古城郊外夕阳牧归。

④ 蛟螭：犹蛟龙。亦泛指水族等。

⑤ 云旗：画有熊虎图案的大旗，多现于寺观。

⑥ 眝（zhù）：睁大眼睛（看）。

⑦ 宸奎：帝王的文章、墨迹，犹御笔宸章。

⑧ 天翰：皇宫所藏翰墨。

⑨ 双钩：复制法书的技法。法书上石，沿其笔面的两侧外沿以细线钩出，称为“双钩”。

容城八景之白塔鸦鸣 〔清〕梁永溥[①]

浮图[②]东矗入层云，怪有鸦鸣是处闻。
玲阁响腾因入讼，王舟[③]声魄为行军。
岧峣[④]影接天河柱，响答风飘落照曛。
惟祝改颜称雁塔[⑤]，宝光千尺烂秋雯[⑥]。

本诗出自清光绪《容城县志·艺文志》。

① 梁永溥：清朝直隶容城（今河北省容城县）人，康熙年间贡生，曾编修清康熙《容城县志》。

② 浮图：佛塔。

③ 王舟：引“白鱼登舟”典。本义指殷亡周兴之兆，比喻用兵必胜的征兆，也形容好兆头开始。

④ 岧峣（tiáoyáo）：山高峻。

⑤ 雁塔：指陕西大雁塔。

⑦ 秋雯：秋天成花纹的云。

容城八景之玉井甘泉 〔清〕周伦[①]

穴地通千尺，中心常自明。
曾消金主渴，雅称玉泉名。
利用元无极，仁功终有成。
愿言均此施，四海济苍生。

本诗出自清光绪《容城县志·艺文志》。

① 周伦（1463—1542）：字伯明，晚号贞翁，明朝江苏昆山（今江苏省昆山市）人。弘治十二年（1499 年）进士，授新安知县，任职期间，重修静修书院。后擢大理寺少卿，官至南京刑部尚书。谥康僖。著作有《贞翁净稿》《西台纪闻》《医略》等。

容城八景之玉井甘泉 〔清〕杨有桐[①]

鸾舆曾此驻宸游[②]， 一掬寒浆沆瀣[③]流。
地僻几经剖竹契， 香清尚可傲龙湫[④]。
巡行既赐甘泉额， 咫尺还看梳洗楼[⑤]。
忆自南皋[⑥]记胜事， 高贤煮茗[⑦]共题榴[⑧]。

本诗出自清光绪《容城县志·艺文志》。

① 杨有桐：清朝直隶容城（今河北省容城县）人，廪生。

② 宸游：皇帝出游。

③ 沆瀣（hàngxiè）：夜间水汽、露水。

④ 龙湫：上有悬瀑下有深潭的地方。

⑤ 梳洗楼：金章宗元妃梳洗楼。

⑥ 南皋：指容城县南之“玉井甘泉”。皋，水边的高地。

⑦ 煮茗：文人雅士泡茶、饮茶。

⑧ 题榴：即景题咏。引韩愈《题张十一旅舍三咏·榴花》诗典：“五月榴花照眼明，枝间时见子初成。可怜此地无车马，颠倒青苔落绛英。”

容城八景二首 〔清〕汪天宿[①]

古篆摇风

碑是何年建，　秋风撼欲摇。
文章传左史[②]，岁月纪前朝。
鸟篆[③]镌犹在，蜗蜓字半消[④]。
我来怀古迹，　洒瀚[⑤]兴逾饶。

白塔鸦鸣

突兀悬平础，岧峣[⑥]接太清[⑦]。
七层连雁起，一角听鸦鸣。
岂是凌空韵，应知响梵声。
登临摩醉目，白塔独题名。

本诗出自清光绪《容城县志・艺文志》。

① 汪天宿：清朝直隶容城（今河北省容城县）人，贡生。

② 左史：即《左传》《史记》。

③ 鸟篆：篆书的一种书写学生，笔画由鸟形替代，起源于东周时期。

④ 蜗蜓字半消：碑文有些字迹看不清楚，常有蜗蜓栖落。

⑤ 洒瀚：泼墨。

⑥ 岧峣（tiáoyáo）：山高峻。

⑦ 太清：天空。

咏容城八景和名人原韵 〔清〕裴福德[①]

白沟晓渡

蒹葭两岸水禽啼，一片苍茫望欲迷。
野店处开朝日上，孤舟冲破晓烟低。
马嘶河曲怜芳草，人踏霜痕印浅泥。
回首夕阳来处路，几家茅屋画桥西。

玉井甘泉

午方村外踏青游，玉井清波一带流。
树影人声喧蟹舍，茶香水味胜龙湫[②]。
甘泉曾说前朝额，梳洗已空旧日楼。
春色匆匆今又过，名花照眼灿红榴。

古城春色

芒鞋藜杖好寻春， 行到古城色色新。
岸柳先垂能系恨， 林花早放可忘贫。
惟闻布谷提壶鸟[③]，久泛抱关[④]系手人。
芳草斜阳无限意， 融和景象绝凡尘。

易水秋声

阿房宫殿已飞灰，此地秋声满翠微。
天不悯穷悲国士，水能写恨忆湘妃。
谁怜荆轲心徒壮，太息燕丹计竟非。
怒浪寒涛今日里，依稀擒得祖龙[⑤]归。

忠祠雪松

世上奇男子，人间大丈夫。
荒城深雪拥，古庙秀松孤。
凛冽须眉气，苍生衽席图。
涛声寒夜起，忠壮满皇都。

贤冢洄澜

不共沧桑变，　先生此墓门。
前朝留古迹，　异代重师尊。
斯世狂澜挽，　中流砥柱存。
我来伸奠醊⑥，芳草满平原。

古篆摇风

俎豆⑦千秋地，残碑势欲摇。
风云生此日，　字画认前朝。
鳌戴⑧同山重，鸿文异雪消。
石碑参妙理⑨，　稽古⑩兴偏饶。

本诗出自清光绪《容城县志·艺文志》。

① 裴福德：清朝山西永济（今山西省永济市）人，监生。咸丰七年（1857 年）任直隶容城知县。

② 龙湫：上有悬瀑下有深潭的地方。

③ 提壶鸟：“提壶”，别字。应“鹈鹕”。

④ 抱关：守关巡夜的人。引“抱关击柝”典。《孟子·万章下》：“为贫者，辞尊居卑，辞富居贫。辞尊居卑，辞富居贫，恶乎宜乎？抱关击柝。”击柝（梆子），打更巡夜。

⑤ 祖龙：指秦始皇。

⑥ 奠醊 (zhuì)：奠酒。醊，祭祀时把酒洒在地上。

⑦ 俎豆：俎、豆，古代祭祀、宴飨时盛食物用的两种礼器，亦泛指各种礼器。后引申为祭祀和崇奉之意。

⑧ 鳌戴：引古代上帝命十五巨鳌用头负举大山传说，典出《列子集释·汤问篇》。故后用以表示恩德深重。

⑨ 妙理：微妙道理。

⑩ 稽古：考察古代的事迹，以明辨道理是非。

任丘六景选其五[①] 〔清〕杨州彦[②]

金沙落照[③]

天规日落岭西斜，　煜煜星星照眼花。
费尽双丸[④]文武火，泼来一片紫金沙。

十里荷香[⑤]

东城荷花袭城西，　紫葯香莲十里堤。
终古不闻白纻曲[⑥]，红尽腐绝愧耶溪。

白洋月夜[⑦]

清浦澄亟细作轮，　苇蒲不受映冰轮[⑧]。
委波跃跃[⑨]谁能比，满夜银花傍大春[⑩]。

枣林晚渡[⑪]

隔岸招招次第呼，扁舟直揽枣林株。
王维写得人喧渡，能写篙师[⑫]梗渡无。

长堤烟柳[⑬]

似雾非云转望疑，长堤浓淡染丝丝。
春来选树啼莺唤，莫敢横将玉笛吹。

本诗出自清乾隆《任邱县志·艺文志》。

① 任丘六景选其五：编者自题。乾隆《任邱县志》载，“白洋月夜”“长堤烟柳”“十里荷香”“金沙落照”“枣林晚渡”“水月桃花”昔时为任丘六景。其中“水月桃花”景在任丘石门桥水月寺，因此未录入。

② 杨州彦：字倩公，清朝湖北当阳（今湖北省当阳县）人，顺治十六年（1659 年）进士，康熙五年（1666 年）任任邱知县，其调济民困，清廉自持，因忤旨罢归，绝意仕途。

③ 金沙落照：清乾隆《任邱县志》载“金沙落照”景，在县境内陈王庄、姜村及端村东、端村西均有。据考，清代“端村东”指任丘千里

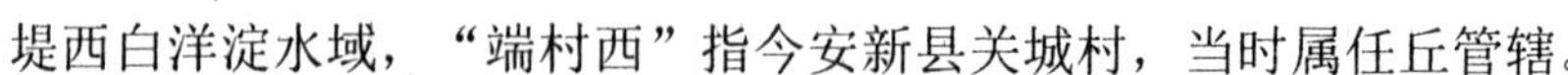

堤西白洋淀水域，“端村西”指今安新县关城村，当时属任丘管辖。

④ 双丸：指日月。

⑤ 十里荷香：在今河北省安新县赵北口一带（明清时期，赵北口隶属任丘）。

⑥ 白纻（zhù）曲：乐府名，流于江南。

⑦ 白洋月夜：指任丘所属白洋淀景色。

⑧ 清浦澄亟细作轮，苇蒲不受映冰轮：清澈的水面泛着圆波，苇蒲、明月相互映照。浦，水边、水面。亟，用如副词，很、非常。轮，圆。不受，不是那样（细作轮）。冰轮，月亮。

⑨ 委波跃跃：曲曲波纹沿洄荡漾。

⑩ 满夜银花傍大春：月夜下明耀的浪花像开满梨花的春天。

⑪ 枣林晚渡：在任丘西北的枣林庄附近。

⑫ 篙师：船家、撑船人。

⑬ 长堤烟柳：指任丘西北千里堤逶迤柳林。

任丘六景选其五 〔清〕李经垓

金沙落照

连色照层城，农人指日夕。
牛羊自下来，蹋地成天迹。

十里荷香

未许行人折，轻舟载酒行。
雨余色更好，清送去雷声。

白洋月夜

一水杳无际，平波静不流。
三更渔火息，清影射双眸。

枣林晚渡

乱流人未已，舟小自横斜。
隔岸呼声急，轻烟起暮鸦。

长堤烟柳

不尽马嘶路，荫荫接小桥。
春明云水合，倩笔[①]上生绡[②]。

本诗出自清乾隆《任邱县志·艺文志》。
① 倩笔：请人代笔，借笔。
② 生绡：用生丝织成的绸缎。

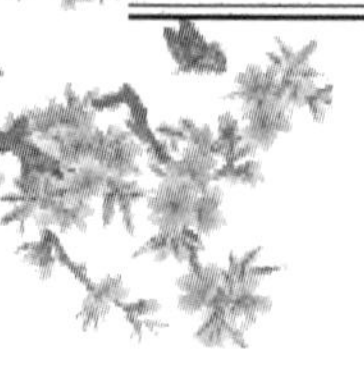

任丘六景选其五 〔清〕刘统[①]

金沙落照

影挂桑榆[②]集暮鸦，苍垠霄堮[③]泛流霞。
曦晖暖浴恒河米[④]，驹隙晴开大地花。
一篴屑霏[⑤]翻锦浪，千层绮縠[⑥]印龙沙。
谩猜金谷[⑦]从来盛，银海光中有万家。

十里荷香

翠盖红云[⑧]散野塘，乘流静挹[⑨]远来香。
迎薰[⑩]玉尘[⑪]萦兰气[⑫]，带露花裾袭蕙芳。
饮汁须中唯蛱[⑬]蝶，浴波叶底是鸳鸯。
谁家度曲[⑭]斜阳外，十里清风送晚凉。

白洋月夜

银河泻影迥无边，皎洁冰轮上下圆。
彩泛江妃[⑮]波作镜，光移月姊璧[⑯]沉渊。
三秋灏气浮天际，一片空明印大川。
素练[⑰]平铺千万顷，群歌清晏[⑱]自年年。

枣林晚渡

夕阳影里水潆洄[⑲]，舟子招招取次来。
几处舳舻[⑳]竞欸乃[㉑]，数家灯火尚徘徊。
流霞散绮随帆去，孤鹜惊寒逐浪回。
击楫中流回首望，暮云深处钓鱼台。

长堤烟柳

汉南[㉒]弱质[㉓]拂长堤，非雾非云望转迷。
一帧玻璃含早露，孤舟蓑笠带新泥。
烟笼远树浓远淡，翠染纤眉起复低。
正是明湖春晓日，芳菲牵惹六桥[㉔]西。

本诗出自清乾隆《任邱县志·艺文志》。

① 刘统：字汉臣，清朝乾隆甘肃武威（今甘肃省武威市）拔贡，初任直隶易州判，后任雄县知县。乾隆二十五年（1760 年）转任任邱知县。任期怜民兴学教，政绩有声。主修《任邱县志》。

② 影挂桑榆：桑榆，日落时光照桑榆树端，因以指日暮。

③ 仓垠霄堮 (è)：天际。垠，边岸、界限。堮，边际或界限。

④ 恒河米：印度恒河沙粒。

⑤ 屑霏：如霏细沙。

⑥ 绮縠 (hú)：丝织品的总称。

⑦ 金谷：指钱财和粮食。

⑧ 翠盖红云：指荷叶与荷花。

⑨ 挹：舀，把液体盛出来。

⑩ 薰：香气。

⑪ 玉尘：即玉屑。

⑫ 兰气：雾气。

⑬ 蛱 (jiá)：蝶的一种。

⑭ 度曲：词曲；唱曲。

⑮ 江妃：中国古代传说中的女神。

⑯ 月姊璧：月亮。

⑰ 素练：本意白色绢帛。常用以喻云、水、瀑布等。

⑱ 清晏：清平安宁。

⑲ 潆洄：亦作“潆回”。水流回旋。

⑳ 舳舻：船头和船尾的合称，泛指船只。

㉑ 欸乃：象声词，摇橹声；棹歌，划船时歌唱之声。

㉒ 汉南：指湖北武汉南部，水乡泽国。借指白洋淀。

㉓ 弱质：原指女子或女子的身体，这里指堤柳。

㉔ 六桥：杭州西湖外湖苏堤上之六桥。这里借指十二连桥。

任丘六景选其五 〔清〕边中宝[①]

金沙落照

漱漱[②]恒河沙，皎皎悲谷日。
闪烁迸金光，照耀万家室。
缅怀古迄今，淘尽几人物。
驹隙[③]不可留，烟暝孤光没。

十里荷香

菡萏[④]亘十里，秋影散扶疏[⑤]。
时于风定后，或值雨浥[⑥]初。
香气浩如海，余氛袭人裾。
欲揽不可掬，斜阳空踟蹰。

白洋月夜

九霄悬宝珠，万顷泼银汞。
烟霭净纤毫，上下相倾动。
江妃[⑦]与洛神[⑧]，光彩浮白凤[⑨]。
自非太阴精，谁能为此弄。

枣林晚渡

谁将黄蔑[⑩]舟，系缆柳荫下。
三老[⑪]及长年[⑫]，摊钱戏方罢。
引手招使来，瓦桥[⑬]趁旅舍。
柔舻逐轻鸥，烟里闻呕哑[⑭]。

长堤烟柳

长堤如带围，草作裙腰绿。
谁将汉南烟，烘染浮空曲。
欸乃何处来，樵风[⑮]健帆腹。
柁楼[⑯]暮笛哀，还向烟中宿。

本诗出自清乾隆《任邱县志・艺文志》。

① 边中宝（1697—1780）：字识珍，号竹岩。清朝直隶任邱（今河北省任丘市）人。乾隆三年（1738 年）举人，任遵化学政，有《竹岩诗草》。

② 潄潄：象声词。

③ 驹隙："白驹过隙"的省称。比喻光阴过得迅速。

④ 菡萏（hàndàn）：荷花。

⑤ 扶疏：枝繁叶茂。

⑥ 浥（yì）：湿润。

⑦ 江妃：中国古代传说中的女神。

⑧ 洛神：又名宓（fú）妃，中国远古时代神话传说中的女神，乃伏羲氏之女，因迷恋洛河两岸的美丽景色，降临人间。

⑨ 白凤：石莲花，歧伞花序自叶腋伸出，花钟形，开花特别漂亮。

⑩ 黄蔑：隋炀帝下江南时船名之一。这里借指白洋淀中的船。

⑪ 三老：古代乡官之名，由五十岁以上者担任。这里指船工。

⑫ 长年：年长者。

⑬ 瓦桥：即雄县的瓦桥关。

⑭ 呕哑：象声词，本义管弦噪杂。这里指摇橹声。

⑮ 樵风：顺风。

⑯ 柁（duò）楼：安置于大船后梢木屋，供掌舵人使用。柁，同"舵"。

任丘六景选其五 〔清〕刘炳[1]

长堤烟柳

金堤[2]似率然[3]，高柳远浮烟。
雾锁淀洋水，　云笼原隰田[4]。
毵毵[5]连万井，　袅袅带长天。
十二桥边望，　清波照起眠。

十里荷香

荷花满淀荣，十里荡舟行。
目逆美而艳，心知远益清。
气浓朝露润，味细晚风轻。
馥郁盈怀袖，犹闻歌唱声。

白洋月夜

良夜月如许，白洋一泛舟。
灵圆悬碧落，浩淼漾明流。
练影净尘虑，霓裳入棹讴。
骑鲸俄欲去，霄汉在双眸。

枣林晚渡

枣林称古渡，　隔岸有人家。
击楫争残照，　扬帆趁落霞。
遥涂[6]连下省，接轨入京华。
欸乃声犹竞，长堤集暮鸦。

金沙落照

沙砾铺金屑，　阳光正下舂[7]。
照临真有色，　披拣更何庸。
曜[8]彩全惊目，星罗足荡胸。
文翁方敷化[9]，奇景胜花封。

本诗出自清乾隆《任邱县志·艺文志》。

① 刘炳：字殿虎，号啸谷，清朝直隶任邱（今河北省任丘市）人。乾隆七年（1742 年）进士，后任九江知府。著作有《啸谷诗草》。

② 金堤：乾隆《任邱县志·舆地志》："金堤明嘉靖间知县王灿筑。"

③ 率然：古代传说中的一种蛇，借喻长堤逶迤。

④ 隰（xí）田：新垦的田地。隰，低湿的地方。

⑤ 毵毵（sān）：形容毛发、枝条等细长的样子。

⑥ 遥涂：即"遥途"。犹远道。

⑦ 下舂（chōng）：日落之时。

⑧ 曜（yào）：照耀。日、月、星均称"曜"。

⑨ 文翁方敷化：引"文翁兴学"典，布行教化。

任丘六景选其五 〔清〕檀振远[①]

金沙落照

残阳宛宛[②]移芳甸[③]，万点星沙射凌乱。
闪户[④]无定耀迷离，烘然泼眼金一片。
返照晴花大地开，吾丘[⑤]风景接燕台。
明灭小光浮愈远，前溪闪闪寒鸦晚。

十里荷香

波平一碧涵明镜，翠盖红霞宛交映。
画舫轻摇水底天，生香面面来无定。
雨余风袅日斜时，十里氤氲[⑥]薰麝脐[⑦]。
鼻观[⑧]浑忘辨花水，祇[⑨]疑罗袜凌空起。

白洋月夜

万顷澄潭一镜彻，金波璧彩双激射[⑩]。
分明水底写天心，灏气[⑪]茫茫江练[⑫]白。
冰轮[⑬]静碾夜无风，蟾光演漾[⑭]水晶宫。
浩渺无边横玉露，离离清影孤帆渡。

枣林晚渡

拖蓝[⑮]十里莹寒玉[⑯]，晚舟容与摇鸭绿。
堤柳微茫起暮烟，罨画渔村[⑰]隔岸曲。
棹声呕轧[⑱]水萍开，十二连桥次第来。
欸乃渔歌何处发，一川素彩流新月。

长堤烟柳

长堤蜿蜒迤百里，丝丝翠黛浮空起。
绿云深锁暗含烟，控引湖光映清泚[⑲]。
踠地[⑳]柔条斜漾风，濛濛和雨画图中。
扁舟如叶孤泊处，遥望微茫见江雾。

本诗出自清乾隆《任邱县志·艺文志》。

① 檀振远：字维藩。清朝直隶任邱（今河北省任丘市）人。家贫，织布易粟养母，时负薪入市，与同邑边连宝吟咏。曾参与编修《任邱县志》，著作有《墨雪堂诗稿》等。

② 宛宛：盘旋屈曲。

③ 芳甸：芳草丰盛的原野。

④ 闪尸：忽隐忽现。

⑤ 吾丘：任丘。

⑥ 氤氲（yīnyūn）：烟气、烟云弥漫的样子。也指气或光混合动荡的样子。

⑦ 麝脐：麝香。

⑧ 鼻观：鼻孔或嗅觉。

⑨ 祗（zhī）：恭敬。

⑩ 金波璧彩双激射：指泛着精光的水波和月亮一齐照射。

⑪ 灏气：弥漫在天地间之气。

⑫ 江练：江水澄澈、平静如同洁白的绸子。

⑬ 冰轮：这里指月亮。

⑭ 蝉光演漾：水雾、水帘似蝉翼光亮飘荡。

⑮ 托蓝：余晖映在水中。

⑯ 寒玉：这里指清冷的夜色。

⑰ 罨画渔村：罨画，彩色的画。这里说夜幕下渔村如同彩画、园林。

⑱ 呕轧：摇橹、鸟鸣等声音。

⑲ 泚（cǐ）：清澈。

⑳ 踠（wǎn）地：是指弯曲斜垂的地貌。踠，弯曲。

渥城[1]八景[2]歌 〔清〕张廷玉[3]

畿辅之南东新安，　于今于渥于易[4]如弹丸。
秦汉金元有大观，　八景妍开天地宽。
望易京城[5]十里蟠[6]，公孙避世水云端。
刘盆子寨[7]信夷漫[8]，三台晚照日华团。
倒影长流流不澜，　长沟拟钓十八滩。
歌罢秋风易水寒，　梳洗楼上斗朱颜。
楼西鹅池[9]笼雪翰，　时得元妃[10]一笑欢。
元妃自从蹑飞鸾，　静寺[11]钟声月下坛。
寺右春光种紫兰，　道人飞去七返丹[12]。
有景有景得并难，　谁将桑海快手抟。
半为葵兔野花残，　只有长沟流未干。
迯[13]城东泻回清湍，　客船渔舟似星攒[14]。
遍地荷花任盘桓，　乘舟一望迎阑杆。
花开满县胜若潘，　欲题仕隐有周磻，
还闻得句胜于官。

本诗出自清乾隆《新安县志·艺文志》。

①渥城：新安古城（今河北省安新县城）。战国时，称浑埿城。清乾隆《新安县志·舆地志》：“按考新安城汉时在三台，尚有衙门道申明亭遗址。至金章宗以元妃李氏家浑渥遂移县于浑渥。”金改称渥城，置渥城县。明成化四年（1468年）知县赵俊、弘治十四年（1501年）知县周伦、正德九年（1514年）知县王举、万历十五年（1587年）知县罗启先及张廷玉增修，诗中“渥城”指渥城及周边区域。

②渥城八景：清乾隆《新安县志·新安八景图说》记载，渥城八景分别为静修书院、台城晚照、易水秋声、长沟钓叟、聪寺晓钟、妃子妆台、明昌鹅楼、仙翁春苑。清乾隆《新安县志·新安八景图考》：“按郡邑志各有八景，表形胜也。施以图画则踵事增华矣。余邑有花县之称，喷喷而芬旧列八则名，兼驯雅前徵君载笔时微泯其名，然而终不可泯也。稍微点润绘摹如左附以新诗，登高者能赋、遇物能名，差无遗憾矣。”

③ 张廷玉：明朝陕西肤施（今陕西省延安市）人，万历四十六年（1618 年）任新安知县。广植荷花，加固城墙，组织团练。创修《新安县志》。

④ 于渥于易：渥，渥水，古代流经新安。易，即易水。

⑤ 易京城：古城名，在今雄县境内。东汉末年公孙瓒拥幽燕，徙易镇据。易地南临易水，公孙瓒令挖壕沟十道环绕，堆积山丘（称“京”）高各五六丈，上筑营驻兵。中心山丘高达十丈，其上建楼，公孙瓒自居，置铁门，呈送文书系绳引上。城内储谷 300 万斛。公孙瓒欲长期固守再相机出击。袁绍致书劝和，公孙瓒置之不理。袁绍又遣将屡次进攻，终为所克。民国时期《雄县新志》记：“易京城在县西北十五里。”

⑥ 蟠：环绕。

⑦ 刘盆子寨：汉朝时称今安新县三台为刘盆子寨。清乾隆《新安县志・舆地志》：“刘盆子寨即三台城也，下有洞透西二里至三台浮图，东有古井，井有券门，知为当时出没之所。”

⑧ 夷漫：漫灭、磨平。因（刘盆子寨）历史久远，模糊不清。

⑨ 楼西鹅池：楼，即望鹅楼。金章宗元妃酷爱鹅，章宗为其建楼以观，位于东南城上，下有鹅池故名。清乾隆《新安县志・古迹》：“望鹅楼在邑学前城上有大小鹅池，亦章宗游幸之所。”

⑩ 元妃（1172—1209）：即李师儿，金章宗元妃，新安（今属河北省安新县）人。金朝大定末年时又以监户女子身份入宫，因诗才聪慧深得宠爱，后册封元妃。卫绍王大安元年（1209 年），因“子嗣”事件获罪，葬于故里。

⑪ 静寺：静聪寺。

⑫ 七返丹：传说中的一种丹药。

⑬ 遶（rào）：同“绕”。

⑭ 星攒：比喻渔船快速穿梭。

新安八景 〔清〕伊人镜[①]

静修书院

闲气钟灵起冀燕，洛闽一脉证心传。
渡江赋就知音少，论辩还须待后贤。

妃子妆台

绿杨罨画[②]俯层城[③]，翠隐朱楼宝镜莹[④]。
谁向前身问明月，最怜曾傍日边明[⑤]。

聪寺晓钟

丽谯[⑥]斜角隐疏星，几杵鲸铿[⑦]枕上听。
唤醒痴迷知悟否，可能证道似南屏。

台城晚照

东疃西村[⑧]认杳茫，霞烧鱼尾[⑨]带斜阳。
纵横明灭分鸦背[⑩]，指点烟中十八庄。

东堤烟柳

张家庄北宋庄东，万缕如烟细雨中。
十斛先储螺子黛[⑪]，鹅溪[⑫]一幅画难工。

西淀风荷

露华浓浥[⑬]芰荷香，水面风鳞趁早凉。
先问问源亭[⑭]畔路，好催双浆出横塘。

鹅楼[⑮]凌云

危楼杰出欲凌虚[⑯]，池下鹅群雪不如。
逐队浴波多自得，可曾换得右军[⑰]书。

鸭圈[18]印月

唼[19]藻如闻鸭鸭呼，彩云涌出桂轮孤。

何人吮笔冰瓯[20]涤，写出三潭映月图。

本诗出自民国《新安县志·艺文志》

① 伊人镜：清朝直隶新安县（今河北省安新县）人，光绪年间拔贡，主修民国时期《新安县志》。

② 霅画：浙江长兴县溪名。多用以形容自然景物或建筑物等的艳丽多姿。这里借比妆台。

③ 俯层城：指妃子妆台置于城墙上，于此可俯视东、西、南、北城墙。

④ 翠隐朱楼宝镜莹：金章宗元妃梳妆。翠，翠云、绿云。比喻美人乌亮头发。

⑤ 谁向前身问明月，最怜曾傍日边明：引章宗、元妃“日月明”典。《金史》记，元妃淑雅才气，得章宗宠爱。一次，陪章宗静坐赏月，章宗即兴：“二人土上坐”，元妃应答：“一月日边明”。章宗喜甚。

⑥ 丽谯：解释华丽的高楼。语出《庄子·徐无鬼》：“君亦必无盛鹤列于丽谯之间。”

⑦ 几杵鲸铿：指静聪寺洪亮撞钟声。鲸铿，语出班固《东都赋》：“于是发鲸鱼，铿华钟。”后因以“鲸铿”形容铿锵如击巨钟。

⑧ 东疃西村：指三台城周边村。

⑨ 霞烧鱼尾：即鱼尾霞。形容霞光如鲤鱼尾之红色。

⑩ 鸦背：水过鸦背。比喻事后不留痕迹。

⑪ 螺子黛：亦省作“螺黛”。是隋唐时代妇女的画眉材料，制作精致。产于波斯，是一种经过加工制造，已经成为各种规定形状的黛块。使用时只要蘸水即可。借指烟柳如墨。

⑫ 鹅溪：鹅溪绢。产于四川省盐亭县鹅溪的绢帛。唐代为贡品，宋人书画尤重之。

⑬ 浥（yì）：坑洼地。

⑭ 问源亭：清康熙端村行宫内凉亭。乾隆皇帝题写匾额“问源亭”。

⑮ 鹅楼：即望鹅楼。

⑯ 凌虚：升于空际。

⑰ 右军：相传王羲之爱鹅，后以“右军”作为鹅的别名。

⑱ 鸭圈：淀名。在新安县城（今河北省安新县城）东三里许。分大鸭圈淀、小鸭圈二淀。

⑲ 唼（shà）：唼喋，拟声词，形容成群的鱼、水鸟等吃东西的声音。

⑳ 冰瓯：洁净的杯子。

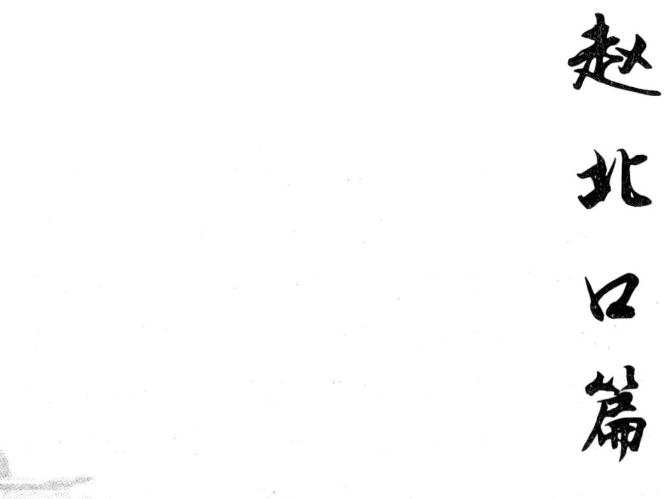

赵北口篇

赵北口，村名，古隘口。东临大清河，西滨白洋淀，南与任丘市枣林庄相接，北与雄县十里铺相连。赵北口始建于战国时期，地处燕赵两国交界地带，有“燕南津头，赵北隘口”之称。唐及五代时期为唐兴县所辖，名唐兴口。北宋筑堡屯戍于此，称赵堡口，为军事要地。宋太平兴国七年（982年），宋将崔彦进曾败契丹于此。景德元年（1004年），驻鄚州宋将石普、驻静戎（徐水）军魏能在此击败契丹军。明清时期隶属任丘县，扼东、西两淀咽喉，舟楫遄返、车水马龙，商贾集聚，十二连桥飞亘南北，为通衢大道。康熙皇帝在此建行宫一座，多次巡幸驻跸，文人墨客慕名游赏，留有许多咏怀诗作和传说佳话。1946年划归安新县至今，现为安新县赵北口镇镇政府驻地。本篇辑录诗歌98首。

赵北口 〔明〕张惟恕[1]

柳色凝晴曙，　莺声散晓霞。
微茫怜水国，　迢递[2]见村家。
绿满平田草，　红开断岸花。
流亡宜早复[3]，此地有鱼虾。

本诗出自清乾隆《任邱县志・艺文志》。

① 张惟恕（1474—1544）：明朝河南上蔡（今河南省上蔡县）人，正德十六年（1521 年）辛巳科进士，官至巡按御史。工诗，有《九日登山》等。

② 迢递：思虑悠远。

③ 流亡宜早复：很早就有流落到赵北口的南方人。

赵北口 〔清〕李士焜[1]

天旷野云低，　春寒草未齐。
群凫浴浅浪，　仓鼠窜荒畦。
雨冻批人面，　泥溶困马蹄。
雄关[2]望不远，灯火照前溪。

本诗出自清乾隆《任邱县志・艺文志》。

① 李士焜（1600—1671）：字用积，号又白，清朝直隶任邱县（今河北省任丘市）人。崇祯七年（1634 年）进士，入清廷后，历官浙江布政使，署巡抚兼漕运总督。著作有《麟篆斋遗稿》。

② 雄关：指雄州瓦桥关。

暑雨初晴过赵北口 〔清〕孙廷铨[1]

一

微风翦翦动新荷， 雪鲙银麟[2]入市多。
十里烟堤[3]翻柳浪，数家茅屋挂渔蓑。

二

忆昨江湖汗漫游， 垂杨是处有扁舟。
无端更听沧浪曲[4]，独对横波起幕愁。

本诗出自清道光《任邱续志·艺文志》。

① 孙廷铨（1613—1674）：字枚先，号上亭，清朝益都县（今山东省淄博市）人。康熙元年（1662 年）拜秘书院大学士，著有《南征纪略》《归厚录》《琴谱指法省文》等。

② 雪鲙银麟：泛指鱼类。鲙，也称鳓鱼、快鱼。

③ 十里烟堤：指赵北口万柳堤。

④ 沧浪曲：句中指渔歌。

水调歌头·赵北口 〔清〕陈维崧[1]

忽复出门去， 万事总由天。
难忘只有烟水， 永不罢相连。
此地燕南赵北， 尽日黄尘白草，那抵旧溪山[2]。
讵料故乡景， 陡落笋舆[3]前。
鄚州镇，大沽口，水云宽。
空明浩渺，碧蓧[4]红蓼[5]满汀湾。
也有鱼羹莲米， 安得笛床茶臼，水阁两三间。
卧听吴娘舻[6]， 带暝唱歌还。

本诗出自清道光《任邱续志·艺文志》。

① 陈维崧（1625—1682）：字其年，号迦陵，清朝江苏宜兴（今

江苏省宜兴市）人。康熙十八年（1679 年）举博学鸿词科，授翰林院检讨。擅词章，誉为“明末清初词坛第一人”，阳羡词派领袖。纂修《明史》。

②溪山：今浙江溪山。明亡，陈维崧隐居溪山。

③笋舆：泛指车。

④蓧（tiáo）：羊蹄菜，一种草本植物，根可入药。

⑤红蓼：白洋淀常见蓼科水生植物。一年生草本，茎直立，具节，中空。叶两面均有粗毛及腺点。总状花序顶生或腋生，

⑥吴娘舻：吴，吴地美女； 舻，船。句中指有美女的船。

赵北口即事 〔清〕王士禄[1]

流澌[2]几日泮[3]新晴，淀里春帆白榜轻。
遥爱菰芦风日好， 浦烟汀草似江城。

本诗出自清道光《任邱续志·艺文志》。

①王士禄（1626—1673）字子底，一字伯受，号西樵，清朝山东新城（今山东省新城县）人，顺治九年（1652 年）进士。能文章、工吟咏，著作有《炊闻词》《十笏山房》。

②流澌（sī）：江河解冻时流动的冰块。

③泮：散、解之意。

渔家傲·赵北口作二首 〔清〕王士禄

一

渔屋低低茅作瓦，几湾碧柳真潇洒。
此地风尘原不惹[1]，
渔父者，于中结个持竿社[2]。
乐事常年殊未寡，扁舟不系随波泻。
濯足舷边刚没髁[3]，
言不假，垂鞭笑煞先生马。

二

湖岸渔村周似抱， 家家门径开芳草。
向背渔罾[4]殊窈窕[5]，
凌晓[6]到，晴矶已有垂杨扫[7]。
坐看点头行水鸟[8]，近家何用收纶[9]早。
两桨一舟堪送老[10]，
波面好，宽闲不与鸥争道。

本诗出自王士禄《炊闻词》。

① 此地风尘原不惹：言这里民风淳朴，邻里和睦。惹，触犯之意。

② 社：句中指垂钓团队。

③ 髁（kē）：膝盖。

④ 罾（zēng）：罾网。一种渔具，用木棍或竹竿作为支架系方形渔网。

⑤ 窈窕：幽深，深远。

⑥ 凌晓：拂晓。

⑦ 晴矶已有垂杨扫：晨光将垂杨阴影照在水畔青石上，似笤帚来回扫。

⑧ 点头行水鸟：鸭子游动。点头，鸭子游动常点头。行，游。水鸟，指鸭子。

⑨ 收纶：收渔杆。

⑩ 送老：慢。指缓慢悠闲行船。

赵北口水淀作 〔清〕爱新觉罗·玄烨

风微见水绿，日暖弄窗妍。
树老依根壮，心平任物迁。
维舟临草岸，挥翰[1]借壶天[2]。
非是禽鱼乐，人稠万户烟。

本诗出自清乾隆《任邱县志·宸章》。

① 挥翰：翰，鸟羽，借指毛笔。意指命笔书法。

② 壶天：也作“壶中天”，喻胜景。

赵北口　〔清〕爱新觉罗·玄烨

赵北[①]时[②]巡至，燕南古戍闻[③]。
人烟生晓市，　桥[④]影漾晴云。
浴鸟[⑤]迎船出，　垂杨隔浦[⑥]分。
中流清赏[⑦]洽，　箫鼓陋[⑧]横汾[⑨]。

本诗出自清乾隆《任邱县志·宸章》。

①赵北：赵国北界（京城雄、霸一带；赵北口白洋淀区域）。

②时：时时，每次。

③燕南古戍闻：听闻北宋时期何承矩等将官在白洋淀地区戍边抗辽之事。燕南，燕国南界（京城雄、霸一带；赵北口白洋淀区域）。

④桥：赵北口十二连桥。

⑤浴鸟：泛指水鸟。

⑥浦：句中指水塘。

⑦清赏：指幽雅的景致。

⑧陋：狭小。

⑨横汾：引汉武帝《秋风辞》典。汉武帝尝巡幸河东郡，在汾水楼船上与群臣宴饮，作《秋风辞》，中有“泛楼舡兮济汾河，横中流兮扬素波”句。后以“横汾”称颂皇帝或指代其作品。

赵北口竹枝词　〔清〕王士祯[②]

顺治乙未上公车[①]作

湖光如镜雨如酥，　柳色迢迢入大沽[③]。
亭午[④]银鱼风渐急，一帆春水到蠡吾[⑤]。

本诗出自王世祯《衍波词》。

①上公车：公车，汉代官署名，后代指举人进京应试。

②王士祯（1634—1711）：字子真，号阮亭，又号渔洋山人，世称王渔洋，清朝山东新城（今山东省桓台县）人，顺治十五年（1658年）

进士，官至刑部尚书。博学好古，精金石篆刻，诗为一代宗匠。著有《衍波词》《阮亭诗选》。

③ 大沽：明、清海防要塞。为天津市七十二沽的最后一沽，海河入海口，“地当九河津要，路通七省舟车”，是京津门户，有海陆咽喉之称。

④ 亭午：正午、中午。

⑤ 蠡吾：古县名，今河北蠡县蠡吾镇一带。西汉置。明清时，白洋淀航运经潴龙河可到达博野、蠡县一带。

赵北口 〔清〕王士祯

莫问公孙事[①]，茫茫感逝波。
晚潮鱼篮[②]急，夜火蟹簾[③]多。
大陆诸流汇，春风万乘过[④]。
年年水杨柳，头白此关河[⑤]。

本诗出自清乾隆《任邱县志·艺文志》。

① 公孙事：东汉易侯公孙瓒筑易京城之事。

② 篮（hù）：沉在水中暂养鱼虾的竹器，形似篓。

③ 蟹簾：渔具渔法。簾，同“帘”，诗中指按扎在水中的苇箔。入夜，蟹触“簾”上爬被捉。

④ 大陆诸流汇，春风万乘过：指赵北口为南北通衢大道，诸流涌汇、车水马龙。

⑤ 关河：赵北口西北的白沟河。

赵北口 〔清〕王士祯

严冬泽腹坚，　鱼陟未负冰。
冲冲凿冰子[①]，　凌霜戒晨兴[②]。
鳣鲔[③]与虾鳝，万命悬一罾[④]。
前鱼已失势，　后者复相仍。
蛟龙改窟穴，　云雷[⑤]遂飞腾。
嗟尔鬐鬣[⑥]微，琐细非所矜[⑦]。
天地发杀机，　阴符[⑧]方见称。

本诗出自清乾隆《任邱县志·艺文志》。

① 冲冲凿冰子：冬季渔民在淀泊上开冰捕鱼。冲冲，凿冰声。

② 凌霜戒晨兴：冬捕赶在拂晓冰霜未化之前劳作到达地点。

③ 鳣鲔（shànwěi）：鱼类。鳣，鳝鱼。鲔，体呈纺锤形，背黑蓝色，腹灰白色，背鳍和臀鳍后面各有七或八个小鳍。

④ 罾：一种渔具。

⑤ 云雷：渔民驱鱼喧闹声响。

⑥ 鬐鬣（qíliè）：鬐，古通“鳍”，鱼鳍。鬣，鱼颔旁小鳍。

⑦ 矜：怜惜。

⑧ 阴符：古兵书名。诗中指渔法。

赵北口秋柳感成二首 〔清〕王士祯

顺治乙未[①]予上公车，与家兄司勋、傅彤臣御史赋“柳枝词”于此，忽忽十余年矣。堤柳婆娑无复曩时。不胜攀枝折条之感，因赋是诗。

一

十二年前乍到时，板桥一曲柳千丝。
而今满目金城感，不风柔条踠地[②]垂。

二

六载[3]隋[4]堤送客骖[5]，树犹如此我何堪。
消魂桥上重相见，　　一树依依似汉南。

本诗出自《渔阳山人精华录》。

① 顺治乙未：顺治十二年（1655 年）。此诗作于康熙六年（1667 年）。

② 踠（wǎn）地：屈曲斜垂着地的样子。

③ 六载："六年前"的省称。

④ 隋：同"随"。

⑤ 骖（cān）：本意是古代驾在车前两侧的马，引申义是驾三匹马。句中指送别。

题赵北口旅店壁 〔清〕杨篔秋[1]

一

赵北燕南足画图，我来况是雪晴初。
柳条淡淡芦芽白，多少人家尽捕鱼。

二

春波澹澹碧如油，一带垂杨绾勺舟。
再把红桥添十二[2]，月明何必属扬州。

本诗出自清乾隆《任邱县志·艺文志》。

① 杨篔秋：清朝康熙年间人。生卒年不详。

② 红桥添十二：指赵北口十二连桥。

赵北口 〔清〕曹贞吉[1]

咫尺[2]菰芦望渺然，渔床掩映水云偏。
分明记得经行处， 莺脰湖[3]边鸭嘴船。

本诗出自清乾隆《任邱县志·艺文志》。

① 曹贞吉（1634—1698）：字升六，号实庵，清朝山东安丘（今山东省安丘县）人。康熙三年（1664 年）进士，官至礼部郎中，嗜书，工诗文，词尤有名，被誉为清初词坛上“最为大雅”的词家。著作有《黄山纪游集》《珂雪集》。

② 咫尺：古计量单位。周制八寸为一咫尺。形容距离很近。

③ 莺脰（dòu）湖：位于江苏省吴江市平望镇。相传是吴越春秋时范蠡所游的五湖之一，以其形似莺脰（脖子）而得名，湖中有一个小岛，名平波台，由道人周妙圆修筑于明天启六年（1626 年），以前，问道烧香船只凡途经莺脰湖者大多要上此台来进香，“平湖秋月”“莺湖夜月”之美称不胫而走。句中借指赵北口的美景。

赵北口 〔清〕庞垲[1]

村南村北水连天，野老[2]留宾笑齤[3]然。
且向西邻赊白酒，门前时有打渔船。

本诗出自清乾隆《任邱县志·艺文志》。

① 庞垲（1657—1725）：字霁公，号雪崖，清朝直隶任邱（今河北省任丘市）人。康熙十四年（1675 年）举人，历官建宁知府等职。曾参与纂修《明史》，著作有《丛碧山房文集》《丛碧山房诗集》。

② 野老：指乡村老人。

③ 齤（zhěn）：嬉笑。

赵北口 〔清〕查慎行[1]

燕南赵北际，　地是古易州[2]。
两淀互一堤[3]，　堤长若桥浮。
前年驱车过，　泞淖[4]没我辀[5]。
雨脚飒飒垂，　心怀失足忧。
至今旅枕梦[6]，　涩缩不敢投[7]。
兹来喜春霁，　日色和且柔。
晨餐具鲜鲫，　门有晒网舟。
飞沙隔岸来，　风削堕浪头。
俯见夹岸柳，　枝枝倒清流。
人生各有营，　偶过难久留。
愧此千顷绿，　一双雪毛鸥。

本诗出自清乾隆《任邱县志·艺文志》。

① 查慎行（1650—1727）：字悔余，号他山，浙江海宁人。康熙四十二年（1703 年）进士，授翰林院编修，五十二年（1713 年）乞归。工诗，著作有《武侯论》《他山诗钞》等。

② 易州：古州名，遗址位于今河北雄县西北。

③ 两淀互一堤：言东淀（赵北口以东水域）与西淀（白洋淀）以赵北口万柳堤为界。

④ 泞淖（nào）：泥浆。

⑤ 辀（zhōu）：车架下的托木。

⑥ 旅枕梦：喻旅店的梦境。

⑦ 投：投鞭。

赵北口渔歌 〔清〕边汝元[1]

一

朝来日霁解轻蓑，载网分行入芰荷。
欸乃一声齐返棹。遥遥招手问如何。

二

泊里风寒衣渐加，荷花落尽散芦花。
扁舟来往浑无定，是处生涯是处家。

本诗出自清乾隆《任邱县志·艺文志》。

① 边汝元（1653—1715）：字善长，号渔山。清朝直隶任邱（今河北省任丘市）人，福州府同知边之铉次子。一生未中科甲，以教书为业，工书画、精音律，尤善诗文杂剧之作。著作有《桂岩草堂诗古文》及杂剧《羊裘钓》《鞭督邮》《傲妻儿》三种，诗文收入《清诗纪事初编》《金瓶梅资料汇编》等书。

赵北口 〔清〕边汝元

驿路[1]通南北，孤村流水边。
鱼虾充早市，芦荻半春田。
蒲远风帆疾，云低夜雨悬。
晚桥眺望处，淼淼欲平天。

本诗出自清乾隆《任邱县志·艺文志》。

① 驿路：古代军政道路。赵北口万柳堤为古驿道，至明清时期为南北通衢大路。

赵北口泛舟 〔清〕李绂[1]

阴霞警朝觌[2]，积潦阻晨驱。
方舟聊小泛，寒碧分菰蒲。
新水四五尺，浦溆[3]交长渠。
渚莲开未已，单萼犹纷敷[4]。
繁妆一以敛，濯濯[5]馀情臞[6]。
回棹望益远，十里妍且都[7]。
有如汉宫秋[8]，姪娥[9]扬轻裾。
千门万户间，一一颜色殊。
掇拾贮船舷，倒映红氍毹[10]。
兹焉足永日，溯洄为清娱。
平沙出畦陇，曲渚[11]逢村闾。
水禽杂鸡骛，相忘于江湖。
遥望堤柳深，千树颓云扶。
绿荫涵澄波，烦暑微风躯。
长淮与清颍，忽忽怀欧苏[12]。
何年顿驿轨[13]，一舸归敝芦。
溪流抱山曲，鸥盟[14]吾不渝。

本诗出自清乾隆《任邱县志·艺文志》。

① 李绂（1673—1750）：字巨来，号穆堂，清朝江西临川（今江西省抚州市临州区）人。康熙四十八年（1709 年）进士，由翰林院编修累官内阁学士，历任广西巡抚直隶总督。善文辞，为清代名臣、理学家、诗文家和方志学家。著作有《穆堂类稿》《陆子学谱》等。

② 朝觌（dí）：即朝见。 觌，相见。

③ 浦溆：水畔。 。

④ 纷敷：分开而茂盛。

⑤ 濯濯：形容山无草木，光秃秃。

⑥ 臞（qú）：同“癯”，消瘦。

⑦ 妍且都：妍，美丽。都，作“大”解释。

⑧ 汉宫秋：元曲四大悲剧之一，主人公为汉元帝和王昭君。作者马

致远。

⑨姪娥：宫中嫔妃的“职称”。

⑩氍毹（qúshū）：用毛织的地毯，旧时演戏铺在地上或舞台上。常用“红氍毹”代称舞台。

⑪曲渚：水中小块陆地，也有湾曲之意。

⑫欧苏：即宋代欧阳修、苏轼。

⑬顿驿轨：停止在驿路上奔波，意指隐退。

⑭鸥盟：意为与鸥鸟为友，比喻隐退。

赵北口西淀[1]观晚荷 〔清〕钱陈群[2]

一

幽意重相访，西游亦屡曾。
花如不嫁女，人是放参僧[3]。
风浣淡无色，雨余攲[4]未胜。
此情谁与共，使我独忘憎。

二

流连迟晚楫，相感意何深。
跌宕无拘束，清芬谁赏音。
忽飘红粉泪，如听白头吟[5]。
远意难为别，由来持此心。

本诗出自清乾隆《任邱县志·艺文志》。

① 西淀：白洋淀明清时代的称谓。

② 钱陈群（1686—1774）：字主敬，清朝浙江嘉兴（今浙江省嘉兴市）人。康熙六十年（1721 年）进士。后迁右通政，督顺天学政。

③ 放参僧：不参禅的和尚。

③ 攲（qī）：面容憔悴。句中指雨后荷花貌。

④ 白头吟：即汉乐府民歌《白头吟》。

赵北口 〔清〕厉鹗[1]

啮[2]尽长堤碧玉平，唤船人集午[3]相争。
偶然束马县车渡，亦似浮家泛宅行。
鱼栅低围芦作界[4]，酒帘斜挂柳为城。
眼前便减风埃色，何用临流更濯缨[5]。

本诗出自清道光《任邱续志・艺文志》。

①厉鹗（1692—1752）：字太鸿，号樊榭、南湖花隐等，清朝钱塘（今浙江省杭州市）人，康熙五十九年（1720年）举人，擅文辞。著作有《宋诗纪事》《樊榭山房集》等。

②啮（niè）：侵蚀。

③午：纵横相交。

④鱼栅低围芦作界：白洋淀渔民一种渔法。用苇箔扎入水底圈围水面捕鱼。

⑤濯缨：洗濯冠缨。比喻超脱世俗，操守高洁。

南归夜行赵北口同范希声作 〔清〕厉鹗

归人千里指故乡，三更霜雾沾衣裳。
有如小儿卧车箱，摇则成梦醒已忘。
寒星在水森有芒，仰视毕昴[1]纷低昂[2]。
远烟蒙密堤影长，西风策策吹枯杨。
参差人语知异方，作事五角与六张[3]。
我识此趣如潇湘，菰蒲明灭灯火光。
惊起栖雁飞一行，胡不飞去江湖旁。

本诗出自清道光《任邱续志・艺文志》。

①昴（mǎo）：二十八宿之一。

②纷低昂：星落天明。

③五角与六张：“角”是角宿，“张”是长宿，属二十八宿。比喻做事不顺利。

赵北口 〔清〕庞玺

长堤一望柳毵毵，万缕千丝映碧潭。
最是晚风残照里，带烟含雨似江南。

本诗出自清乾隆《任邱县志·艺文志》。

赵北口 〔清〕田洞之[①]

十里长堤万柳垂，茫茫淀尾望无涯。
西风犹记秦邮路[②]，蟹舍渔庄夕照时。

本诗出自清乾隆《任邱县志·艺文志》。

① 田洞之：字彦威，清朝山东德州（今山东省德州市）人。康熙举人，官至国子监学正。善诗。

② 秦邮路：秦邮，即江苏扬州高邮县，历史文化名城。秦王嬴政于公元前223年在此筑高台、置邮亭以此故名。句中借指赵北口万柳堤古驿道。

赵北口道中 〔清〕檀振远

四望微茫浸太清[①]，参差楼阁互峥嵘。
矶头柳荫潭心绿，雁齿桥排水面平。
残荻数丛斜照晚，长堤十里古烟横。
霞光映处勾陈[②]近，游豫[③]年年祝圣明。

本诗出自清乾隆《任邱县志·艺文志》。

① 太清：天空。

② 勾陈：本义弯曲，曲折之意。引指四星或六星的曲折状。后指北极星。

③ 游豫：指帝王出巡。春巡为“游”，秋巡为“豫”。语本《孟子·梁惠王下》：“夏谚曰：‘吾王不游，吾何以休？吾王不豫，吾何以助？一游一豫，为诸侯度。’”

赵北口即景 戊辰[①]仲春 〔清〕爱新觉罗·弘历

佳名万柳爱长堤，马踏春泥柳正稊[②]。
几缕画情遮过客，一行烟意入新题。
赵北桥头驻翠旗，沙汀苇渚起鸬鹚。
道旁鞠跪逢村老，能说仁皇水猎时。

本诗出自《钦定四库全书荟要·御制诗集》。

① 戊辰：乾隆十三年（1748 年）。乾隆皇帝在位期间曾六上五台山、六下江南、八次山东祭孔。此诗为首次祭孔途径赵北口时感怀之作。

② 稊（tí）：杨柳新长出的嫩芽。

赵北口即景 戊辰仲春 〔清〕爱新觉罗·弘历

一

红桥长短[①]接溪川，溪上人家不治田。
半笠沧波三月雨，一堤杨柳两湖烟。
孳[②]将鹅鸭无官税，捕得鱼虾足酒钱。
今日饱餐渔者乐，鸣榔[③]春水绿浮船。

二

燕南赵北旧曾闻，历览真逢意所欣。
苕霅溪山吴苑画，潇湘烟雨楚天云[④]。
渔歌隔浦惊鸥阵，客舍开窗数雁群。
方喜湖光涤尘埃，何来诗思与平分。

本诗出自清乾隆《任邱县志·宸章》。

① 红桥长短：指长短不等的赵北口十二连桥。

② 孳（zī）：繁殖，生育之意。

③ 鸣榔：木棍敲击的声响。指响板惊鱼的情景。

④ 苕霅溪山吴苑画，潇湘烟雨楚天云：苕溪的淙淙流水越过小山，和阁楼庭院俨然形成一幅完美的吴越风情图画；潇湘蒙蒙如烟的牛毛细雨，与荆楚的云天相映相成。借指白洋淀具有江南吴越之美。苕霅（tiáo zhà），苕溪 、霅溪二水的并称。在今浙江省湖州市境内，是唐代张志和隐居之地。北京颐和园宝云阁石牌楼北侧（中）额乾隆御题：苕霅溪山吴苑画，潇湘烟雨楚天云。诗中喻指白洋淀美景。

赵北口阅水围　〔清〕爱新觉罗·弘历

赵北口水围，皇祖时每于仲春举行。盖畿南之水皆汇此，俾有淀以受之，则不溢而为灾，且以习舟行、饬武备，意深远也。戊辰二月，东巡道经是地，辄命水虞修故事，观阅之余，爰成十韵，敢云继武敬志窥天云尔。

跸路唐兴[①]便，水围一阅之。
昆明曾漏古，　武烈尚贻兹[②]。
淀水春生际，　渚禽北乡时。
习蒐明镜里，　列阵白云涯。
里革虽怀直，　轩辕自有奇。
止齐[③]咸奉度，矰[④]缴不须施。
潜舍渊而出，　飞沉空似垂。
鱼丽偏后伍，　鸿渐羽为仪。
泽以虚能受，　人知劳胜嬉。
庙谟[⑤]钦仰处，道左树丰碑。

跸路唐兴便：赵北口一名唐兴。
道左树丰碑：皇祖御制鄚州水淀记今存。

本诗出自清乾隆《任邱县志·宸章》。

① 唐兴：指赵北口区域。唐朝、五代时期赵北口属唐兴县辖区，称唐兴口。

② 昆明曾陋古，武列尚贻兹：昆明，康熙帝曾在昆明湖操练水军，

虽规模小但尚武之风至今受益。贻，遗留。

③ 止齐：整顿队伍令其整齐。

④ 矰（zēng）：系有丝绳、弋射飞鸟的短箭。

⑤ 庙谟：庙算。

叠前岁赵北口阅水围韵　〔清〕爱新觉罗·弘历

泛滥畿南水，　归斯淀受之，
识围曾举昔，　习武在临兹。
鱼颉鸟盱处，　风恬波静时。
沿洄①青雀舫，演漾②绿蒲崖。
蛇阵分前后，　龙文合正奇。
浅鳞③浮箭发，飞羽落枪施。
武子法犹阙④，仁皇制永垂。
偨池⑤明节度，绠猎式威仪。
继武常思亹⑥，乘时岂为嬉。
隔年行殿⑦侧，重仰鄚州碑。

隔年行殿侧，重仰鄚州碑：皇祖御制鄚州碑在赵北口行宫侧。

本诗出自《钦定四库全书荟要·御制诗集》。

① 沿洄：顺流而下或逆流而上。

② 演漾：水波荡漾。

③ 浅鳞：鱼类。

④ 武子法犹阙：武子，指孙武。阙，同“缺”。言孙武兵法似乎有缺失。

⑤ 偨（cī）池：参差不齐。

⑥ 亹（wěi）：勤勉。

⑦ 行殿：行宫。

赵北口杂咏 〔清〕爱新觉罗·弘历

一

夹堤桃柳三春雨，　两淀烟波十一桥。
曷[①]忆东巡前岁景，宜生欢处乍魂销。

二

西淀水流东淀去，　　南天雁向北天来。
桡[②]人望幸[③]分明记，初试春围第二回。

三

天光波影碧相涵，岸芷汀兰绿已酣。
谁识敲诗吟赵北，大如披画阅江南。

本诗出自《钦定四库全书荟要·御制诗集》。
① 曷（hé）：同“曷”。何。
② 桡（náo）：古同“挠”。打扰。
③ 望幸：臣民、妃嫔希望皇帝临幸。

赵北口水淀作 〔清〕爱新觉罗·弘历

泊舟浅水意如何，　为惜春光怡兴多。
倚槛[①]晚晴吟皓月，推窗夜静悦清波。
冰消浪洁鱼吹沫，　风转云开雁踏莎。
更有樯灯分掩映，　辉煌岂亚讴船歌。

本诗出自《钦定四库全书荟要·御制诗集》。
① 槛（jiàn）：栏杆。

赵北口竹枝词二十首 〔清〕边连宝[①]

一

西山隐隐水迢迢，蛇势长堤柳万条。
更向戍楼高处望，鼍梁雁齿[②]十三桥。

二

衢通九省属咽喉[③]，天子行宫据上游。
怪底夜来多紫气， 百灵常护望围楼[④]。

三

鴐[⑤]鹅成阵势盘空，天子身亲御大弓。
两岸水犀[⑥]呼万岁，雪花一片[⑦]坠东风。

四

皇家故自有储胥[⑧]， 祇用闾阎[⑨]备扫除。
榜示[⑩]通衢人抃[⑪]舞，翠华[⑫]过处又蠲租[⑬]。

五

二月冰消水漫流，横塘滑笏[⑭]腻于油。
三冬渔具浑无用，且向溪边理钓钩。

六

十月蒹葭[⑮]受气酣，春来鱼具尔能堪。
细细劈成蓆篾[⑯]子，半为蟹簄[⑰]半为篮。

七

铁壁铜墙恍惚中，巨絙[⑱]拽水漾长虹。
苗才动处旋笼罩，恰得唐家赤鲤公[⑲]。

八

花开菡萏[20]动兰桡[21]，的的[22]红妆入望遥。
沿路香风浑不断，　十方院[23]到易易桥[24]。

九

沧海桑田变几遭，　六原堤畔麦齐腰。
乌犍[25]负轧[26]人挑担，傍晚争过广惠桥[27]。

十

连耞[28]四乡接比邻，颗粒针芒子细分。
欲筑麦场无隙地，　平房顶上撒黄云[29]。

十一

夹泥栽靛[30]靛花开，日日缸头捅几回。
道上惊逢蓝面鬼[31]，知君适自靛缸来。

十二

斜阳映水水明楼，　杨柳荫中系钓舟。
两岸小鬟[32]齐唤鸭，一塘风露藕花秋。

十三

秋水无尘一镜开，底因水面特喧豗[33]。
金铁齐鸣屋瓦振，蛮船响仗捲波来。

十四

深闺妾自织蒲莞[34]，郎去辽阳赁砍山。
早起喜闻声许许[35]，知应秋筏过雄关。

十五

千亩秋菘绕舍香，秋风秋露趁新赏。
忽闻铙鼓喧阗甚，知有人家赛莱王。

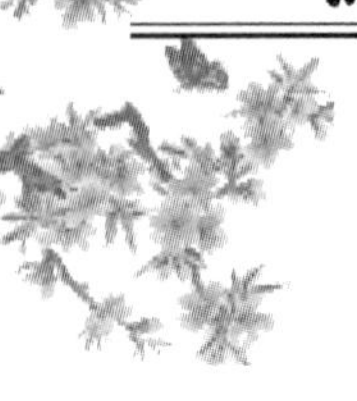

十六

遥看云际一帆开，　知向天津贩粟回。
闻道关东[36]今大熟，海艘曾否过洋来。

十七

居然河水煮河鱼，味埒[37]江南巨口鲈。
管取不教讲亦悔，劝君马上莫踟蹰。
（谚云赵北口鱼汤吃也悔，不吃也悔。）

十八

羽毛憔悴刷西风，鳗鲡荒唐但啄虫。
瀛鄚之间吾与汝，更无别个信天翁。
（本草陶注“鳗鲡鱼能上岸缘木食藤花。）

十九

泽腹冰坚雪满天，蛮男蛮妇下蛮船。
篱笆屋里茅柴酒，泛宅浮家又一年。

二十

尚平有志阻幽探，虎阜[38]西泠苦未谙。
记取津门诗句好，此中风景似江南。

苗才动处旋笼罩，恰得唐家赤鲤公：渔者以巨緪浮水中，两人拽之，上植苗，苗动施罩每得大鱼。相传鱼视緪如城墙，不敢越辄，下伏，伏则苗动。。

忽闻铙鼓喧阗甚，知有人家赛菜王：地多种菘，每秋必有一株重二三十斛者，谓之菜王。得者，演剧以贺。

管取不教讲亦悔，劝君马上莫踟蹰：谚云赵北口鱼汤吃也悔，不吃也悔。

鳗鲡荒唐但啄虫：（本草陶注鳗鲡鱼能上岸缘木食藤花。

泽腹水坚雪满天，蛮南蛮妇下蛮船。篱笆屋里茅柴酒，泛宅浮家又一年：地有南方流民以船为家，至冬则编篱为屋，涂墍（jì）以居，俗曰为蛮子。《子相传》自永乐间也。”

本诗出自清乾隆《任邱县志·艺文志》。

① 边连宝（1700—1773）字赵珍，号随园，清朝直隶任邱（今河北省任丘市）人，边中宝之胞弟。雍正十三年（1735 年）贡成均，廷试第一。清代中叶著名学者、文学家、诗人，著有《随园诗草》《古文病馀草》《长语》等。与钱陈群、李绂、戴亨、胡天游、蒋士铨相知，与纪晓岚、刘炳、戈岱、李中简、边继祖、戈涛并称为“瀛州七子”。

② 鼍（tuó）梁雁齿：指赵北口十二连桥。鼍梁，桥梁。雁齿，像雁行一样排列整齐，多以喻桥的台阶。

③ 衢通九省属咽喉：通衢，通畅大道。九省，指从武汉沿长江水道行进，可西上巴蜀，东下吴越，向北溯汉水而至豫陕，经洞庭湖南达湘桂，即与四川（古称巴蜀）、陕西、河南、贵州、江西、安徽、江苏、湖南以及广西九省相通，是为“九省通衢”由来。借指赵北口跨大清河，扼东西二淀之咽喉自古为水陆要冲。

④ 望围楼：清康乾二帝多次到白洋淀水围驻跸，先后修赵北口、郭里口、端村和圈头四座行宫。圈头行宫内有望围楼一处。

⑤ 鴽（rú）：古书上指鹌鹑类的小鸟。

⑥ 水犀：犀牛的一种。因生活于水中故名。这里指御林军。

⑦ 雪花一片：指鸟羽。被射中飞禽掉落的翎羽。

⑧ 储胥：仆人、婢女。

⑨ 阊阖（chānghé）：泛指宫门或京都城门，借指京城、宫殿、朝廷等。

⑩ 榜示：指文告、告示，也指张榜公布。

⑪ 拤（qiá）：两手抓住。

⑫ 翠华：天子仪仗中以翠鸟羽为饰的旗帜。

⑬ 蠲（juān）租：免除，清除。

⑭ 滑笏（hù）：动荡不定的水。

⑮ 蒹葭：没有长穗的芦苇。

⑯ 蓎篨：编织苇席、渔具的苇片。

⑰ 簄（hù）：捕鱼竹器，也用作暂养鱼虾。

⑱ 絙(gēng)：同“绠”，一种地拽渔具，用苎麻拧成胳膊粗细大绳，拧绳时在绳中加入瓦砾使之入水下沉，绳系竹竿，竿系布条为“苗”，置于捕鱼区，两头人拽，鱼触绠后引发水上“苗”晃动，然后罩捕。

⑲ 赤鲩（huàn）公：鲤鱼。唐代帝室姓李，讳言“鲤”字，称鲤鱼为“赤鲩公”。

⑳ 菡萏：荷花的别称。

㉑ 兰桡（ráo）：小舟的美称，也指船桨。

㉒ 的的：副词，的确、实在。

㉓ 十方院：地名，在赵北口南。

㉔ 易易桥：赵北口十二连桥之一。

㉕ 乌犍（jiān）：黑牛。犍特指骟去睾丸的公牛。

㉖ 轭（yuè）：牛马拉车耕地时套在颈上的器具。形状作人字形。

㉗ 广惠桥：赵北口十二连桥之一。

㉘ 连枷（jiā）：拍打谷物、使子粒脱落下来的农具，由一个长柄和一排竹条或木条构成。

㉙ 黄云：成熟后的麦田，这里指未脱粒的麦秸。

㉚ 靛（diàn）：爵床科植物马蓝科一年生草本植物，开蓝花。可沤制蓝色染料，称蓝靛。

㉛ 蓝面鬼：指沤靛人，脸上渐有蓝靛。

㉜ 小鬟（huán）：鬟，古代妇女梳的环形发髻，这里指年轻女子。

㉝ 喧豗（huī）：喧闹。（作者自注）：“渔者以船数十双左右，列左垂钓饵，右击金铁驱吓之，名曰打响仗。”

㉞ 莞（guān）：指水葱一类的植物，亦指用其编的席。

㉟ 声许许：喜鹊叫声。

㊱ 关东：泛指山海关以北地区。

㊲ 埒（liè）：等同。

㊳ 虎阜：指苏州虎丘。（作者自注）：“天津朱尔夏过赵北口诗云：家本赵人怀赵土，此中风景似江南。”

过赵北口 〔清〕袁枚[1]

连天春水晚烟浮，一曲红栏[2]映碧流。
绝似江南好风景，跨驴人去又回头。

本诗出自清乾隆《任邱县志·艺文志》。

① 袁枚（1716—1798）：清朝钱塘（今浙江省杭州市）人，字子才，号简斋。诗人、散文家。乾隆四年（1739年）进士，历任溧水、江

宁、江浦、沭阳县令。与赵翼、蒋士铨合称“乾隆三大家”。 著作有《小仓山房集》《随园诗话》及《子不语》等。

② 红栏：指赵北口十二连桥。

赵北口 〔清〕纪昀[1]

瀛莫[2]积水区，为淀九十九。
港汊互交通，众流汇兹口[3]。
回汀聚鱼蟹，浅渚富菱藕。
圩埂[4]布棋局，狭者犹万亩。
弥漫跨数州，寥廓称巨薮。
红阑十三桥，雁齿相排耦[5]。
蜿蜒横一径，剞[6]立长堤陡。
往者五六月，小艇才容肘。
一棹溯空明，琉璃净无垢。
水气开菱荷，风影亚蒲柳。
紫鳞时刺拔，白鸟自朋友。
烟际去杳然，流连辰及酉。
于今二十年，清梦狎渔叟。
兹来十月半，水落寒飚吼。
红衣[7]枯已落，绿云空所有。
空濛天拍水，澄澈故归旧。
大似逢故人，朱颜换白首。
握手貌已非，忆昨情弥厚。
惜哉方于役，川陆日奔走。
欲别更徘徊，怅然凝睇久。

本诗出自《纪晓岚全传》。为清朝乾隆二十九年（1764 年）纪昀随乾隆皇帝南巡至赵北口作。

① 纪昀（1724—1805）：字晓岚，清朝直隶献县（今河北省献县）人。二十一岁中秀才，三十一岁考中进士，历官左都御史，兵部、礼部尚书、协办大学士加太子太保管国子监事。清代政治家、文学家。曾任

四库全书总纂修官。著作有《阅微草堂笔记》

②瀛莫：瀛，指河间府。莫，莫县（今河北省任丘市鄚州镇），详见“古城篇”。

③众流汇兹口：许多河流（白洋淀上游诸河）在赵北口汇集。

④圩埂：像美玉一样的田埂。

⑤耦：同“偶”。

⑥剞（jī）：雕刻用的弯刀。

⑦红衣：这里指水蓼花。

赵北口棹歌 〔清〕蒋士铨[①]

一

天中节[②]，张[③]水嬉，七十二鳞[④]衔浪飞。
翠华[⑤]来，銮舆[⑥]归，画鼓生中载朱旗。
锦标[⑦]彩鹢[⑧]舞之而，赵北燕南乐何其。

二

水心镜，鼋鼍梁[⑨]，飞凫水马[⑩]游江乡。
祝圣寿，献蒲觞，君民同乐乐无疆。
太平万岁字中央，群龙夹舟朝玉皇。

本诗出自清道光《任邱续志·艺文志》。

①蒋士铨（1725—1784）：字心馀，号藏园，清朝江西铅山（今属江西省）人。乾隆二十二年（1757年）进士。精通戏曲，工诗古文，与袁枚、赵翼合称“乾隆三大家”。著有《忠雅堂诗集》存诗二千五百六十九首；戏曲创作存《红雪楼九种曲》等四十九种。

②天中节：指端午节。

③张：同“涨”。

④七十二鳞：泛指鱼类。

⑤翠华：天子仪仗中以翠鸟羽为饰的旗帜或车盖；天子仪仗。

⑥銮舆：銮驾，天子车驾；借指天子。

⑦锦标：古代盛大竞渡（赛龙舟）的取胜标志。

⑧ 彩鹢（yì）：描绘鹢样图案的船。
⑨ 鼋鼍梁：指赵北口十二连桥。
⑩ 水马：中国古代神话传说中的怪兽。

赵北口 〔清〕刘统

虹桥当孔道[①]，界断镜湖天。
明月平分浦，清流静照渊。
浴凫翻淀雾，飞鹭破溪烟。
宛似江南景，纷纷泊钓船。

本诗出自清乾隆《任邱县志·艺文志》。
① 孔道：通往某处必经之关口。泛指大道、大路。

赵北口 〔清〕翁方纲[①]

一

汀凫沙鹭散作群，九十九淀同一云。
我舆正穿凫鹭影，朝光漾漾蒲藻纹。
桥南老柳似识我，倒挂蜕碧蟠蝹蝹[②]。
八年重来增我忸[③]。十里屡忆凭斜曛[④]。
宜田大书[⑤]又粉剥，茶山[⑥]归箧[⑦]空遗文。
烟中何处答禽[⑧]响，网际风曳凉蝉闻。

二

复忆长堤策骑还，苍茫诗思水云间。
雪来柳往年年梦，赵北燕南九九湾。
夹岸树疑青鹢转，晒罾[⑨]人似白鹭闲。
几时西溦[⑩]浮家[⑪]住，略借修林[⑫]补远山。

三

瀛莫之间半烟水， 村间如画接渔船。
记从鹨[13]漉溪头望，诗思濛濛三十年。

四

蟹断湾湾挂布棋，霜空老柳照横漪。
枯萍折败萧寥意，转胜浓云蘸翠时。

五

廿载记深更， 红墙隐柝[14]声。
败蒲闻鸭唼， 野店饭鱼羹。
孰谓瀛壖[15]近，居然水驿程。
层虹[16]霄汉上，曾作泛舟行。

六

往和渔洋[17]句， 攀条[18]宛夙因[19]。
大风冰冱[20]夕， 小雅雪霏晨。
楼角斜残缕， 堤长照碧粼。
低途半烟雾， 老柳最关人。

七

滩漉连瀛莫，当年久胜探。
日归稽淀九，于役每秋三。
秔稻丰乃屡，菰芦撷正堪。
一襟烟水阔，夜梦又江南。

本诗出自翁方纲《复初斋文集》。

①翁方纲（1733—1818）：字正三，号覃溪。清朝直隶大兴（今属北京市）人。乾隆十七年（1752 年）进士。精书法、文学、金石，曾参与《钦定四库全书》纂修。著有《粤东金石略》《苏米斋兰亭考》《复初斋文集》等。

②蝹蝹（yūn）：龙行的样子。

③ 忸（niǔ）：惭愧，不好意思。

④ 斜曛（xūn）：黄昏。

⑤ 大书：曲艺名词。江浙一带指只说不唱的评话，北方泛指各种曲艺的长篇书目。

⑥ 茶山：地名，在广东省。唐代茶学专家——陆羽居于此，编撰《茶经》。

⑦ 箧（qiè）：箱子一类的东西。

⑧ 答禽：即“禽言诗”。是人摹仿鸟叫声给它起名字，由此引申生发和答禽语。

⑨ 罾：一种渔具。

⑩ 西滱：滱水，今唐河古称。

⑪ 浮家：船家、渔船。

⑫ 修林：高大的树丛。

⑬ 鸂(xī)：一种水鸟，鸂鶒(chì)，形似鸳鸯而稍大，多紫色，雌雄偶游。

⑭ 柝（tuò）：古代打更的梆子。

⑮ 瀛堧（ruán）：海岸。

⑯ 层虹：指赵北口十二连桥。明清时，赵北口立有界碑，碑阳为“燕南赵北”，碑阴为“碧汉层虹”。

⑰ 渔洋：指王世祯，又号渔洋山人，世称王渔洋。

⑱ 攀条：犹“折枝”。赠送。

⑲ 夙因：前世因缘；前世的根源。

⑳ 沍（hù）：水而寒冷而冻结。

赵北口 〔清〕蒋熊昌[①]

浮萍蘸绿水拖篮，蟹舍[②]渔庄见两三。
过客浑忘来赵北，此间合号小江南。

本诗出自《江苏艺文志・常州卷》。

① 蒋熊昌：清朝江苏阳湖（今属江苏省常州市）人。乾隆二十八年（1763年）进士，官至颍州知府。

② 蟹舍：渔村水乡或渔家。

赵北口晓望 〔清〕边响禧[①]

鼋梁[②]十二接离宫，一水苍茫入远空。
堤柳斜托金带露，池荷圆袅碧筒风。
云开阊阖归天上，日映楼台落镜中。
不是燕南曾驻跸，万民何自识瀛蓬[③]。

本诗出自清乾隆《任邱县志・艺文志》。

① 边响禧：字仰祝，号枝山，清朝直隶任邱（今河北省任丘市）人。幼从叔连宝受诗法。乾隆二十四年（1759 年）乡试第四，未及会试而卒。著作有《就昀齐诗草》《古今诗话》等。

② 鼋（yuán）梁：《竹书纪年》卷下："穆王三十七年，伐楚，大起九师，东至于九江，叱鼋鼍以为梁。"后因以"鼋梁"借指帝王的行驾。

③ 瀛蓬：瀛，古代神话中仙人居住的山。蓬，指山东蓬莱。

题赵北口 〔清〕韩是升[①]

堤边杨柳拂征骖[②]，堤外湖光皎镜涵。
无数打渔人放桨，绿蓑烟雨似江南。

本诗出自徐世昌《晚晴簃诗汇》。

① 韩是升（1735—1861）：字东生，号旭亭，晚号乐余，清江苏元和（今属江苏省）贡生，乾隆三十二年（1767 年）中举。著作有《听钟楼诗稿》。

② 征骖：驾车远行的马，亦指旅人远行的车。

过赵北口 〔清〕汪学金[①]

赵北燕南地，　苍茫旅客过。
西风吹易水，　落日下滹沱[②]。
大泽[③]龙蛇动，荒原雁鹜多。
市中屠狗散，　无复有悲歌[④]。

本诗出自徐世昌《晚晴簃诗汇》。

① 汪学金（1748—1804）：字敬箴，号杏江，清朝江苏镇洋（今江苏省太仓市）人。乾隆四十六年（1781 年）进士，历翰林院编修、侍读等职。著作有《井福堂文集稿》。

② 滹沱：指滹沱河。

③ 大泽：指白洋淀。

④ 市中屠狗散，无复有悲歌：引荆轲刺秦王典。《史记·刺客列传》："荆轲既至燕，爱燕之狗屠及善击筑者高渐离。荆轲嗜酒，日与狗屠及高渐离饮于燕市。"燕赵自古多慷慨悲歌之士，此句为作者感怀之情。

赵北口 〔清〕黄景仁[①]

居然楚尾吴头[②]画，忽向燕南赵北看。
尔许离心攀不得，　十三桥柳挂萧寒。

本诗出自清乾隆《任邱县志·艺文志》

① 黄景仁（1749—1783）：字汉镛，一字仲则，号鹿菲子，清朝常州府武进县（今江苏省常州市武进区）人，北宋诗人黄庭坚后裔。少年时即有诗名，乾隆四十六年（1781 年）被任命为县丞。诗负盛名，著作有《两当轩集》《西蠡印稿》。

② 楚尾吴头：指江西省北部和安徽省西南部，这两处境内春秋时期是吴、楚两国交界的地方。

赵北口 〔清〕唐仲冕[①]

一奁春縠[②]绉轻纹，十二桥边草色薰。
赵北烟波迥无际，竹西[③]风月许平分。
莺声渐合芳津柳，帆影遥搴[④]别浦云[⑤]。
绝忆江干风日暖，买鱼沽酒趁斜曛。

本诗出自徐世昌《晚清簃诗汇》。

① 唐仲冕（1753—1827）：字云枳，号陶山居士，世称唐陶山。清湖南善化（今湖南省长沙市）人，后客居肥城县（今山东省肥城市）。乾隆五十八年（1793 年）进士。主编《嘉庆海州志》。有《岱览》《陶山集》等。

② 縠（hú）：有皱纹的纱，借指波纹。

③ 竹西：亭名。 在扬州城北门外。历史上唐朝很多著名诗人都写了关于竹西的诗词。作者借指北方泽国赵北口。

④ 搴（qiān）：拔取。

⑤ 别浦云：在水云间行进。别，离开。

赵北口 〔清〕舒位[①]

一

南垂北际几题诗，来自无聊去较迟。
仿佛江南好风景，暮鸦啼杀绿杨丝。

二

烟波无恙钓鱼船，此柳依依似昔年。
若唱晓风残月句，桓司马[②]是柳屯田[③]。

本诗出自舒位《瓶水斋诗集》。

① 舒位（1765—1816）：字立人，号铁云。清朝直隶大兴（今属北京市）人。诗人、戏曲家。乾隆五十三年（1788 年）举人，屡试进士不第，以馆幕为生。博学，善书画，尤工诗、乐府，书各体皆工。所著有

《瓶水斋诗集》《乾嘉诗坛点将录》等。又有《瓶笙馆修箫谱》收入其所作杂剧四种。

② 恒司马：指桓伊，东晋军事家、音乐家。

③ 柳屯田：即北宋词人柳永，婉约派创始人物。

赵北口 〔清〕宋茂初[1]

山势东来奔万马，　山行十日无完袴[2]。
生愁乱石摧车轮，　忽现汀洲意潇洒。
晴波一碧杳无际，　燕赵中间大如砺。
晚风斜掠涣鳞生，　织成万顷靴纹[3]细。
长桥卧水垂虹霓，　桥畔帆樯雁行列。
人语喧阗杂乱鸦，　镫[4]火黄昏照残雪。
我家三十六湖滨，　惯向烟波采白苹。
尊前共羡双鱼[5]美，忽忆淮南二月春。

本诗出自宋茂初《碧虚斋吟草》。

① 宋茂初：字实甫，清朝江苏高邮（今江苏省高邮市）人。乾隆五十九年（1794 年）举人，官至宿州学政。著作有《碧虚斋吟草》。

② 袴（kù）：同“裤”。

③ 靴纹：靴皮的花纹，形容细波微浪。

④ 镫：同“灯”。

⑤ 双鱼：古义借指书信。出自古乐府《饮马长城窟行》“客从远方来，遗我双鲤鱼，呼儿烹鲤鱼，中有尺素书。”

过赵北口　〔清〕祝德林[1]

四年四度驻征骖，堤上虹桥旧十三。
游子携家过赵北，史臣从事滞周南。
冰光黯淡绿苹合，烟意参差衰柳含。
渐喜蓬莱清气近，整冠记日插朝簪。

本诗出自清道光《任邱续志·艺文志》。

① 祝德林：清朝海盐（今浙江省海盐县）人，乾隆年间官至给事中。

赵北口放歌　〔清〕爱新觉罗·颙琰[1]

燕南垂，赵北际，　自昔英雄争地势。
瓦桥三关龙虎鏖[2]，　宋辽扰攘皆隔世。
即今圣代四海安，　跸路[3]时经肃仪卫[4]。
德巡春仲气和融，　风不鸣条天澄霁。
万柳堤开易水南，　千顷波光漾绮丽。
行人早免沮洳[5]艰，居人常获鱼虾计。
迎銮叠荷雨露施，　不犯秋毫免租税。
津门东望波汤汤，　一点飞鸢帆影细。

本诗出自民国《高阳县志·旧志摘存》。

① 爱新觉罗·颙琰（1760—1820）：乾隆帝第十五子。年号嘉庆，1795年—1820年在位。庙号清仁宗，葬于清西陵之昌陵。

② 鏖：激烈战斗。

③ 跸路：古代帝王出行时，禁行人以清道。

④ 仪卫：仪仗与卫士的总称。

⑤ 沮洳（rù）：由腐烂植物埋在地下而形成的泥沼。

赵北口早发 〔清〕邓湘皋[①]

咿喔鸡声远，郎当铎语[②]忙。
征人影在水，残月白于霜。
犬吠渔村火，风吹蟹舍香。
酒旗摇树杪，隐约似潇湘。

本诗出自徐世昌《晚晴簃诗汇》。

① 邓湘皋：清朝诗人，湖南湘阴（今湖南省湘阴县）人。

② 铎语：铎，中国古乐器，大铃，形如铙、钲而有舌，多用于军旅。这里指演奏铎舞时击铎之声。

早过赵北口 〔清〕邓湘皋

四望渺无际，疲驴又晓征。
板桥霜迹冷，芦舍蟹灯明。
渐觉炊烟出，遥闻犬吠声。
趁墟人扰扰，知是鄚州城。

本诗出自徐世昌《晚晴簃诗汇》。

题赵北口旅壁有怀伯仲两兄 〔清〕邓湘皋

天涯兄弟惨离群， 北道迢迢倍忆君。
三晋[①]中分河曲水，孤城遥望楚天云，
断桥柳色摇秋影， 瘦马鞭痕澹夕曛。
料得西堂[②]频入梦，可能剪烛共论文。

本诗出自徐世昌《晚晴簃诗汇》。

① 三晋：《战国策》《史记》《资治通鉴》等书中，将战国时期

赵、魏、韩三国合称为“三晋”，其地约当今之山西省和河南省中部、北部以及河北省南部、中部。这里指今河北省白洋淀地区。

② 西堂：疑指作者故乡或居所。

赵北口次壁间韵 〔清〕王中孚[①]

春到中年百感同，　等闲春雨复春风。
啼鸠真是难为妇，　黄鹄从今化作翁。
岂有邹生测瀛海，　枉教楚客问昭融[②]。
囊中万宝金光草[③]，燕自西飞水自东。

本诗出自徐世昌《晚晴簃诗汇》。

① 王中孚：字木舟，号蓼塘，清州城（今山东省诸城市）人。乾隆二十五年（1760 年）进士。改庶吉士，授编修。

② 昭融：语出《诗经·大雅·既醉》：“昭明有融，高朗令终。”意为光大发扬。

③ 金光草：古代传说中的一种仙草，谓食之可以长寿。

百字令·赵北口 〔清〕刘嗣绾[①]

十三桥畔，似江南，新水荡来春晓。
添上软红尘一路，总被白云闲笑。
柳发全髡[②]，槐心半死，断送行人老。
羡他渔舍，短蓑眠梦芳草。
却忆南渡[③]，仓皇北征[④]慷慨，往迹烟销了。
今日堠[⑤]兵无个事，卧看酒旗低扫。
雁雁冲寒，雅雅接影，落日河声绕。
苍茫立马，古愁飞下多少。

本诗出自清道光《任邱续志·艺文志》。

① 刘嗣绾（1762—1821）：字简之、号醇甫，清朝江苏常州府阳湖县（今属江苏省常州市）人。嘉庆十三年（1808 年）会试第一，任翰林院庶吉士，散馆编修。诗及骈体文，少时多明艳，晚年清遒骏迈，以快厉之笔，达幽隐之思。著《尚䌹堂集》。

② 髡（kūn）：古代剃去男子头发的一种刑罚。髡首，即剃光头。古代也指剪树枝。

③ 却忆南渡：指康王赵构南下到陪都应天府南京即位（宋高宗），改元建炎。史称 “建炎南渡”。

④ 仓皇北征：指 “隆庆北伐”。宋孝宗隆兴元年（1163 年）四月，孝宗令李显忠、邵宏渊北伐，仅廿日就告失败。

⑤ 堠（hòu）：古代瞭望敌情的土堡。

赵北口道中　〔清〕纪士勋

无边春水绿如油，　望里轻舟浪里浮。
烟树一行桃岸远，　江村二月晓风秋。
征车旗上官衔插，　广惠桥边御笔留[①]。
十里朱栏[②]看不断，塞鸿飞过白萍洲[③]。

本诗出自纪士勋《待鉴诗草》。

① 御笔留：赵北口十二连桥广惠桥旁碑亭，亭内立石碑，题写“燕南赵北”，传为乾隆御笔。

② 十里朱栏：指赵北口万柳堤上十二连桥。

③ 白萍洲：亦称“白苹洲”，生满苹草的水边小洲。

赵北口即事 〔清〕王应鲸[①]

一

燕南赵北古谣传，　十二虹桥色映天。
广惠碑亭留禹迹[②]，　恩波万顷漾清涟。

二

口西[③]一望尽澄潭，靛色花光水际含。
蝉鬓帽裙[④]斜影过，由来风景似江南。

三

虞巡[⑤]二月放春围[⑥]，禽鸟依依满淀飞。
法祖[⑦]有灵知默佑，　龙颜一笑万家肥。

本诗出自清乾隆《任邱县志·艺文志》。

① 王应鲸：字霖苍，号闇霁，清朝直隶任邱（今河北省任丘市）人。十六岁入邑庠，十九岁以“五经卷”领乡荐，授福建福鼎令。鲸幼即痴学，著作甚多，中年肆力经史，增订紫阳纲目，拾遗补阙，辨讹正谬，凡十九年后，成书进呈。

② 广惠碑亭留禹迹：指广惠桥碑亭碑记。广惠，指广惠桥（第十一桥）。据清乾隆《任邱县志》记载，此桥为旱桥，桥旁修有木亭，亭内置碑，碑阳题“燕南赵北”，碑阴记赵北口历史沿革及建桥经过。

③ 口西：地名，苑家口，地处大清河畔。

④ 蝉鬓帽裙：泛指过往男女老少。

⑤ 虞巡：虞，指传说中夏代之前的虞舜王朝。这里指清朝康熙和乾隆皇帝。

⑥ 春围：初春水围活动。清史载，水围分春、秋，康、乾两帝数十次水围多在春季。

⑦ 法祖：祖制承法。这里指乾隆游猎（水围）。

赵北口题壁 〔清〕边履泰[①]

赵北经过感雪泥，归装才解又轮蹄[②]。
晓钟隐约十方院，官柳[③]迴环千里堤。
波映重栏桥络绎，路通一线淀东西[④]。
茫茫谁为迷津指，廿载燕云薄宦稽[⑤]。

本诗出自清乾隆《任邱县志·艺文志》。

① 边履泰：字子雅，清朝直隶任邱（今河北省任丘市）人。官至户部主事。

② 轮蹄：车轮与马蹄，诗中指准备前行。

③ 官柳：官府种植的柳树。

④ 波映重栏桥络绎，路通一线淀东西：指赵北口为南北通衢大道，东西水路要冲。重栏、桥络绎，皆指十二连桥。淀东西，谓赵北口跨大清河，界东、西二淀。

⑤ 薄宦稽：只做卑微官职。稽，停留。

重过赵北口 〔清〕杨瑛昶[①]

赵北燕南淡夕晖，　重来依旧傍渔矶。
举头见日雄心在，　翻手为云世态非。
拙宦[②]真成槐国梦[③]，劳生难息汉阴机[④]。
消魂旧种堤边柳，　和雨和烟已十围[⑤]。

本诗出自徐世昌《晚晴簃诗汇》。

① 杨瑛昶，字米人，清朝桐城（今安徽省桐城市）人。曾任宝坻知县，著作有《燕南赵北诗钞》。

② 拙宦：不善为官，仕途不顺。多用以自谦。

③ 槐国梦：亦称“槐梦”。 比喻人生如梦、富贵无常。

④ 汉阴机：机巧功利之心。

⑤ 十围：亦作“十韦”。形容粗大。

赵北口 〔清〕潘舆德[①]

划断燕云十六州，　可怜中国小金瓯[②]。
幽州岂是水穷处，　宋使直疑天尽头[③]。
今日郊坰[④]无战马，凉宵镫火有渔舟。
居民犹忆宸襟[⑤]畅，画鹢[⑥]回环绕翠斿。

本诗出自徐世昌《晚晴簃诗汇》。

① 潘舆德：字彦辅，一字四农，清江苏山阳（今江苏省淮安市淮安区）人。道光八年（1828 年）举人，官安徽知县。有《养一斋集》。

② 金瓯（ōu）：比喻疆土之完固，亦用以指国土等。

③ 宋使直疑天尽头：言“澶州之盟”宋辽两国以白沟为疆界。赵北口当时地处白沟附近，是宋朝边疆。天，天朝（宋朝）疆土。

④ 郊坰（jiōng）：泛指郊外。

⑤ 宸襟：帝王的思虑、判断。亦借指帝王。

⑥ 画鹢：画有鹢鸟图案的大船，这里指龙舟。

行宫篇

清朝康熙皇帝秉承祖制行春水秋山之典，曾驾临白洋淀四十余次，并修建赵北口、郭里口、端村和圈头四处行宫。乾隆皇帝继绳效法，一为巡幸水围，二则操演水军、查勘水利。两位皇帝每逢驻跸都会吟诗作赋，臣僚亦随之唱和。本篇辑录诗歌62首。

驻跸郭里口[①]行宫[②]

〔清〕爱新觉罗·玄烨

草堂荒产蛤，茶井冷生鱼。
一汲清冷水，高风味有馀。

本诗出自清乾隆《新安县志·游娱志》。

① 郭里口：村名，今河北省安新县安新镇郭里口村。

② 郭里口行宫：清康熙四十四年（1705 年）建，康熙皇帝为行宫御题匾额：溪光映带。郭里口行宫占地六亩，万岁宫三间，千岁宫三间，朝房五间，书房三间，御膳房三间。另在行宫东侧建钓鱼台，台上置凉亭，经天桥通向行宫。行宫西侧建有寺院一处，匾额名曰“沛恩寺”，为康熙御笔（今尚存）。康熙四十五年（1706 年）、五十三年（1714 年）、五十六年（1717 年），康熙曾驻跸郭里口行宫。此诗为康熙五十六年驻跸时题咏。清乾隆《新安县志·巡幸志》：“康熙五十六年二月，圣祖仁皇帝巡幸新安之郭里口，知县（臣）蒋元度随圣驾，蒙恩垂问，赐御书五言诗一首。”

赵北口行宫[①] 〔清〕李义古[②]

凤驾[③]刚辰[④]吉，春蒐[⑤]典载隆。
牙章[⑥]君命萧，　铁骑将才充。
甲洗梨花雪，　　营开细柳风[⑦]。
三驱[⑧]解网后，　定教有飞熊[⑨]。

本诗出自清乾隆《任邱县志·艺文志》。

① 赵北口行宫：建于康熙十六年（1677 年），占地十二亩，大殿五间，皇后宫三间，太后宫三间，军机处三间，差办房三间，御膳房三间，朝房两处共六间。东南设坐辇处，西有御花园，东大门建立石坊一座。白洋淀四处行宫中赵北口行宫修建时间最早、规模最大、驻跸次数最多。今存宫门半楹。

② 李义古（1621—1761）：清朝直隶任邱（今河北省任丘市）人，

顺治年间进士，颇具才学。官至国子监祭酒。

③ 夙驾：早晨驾车出行。

④ 刚辰：即刚日。古以“十天干”记日，甲、丙、戊、庚、壬五日居奇位属阳刚故称。

⑤ 蒐：春天打猎。

⑥ 牙章：象牙制成的图章。这里指传递的命令。

⑦ 细柳风：也称“细柳营”。细柳营是指周亚夫当年驻扎在细柳的部队，军纪非常严明。这里借指军容严整。

⑧ 三驱：古王者田猎之制。谓田猎时须让开一面，三面驱赶，以示好生之德。

⑨ 飞熊：指姜子牙。姜子牙，别号飞熊。

赵北口行宫 〔清〕孙浩[①]

一

窗本临流好，　花初出妖妍。
宸游[②]春省侯，佳节禁烟前。
画舫金堤泊，　云旗彩索悬。
御舟横卷轴，　何似米家船[③]。

二

蒲芷穿沙绿，楼台[④]映水明。
行围循祖制，问俗及乡评[⑤]。
补助民多乐，声闻吏不惊。
再来欣赏处，犹记昔年情。

本诗出自清乾隆《任邱县志·艺文志》

① 孙浩：清朝金华（今浙江省金华市）人，官至左副都御使。

② 宸游：皇帝巡游。

③ 米家船：宋朝书画家米芾，常乘舟载书画游览江湖。后常以“米家船”借指米芾书画。

④ 楼台：指赵北口行宫怀青楼。

⑤ 乡评：乡里众人评论。

驻跸赵北口作 〔清〕爱新觉罗·弘历

一

万柳跋长堤，　江乡景重题。
谁知今赵北，　大似向杭西。
鱼鸟悦人意，　蘼芜[①]惜马蹄。
渚宫[②]乘爽列，云水眄[③]清凄。

二

往来三阅月，潇洒一凭窗。
了识隙阴速，未能尘意[④]降。
风漪青草接，沙渚白鸥双。
欸乃云汀外，渔舟唱晚腔。

本诗出自《钦定四库全书荟要·南巡盛典》。

① 蘼芜：川芎的苗，叶有香。这里泛指花草。

② 渚宫：楚国的宫名。故址在今湖北省江陵县。这里指赵北口行宫。

③ 眄（miàn）：斜着眼看。

④ 尘意：世俗之意。

赵北口清怀楼[①]作 〔清〕爱新觉罗·弘历

一

赵北桥头驻翠旗[②]，沙汀[③]苇渚起鸬鹚。
道旁鞠跪逢村老，能说仁皇[④]水猎时。

二

溪村水郭渺烟波，携酒烹鱼乐事多。
烟火万家民自便，至今遗泽沐熙和[⑤]。

三

效灵河若诚何有，奏绩冬官[⑥]实不无。
生计水乡应稍给，夏鱼秋芡早春凫。

四

霞旆[⑦]风帆漾绿漪，搜禽恰称仲春时。
承平武备应勤习，不是金明[⑧]竞水嬉。

烟火万家民自便：皇祖御制诗云“万家烟火随民便”是句敬用此意。

效灵河若诚何有，奏绩冬官实不无：淀池之水自罢水围后，日以消涸，高斌为直隶总督疏浚并举，始渐复故道。而去岁秋霖颇大赖蓄，幸不成灾。土人遂谓因今岁水围而水复来，禽重聚，语虽不经，然疏导之功则不无云。

本诗出自清道光《任邱续志·宸章》。

① 清怀楼：位于赵北口行宫内西南。

② 翠旗：饰以翠羽的旗帜。句中指随乾隆出行的宫廷仪仗。

③ 沙汀：水边或水中的平沙地。

④ 仁皇：指康熙皇帝。

⑤ 熙和：清明和乐、兴盛和乐。

⑥ 冬官：上古设置官职，以四季命名。后世亦以冬官为工部的通称。

⑦ 霞旆：灿烂耀眼的旌旗。

⑧ 金明：即金明池。是北宋时期著名的皇家园林，位于东京汴梁城（今河南省开封市）外。园林中建筑全为水上建筑，池中可通大船，战时为水军演练场。

上元后夕[①]观灯火作 〔清〕爱新觉罗·弘历

绞缚[②]烟花冻浦间， 冰天火戏胜尘寰。
春雷惊起鱼龙蛰， 云雾团成虎豹关[③]。
真是水仙[④]朝贝阙[⑤]， 谁叫海客驾鳌山[⑥]。
踏灯词尽绕佳丽， 此夜风光未许攀。

本诗出自清道光《任邱续志·宸章》。

① 后夕：连接正月十五之后，即正月十六。

② 绞缚：捆绑。

③ 春雷惊起鱼龙蛰，云雾团成虎豹关：春雷，这里指锣鼓声。鱼龙，指社火中人装扮鱼和龙模样。云雾，烟花爆竹形成的烟雾。虎豹关，社火游戏。

④ 水仙：水仙子，社火中人物。

⑤ 贝阙：指用紫贝明珠装饰的龙宫水府。

⑥ 鳌山：古代元宵节灯景。因彩灯堆成山如巨鳌，故称。

驻跸圈头题远碧斋[①] 庚午[②]二月

〔清〕爱新觉罗·弘历

斋名远碧恰相宜，几席之间万顷披。
河伯涛声争击鼓，轩皇[③]圣躅[④]俨垂碑。
智仁并乐兼山水，高下齐观忘险夷。
即渐风光临上巳[⑤]，浴沂点也岂游嬉。

本诗出自清道光《任邱续志·宸章》。

① 远碧斋：位于圈头行宫内。

② 庚午：乾隆十五年（1750 年）。

③ 轩皇：即黄帝轩辕氏。这里指康熙皇帝。

④ 躅：足迹。这里指康熙皇帝在白洋淀水围。

⑤ 上巳：农历三月初三或三月上旬第一个巳日，称“上巳节”。

赵北口行宫对雨 〔清〕爱新觉罗·弘历

行宫卜筑[①]临春湖，轩窗[②]纳远朱栏扶。
凭虚纵目渺无际，　如对云梦[③]与具区[④]。
尔时骊龙未吐珠[⑤]，　河伯歌舞丰隆趋。
烟波变幻莫可测，　忽成米氏潇湘图[⑥]。
风中远溆[⑦]舟人呼，卧波苇叶藏双凫。
我方乐在春畴濡，　应接无暇有是乎。
须臾雨止斜阳露，　三两扁舟向何处。

本诗出自清道光《任邱续志·宸章》。

① 卜筑：卜，预料、估计、猜测。指择地建筑住宅，即定居之意。

② 轩窗：轩，宽敞。 轩窗是邻水明亮宽敞窗户。

③ 云梦：指湖北一带的古湖。借指白洋淀。

④ 具区：太湖的古称。借指白洋淀。

⑤ 骊龙未吐珠：骊龙吐珠，比喻映入水中的繁星。

⑥ 米氏潇湘图：米氏，指米芾。潇湘图，为五代董源作，是中国山水画史上具有代表性的作品，描绘的是湘湖地区的风景。这里用米芾和董源画作比喻白洋淀具有雨中潇湘的景色。

⑦ 溆（xù）：水畔。

题悦心亭[①]　〔清〕爱新觉罗·弘历

一棹近可达前川，　川上方亭春望便。
名曰悦心真不忝[②]，　澄碧万顷连水天。
水天空明难为状，　浩乎吾意与之然。
白洋闻比此更廓，　漾舟明日凌苍烟。
（白洋大淀较端村水面尤廓云。）
周裨[③]寰海[④]此一勺，尚令人意飘乎仙。
蓬莱应有安羡辈，　可惜误之徐福[⑤]船。

本诗出自《钦定四库全书荟要·御制诗集》。

①悦心亭：端村行宫宫门前一凉亭。

②忝（tiǎn）：不愧于。

③裨（bì）：小。

④寰海：海内。

⑤徐福：字君房，秦朝著名方士，曾任秦始皇御医，奉命率领三千童男女自山东沿海东渡。

赵北口行宫作　辛未[①]　〔清〕爱新觉罗·弘历

一

初岁临行馆[②]，开韶[③]景已妍。
会心即在此，　得句偶思前。
瓷钵唐花[④]茁，纱檠[⑤]银蒜[⑥]悬。
淀池冰未泮，　不必命虞船。

二

帘卷和风细，　窗含嫩日明。
两间供静玩，　万类快新晴。
冻浦凫仍聚，　春林鸟不惊。
文床净棐几[⑦]，书史[⑧]最怡情。

本诗出自《钦定四库全书荟要·南巡盛典》、清道光《任邱县志·宸章》。

①辛未：乾隆十六年（1751年）。

②馆：指行宫。

③开韶：初春。韶，美丽春光。

④唐花：唐，古作"煻"。唐花又名"堂花"，植于密室里用加温法使其早开的鲜花。

⑤纱檠（qíng）：外罩轻纱的灯。檠，灯架，烛台，借指灯盏。

⑥银蒜：银制的帘钩，形似蒜条，故名。北周庾信《梦入堂内诗》："幔绳金麦穗，帘钩银蒜条。"倪璠注："银钩若蒜条，象其形也。"

⑦棐（fěi）几：用棐木做的几桌。亦泛指几桌。

⑧书史：典籍，指经史一类书籍。

赵北口行宫叠前岁韵[1]二首

癸酉[2]仲春 〔清〕爱新觉罗·弘历

一

迎堤欣麦好，应节忘花妍。
清跸不须急，行宫宛在前。
座中一岁阁，窗外半帆悬。
是我巡江国，春流得句船。

二

水天相与永，金波万顷明。
载舟堪独会，鉴物入遥评。
今昔原无住，沤泡[3]底用惊。
依然空阔意，最喜涤尘情[4]。

应节忘花妍：是日花朝。

本诗出自清道光《任邱县志·宸章》。

① 叠前岁韵：使用前年诗的韵脚，指乾隆十六年（1751 年）。

② 癸酉：指乾隆十八年（1753 年）二月，乾隆去西陵祭祖后，陪皇太后驾临白洋淀阅水围，先后在郭里口、端村、赵北口和圈头四处行宫驻跸。

③ 沤泡：水泡，喻虚幻不实。

④ 尘情：指烦心俗情。

安福舻[1] 〔清〕爱新觉罗·弘历

别馆此停骖[2]，轻舻泊碧潭。
又兹来赵北，曾与到江南。
泛景真无尽，敲吟向所谙。
推蓬[3]宜夕眺，万顷月波涵。

本诗出自《钦定四库全书荟要·御制诗集》。

① 安福舻：当年乾隆沿京杭大运河六下江南所乘的龙船。史载，乾隆在白洋淀水围乘坐安福舻从天津出发，经东淀沿大清河进西淀（白洋淀）驻跸赵北口行宫。

② 骖：本意是古代驾在车前两侧的马，引申义是驾三匹马，句中指送别。

③ 推蓬：推开帐篷。蓬，同“篷”。

赵北口行宫六韵（之一）[1]丙子[2]

〔清〕爱新觉罗·弘历

驻临赵北淀，座爱近西窗。
白水目千里，青天鹭一双。
湾环带洲渚[3]，森戟茁蒲茳[4]。
蜗舍[5]烟遮郭，凫舟[6]风送篗[7]。
空濛真入画，欸乃不成腔。
坐到深更后，冰轮正满江。

本诗出自《钦定四库全书荟要·御制诗集》、清道光《任邱县志·宸章》。

①之一：编者加注。

②丙子：乾隆二十一年（1756年）

③洲渚：陆地及附近的小岛。

④茳（jiāng）藻类植物。

⑤蜗舍：蜗，软体动物螺。指低矮农舍。

⑥凫舟：白洋淀一种牧鸭船，船底宽，船舷较低，俗称“鸭排子”。

⑦籰（yuè）：络丝的用具。

赵北口行宫叠旧韵二首 丙子仲春[①]

〔清〕爱新觉罗·弘历

一

通闰[②]冰初泮[③]，迟春花未妍。
座茵重布此，　壁句载赓前。
孤骛空中下，　远帆云外悬。
虚窗依碧水，　不系得称船。

二

月宇临雲牖，　涵虚远更明。
一时契澄观，　万顷入吟评。
春穉[④]景偏好，风恬浪不惊。
昆明今似此，　同一在川情。

座茵重布此，壁句载赓前：癸酉经曾叠前韵。

本诗出自《钦定四库全书荟要·御制诗集》。

①丙子仲春：乾隆二十一年三月。

②闰：闰年。

③泮：解、散。句中指冰消。

④穉：同“稚”。

驻跸赵北口 丙子仲春 〔清〕爱新觉罗・弘历

一

月漾桥头驻翠旌，渚宫[1]春水一篙生。
禽围命罢今番猎，驿路虞延数日程。
十斛尘遥去衣袂，万层漪倒上簷楹。
凭轩聊寄沧浪意，妙理清机镜里呈。

二

鱼梁[2]蟹断学江乡，岸芷汀兰意向芳。
暖日人家初试网，远风洲渚乱鸣榔[3]。
言能春鸟高低掠，机泯[4]闲鸥自在翔。
坐到昏黄得奇会，际天烟水远苍茫。

本诗出自《钦定四库全书荟要・御制诗集》。

① 渚宫：春秋时期楚国宫名。借指赵北口行宫。

② 鱼梁：筑堰拦水捕鱼的一种设施，用木桩、柴枝或编网等制成篱笆或栅栏，置于河流、潮水河中或出海口处。

③ 鸣榔：木棍敲击的声响。指响板惊鱼的情景。

④ 泯：引申为停止。

行宫篇

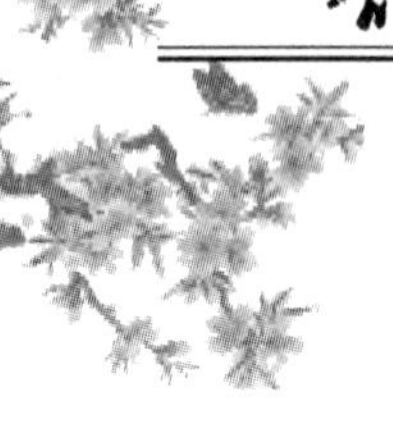

丁丑[①]上元前夕[②]赵北口行宫侍皇太后观灯火即席得句

〔清〕爱新觉罗·弘历

晚来风定紫[③]澜[④]收，预夕承欢乐事稠。
座里同欣上元节，　　渚边亦有庆宵楼。
垂虹百道连冰朗，　　结焰千葩映雪留。
箭影飞空数无万，　　作朋慈寿祝添筹。

本诗出自清道光《任邱续志·宸章》。

① 丁丑：指乾隆二十二年（1757 年）。

② 上元前夕：正月十四。

③ 紫：晚霭。

④ 澜：大浪。

驻跸赵北口即事成什　壬午新正[①]

〔清〕爱新觉罗·弘历

跋马雄县南，　须臾长堤莅。
行宫知已近，　烟柳柔条肄[②]。
于迈[③]指江南，江南消息递。
渔村与蟹舍，　近远陂陀[④]寄。
积雪冰铺仍，　新水春生未。
野老捧木盘，　一双冰鲤置。
还鲤命赉[⑤]之，嘉此献芹[⑥]意。

本诗出自清乾隆《任邱县志·宸章》。

① 壬午新正：乾隆二十七年（1762 年）正月初一。

② 条肄（yì）：指再生的树枝。《诗经·周南·汝坟》："遵彼汝

坟，伐其条肄。”

③ 于迈：同“于征”，远行。

④ 陂陀：陂，水岸或 山坡，斜坡。陀，山岗。陂陀，引申义倾斜不平。

⑤ 赍（jī）：把东西送给别人。

⑥ 献芹：典故名，典出《列子》卷七《杨朱篇》。从前有个人在乡里的豪绅面前大肆吹嘘芹菜如何好吃，豪绅尝了之后，竟“蜇于口，惨于腹。”后来就用献芹谦称赠人的礼品菲薄或所提的建议浅陋。也说“芹献”。

郭里口行宫稍憩 〔清〕爱新觉罗·弘历

溪村绿柳边，结宇[①]亦清便。
名里犹传郭[②]，招贤因忆燕[③]。
云轻熟食节[④]，景媚养花天[⑤]。
坐俯澄波阔，依然子[⑥]在川。

本诗出自《钦定四库全书荟要·御制诗集》。

① 结宇：建屋舍。

② 名里犹传郭：郭里口村相传姓郭的人（建村）。名里，村名。犹，似乎、好像。

③ 燕：指燕昭王招贤纳士的事。

④ 熟食节：寒食节。

⑤ 养花天：暮春牡丹开花时节。因天多轻云微雨，适宜养花，故称。

⑥ 子：敬词，你。

赵北口侍皇太后宴敬纪一律 壬午上元[①]

〔清〕爱新觉罗·弘历

南巡东陆奉慈銮[②]，三五昌宵[③]月正圆。
四海为家钦养志，万年介祉[④]永承欢。
冰花火树辉行馆，玉粄[⑤]银粟[⑥]供大官。
此乐本来天下共，即看祝嘏[⑦]待江干。

本诗出自清乾隆《任邱县志·宸章》
① 壬午上元：乾隆二十七年（1762 年）正月十五。
② 慈銮：句中借指皇太后。
③ 三五昌宵：三五，即十五；昌宵，元宵节。
④ 介祉：大福。
⑤ 玉粄（nǚ）：古代一种用蜜和面煎制的食品。
⑥ 银粟：茗花，好茶。
⑦ 祝嘏（jiǎ）：祝寿。

壬午上元[①]后夕[②]观灯即事

〔清〕爱新觉罗·弘历

上元初过景重提[③]，翼节[④]烟花灿且凄。
耐可郊灯然更闹，却看海月上微低。
紫姑[⑤]祈后春蚕庆[⑥]，韩傅[⑦]祠边火树齐。
谩道汉家[⑧]阙故事[⑨]，龙门[⑩]太乙[⑪]岂无稽[⑫]。

本诗出自清道光《任邱续志·宸章》。
① 壬午上元：乾隆二十七年（1762 年）正月十五。
② 后夕：正月十五（上元节）后天或晚上。
③ 景重提：指再次观看举行观灯活动。
④ 翼节：过完节。

⑤ 紫姑：民间传说中的司厕之神。上元节时，居家妇女便要迎厕神。设供案，点烛焚香，让小儿辈对它行礼。

⑥ 春蚕庆：春蚕，秦人。因父死殒生。汉光帝封其为“孝感圣姑”。邑人建春蚕祠祀之。

⑦ 韩傅：即韩婴。

⑧ 汉家：汉民族。

⑨ 阙故事：缺乏文化历史。阙，同“缺”。

⑩ 龙门：古代科举试场的正门，后喻指科举中式为登龙门。

⑪ 太乙：术数中的神数。

⑫ 无稽：没有根据。

赵北口行斋对月　辛巳　三月十三[①]

〔清〕爱新觉罗·弘历

冰镜[②]挂空高，将圆欠几毫。
星光藏碧宇，　烛影卷银涛。
自是斯斋素，　偏欣此际遭。
春江花月夜，　丽句缅兵曹[③]。

本诗出自《钦定四库全书荟要·御制诗集》、清乾隆《任邱县志·宸章》。

① 三月十三：即寒食节。

② 冰镜：月亮。

③ 兵曹：古代管兵事等的官员。汉代为公府、司隶的属官。唐代为府、州设立的“六曹”或“六司”之一。诗中指兵营。

题安福舻 〔清〕爱新觉罗·弘历

水搜乃偶试，画舫却先来。
岸侧系杨候，明当破晓开。
四年怀散置，一晌适清陪。
恒此南巡御，安然福九垓[1]。

本诗出自《钦定四库全书荟要·御制诗集》。

① 九垓：指九州大地。

驻跸端村[1] 辛巳〔清〕爱新觉罗·弘历

延厘[2]台麓归，取便省南畿。
仁祖恩今在，　慈宁[3]寿古稀。
烟宫宜豫养，　八政[4]慎几微[5]。
猎舫沙汀集，　聊将试水围。

本诗出自《钦定四库全书荟要·御制诗集》。

① 端村：地名，今安新县端村镇。古名“段村”，因村人分段而居故名。康熙四十七年（1708 年），建端村行宫。世传乾隆巡行驻跸取祥瑞之意更名“端村”。康熙四十七年建行宫一座，万岁宫三间，千岁宫三间，寝宫三间，西朝房三间，北朝房三间。茶房二间，设万寿亭一座。今遗址尚存。

② 延厘：古代祝颂，迎来福祥。

③ 慈宁：指慈宁宫。清代皇太后所居住的宫殿，借指皇太后。

④ 八政：古代国家施政的八个方面：食、货、祀、司空、司徒、司寇、宾、师。

⑤ 防微：在错误或坏事刚萌发时，就加以制止。

澹对轩[1]作　辛巳　爱新觉罗・弘历

朴宇[2]淀池上，烟波对渺弥。
野船闲出没，　水墅远参差。
触目有如此，　澄心乃不期。
前题一再咏，　讶隔许多时。

前题一再咏，讶隔许多时：癸酉至今辛巳已八年矣。

本诗出自《钦定四库全书荟要・御制诗集》。
① 澹对轩：在端村行宫内。
② 朴宇：简陋的宫殿，此指端村行宫。

悦心亭[1]二首　辛巳　〔清〕爱新觉罗・弘历

一

澹对轩前四柱亭，周遭春水护芳汀。
苍茫万顷碧无尽，村树微分如荠[2]青。

二

烟意波容雅相宜，那殊甓社[3]与菱丝。
会心不远居然远，剪綵装春又底为[5]。

会心不远居然远，剪防装春又底为：地方吏围亭植树缀花反失天然佳趣矣。

本诗出自《钦定四库全书荟要・御制诗集》。
① 悦心亭：在端村行宫旁。
② 荠（qí）：荸荠。水生植物。
③ 甓（pì）社：甓社湖，时在江苏境内，乾隆南巡几次都巡幸于此。

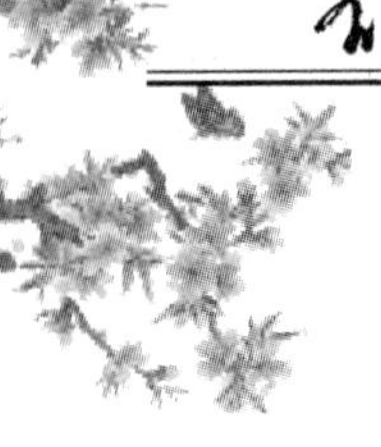

上元灯词八首 〔清〕爱新觉罗·弘历

一

前度江南此预日， 今番赵北正元宵。
观灯例事庸[1]宜罢，况有轮班伯克[2]朝。

二

帝城三五[3]常年景，畿甸[4]上元也自佳。
虽欲与民同乐赏， 微嫌守吏太差排。

三

连宵都有郊灯灿， 今日偏饶冰戏奇。
灯熻[5]冰光冰映月，浑成世界净琉璃。

四

火树千行方粲[6]宴，兰烟百道与和凝。
空中窣堵[7]须臾现，宝月如来□上层。

五

绛葩结作荣光镜，翠火燃成瑞应图。
联袂童讴虽数十，鲁山于蔿[8]独何无。

六

古今灯月交辉夕，一刻光阴一刻怜。
遥想皇州不禁夜，香车宝马正喧阗[9]。

七

蚖膏[10]鹤焰[11]齐辉映，蟹舍渔村尽看来。
金锁玉关[12]原不藉， 和门行漏且迟催。

八

欣无行雨与流风，照得冰消更雪融。

入夜悄然群闹息，团圞[13]月相古今同。

本诗出自《钦定四库全书荟要·御制诗集》。

①庸：岂，怎么。

②伯克：系突厥语音译，意为“首领”“管理者”等。

③三五：即十五，指正月十五。。

④畿甸：指京师外围，即直隶（今河北省）一带。

⑤熻（xī）：燃烧。

⑥粲（càn）：古代指上等米。美。

⑦窣（sū）堵：佛语，也称“窣堵坡”。意指泥土砖石垒筑的高冢 。

⑧鲁山于蔿（wěi）：引《于蔿于》典，出自《新唐书·元德秀传》。唐玄宗驾临洛阳宴臣，地方官员争相带艺伎献殷勤，河内太守尤甚。独鲁山县令元德秀命乐工唱一首《于蔿于》歌，深得唐玄宗赞赏。句中意为联袂灯词有佳句。

⑨阗（tián）：充满、声音很大。

⑩蚖（yuán）膏：蚖，蝾螈、蜥蜴。蚖的油脂，旧时用以点灯。

⑪鹤焰：纸做成鹤灯。

⑫金锁玉关：又名“过路阴阳”。

⑬圞（luán）：团圆。

乙酉[1]燕九[2]驻跸行宫即事杂咏

〔清〕爱新觉罗·弘历

一

大堤回望见雄城[3]，驻跸燕南赵北营。

一宿已看分两国，　尔时政令若为行。

二

春迟冰冻未全开，近水程途喜不埃。
侍卫囊金例行赏，野翁依旧献鱼来。

三

烟宫数宇可停骖④，窗里淀池万顷涵。
点笔今朝别有讬，爱他消息递江南。

四

积葑⑤围泥种麦图，未能一例禁西湖。
勤耕岂不资民食，所虑因循占水区⑥。

五

远浦连冰一片白，簇枝缀蕊万星红。
十三桥⑦畔韶光嫩，假借春灯著意烘。

六

春宵燕九例收灯，夎尾⑧冰嬉试赏凭。
闹罢夜深古月上，法王无尽示真乘。

七

况当禾稼连逢熟，益使锱铢⑨不借呼。
庶俾闾阎⑩歌乐岁，春风载道共民娱。

积葑围泥种麦图，未能一例禁西湖：西湖葑田民多占种，向于南巡时觇知，利敝随敕大吏厘核禁，将未毋许续增致碍宣节，兹淀池内外淤地衍沃，于莳麦尤宜民间垦艺滋广，若不示以限制，恐日久有妨潴泄。自当仿浙省之例饬禁，亦在有司之经理得宜耳。

庶俾闾阎歌乐岁，春风载道共民娱：降防命免直隶历年逋，赋诗以志，事江南百万豁逋租洁矩京畿此岂无多厪宁因少忽耳。顷询方观承知，直隶自乾隆十九年至二十六年未完，缓征各项计三万有余，虽为数不及江南四十分之一，而拮据输纳情自相同。因降特防蠲除，俾闾阎益资饶裕，远怜翻可近忘乎。

本诗出自清道光《任邱续志·宸章》。

① 乙酉：指乾隆三十年（1765 年）。

② 燕九：即正月十九燕九节。全真道宗丘处机圣诞日。

③ 雄城：雄州城。

④ 骖：本意是古代驾在车前两侧的马，引申义是驾三匹马。句中指送别。

⑤ 积葑（fèng）：古书上指菰的根，即茭白根，与泥混成葑。这里指积泥造田。

⑥ 所虑因循占水区：担忧围堤造田缩小水面，破坏原貌。白洋淀为九河下梢，十年九涝。雍正三年（1725 年）怡亲王允祥总理京畿水利，结合治水围堤营田，使大殷淀（今大王淀）难以积水干涸。乾隆中期，因淀区缩小，淤积严重，导致淀区周边洪涝加剧。乾隆三十七年（1772 年），朝廷下令禁止围堤营田，谕曰："淀泊利在宽深，毋许复行占耕，违者治罪。"

⑦ 十三桥：赵北口十二连桥。

⑧ 婪尾：酒巡至末座，轮流喝酒，最后一个喝的叫"婪尾酒"。

⑨ 锱铢：古代钱币的单位。

⑩ 闾阎：泛指民间。

赵北口行宫三叠旧作韵

〔清〕爱新觉罗·弘历

于意有不怿[①]，擒词[②]那得妍。
居停原似旧，建置讶增前。
既往事弗究，费多心为悬。
西轩偶凭憩，殊异昔如船。

居停原似旧，建置讶增前：行宫浦西拓置亭榭，既多劳费且风景远逊昔时矣。

西轩偶凭憩，殊异昔如船：丙子年旧作，有虚依碧水不系得称船之句。

本诗出自《钦定四库全书荟要・南巡盛典》。

① 怿（yì）：喜欢。

② 摛（chī）词：铺陈文词。

任丘县行宫[1]作 〔清〕爱新觉罗・弘历

庚午二月特举水围，盖自康熙壬寅至是二十有八矣。俯仰岁月于任丘行宫纪之。

猎罢羽林各系船， 行宫秀野构溪边。
蜃窗[2]纵望湖天阔， 钿几[3]搜吟花柳妍。
春色芳菲如图画， 化机[4]活泼悟鱼鸢。
庭柯[5]似欲迎人语， 重识东风廿八年。

重识东风廿八年：自康熙壬寅至今乾隆庚午未举水围者，葢二十八年矣。

本诗出自清道光《任邱续志・艺文志》。

① 任丘行宫：指当年任丘县圈头行宫。圈头，村名，今安新县圈头乡圈头村。1945 年由任丘划归白洋县。1946 年划入安新县至今。圈头行宫，康熙年间修建。占地九亩，有正殿五间，皇后宫三间，太后宫三间，东、西朝房十三间。南有御林军住所，北设息舟坊，东北角置望围楼，西南角建远碧斋，东南宫门二楹。

② 蜃窗：大蛤壳磨薄后镶嵌以透明的窗子。

③ 钿几：把金属宝石等镶嵌在器物上作装饰。也指嵌金花的首饰。这里指岸柳像镶嵌的翡翠。

④ 化机：变化的枢机。这里指初春万物复苏，生机勃勃。

⑤ 庭柯：庭园生长的树木。

⑥ 葢：同“盖”。

赵北口水围恭纪 〔清〕方观承[1]

大堤[2]如墙泽[3]深堑，十二长虹[4]夹青甸。
西灢东涧天所营，赵北燕南地谁判（叶）。
排引清浊涵日月[5]，派别滹濡陂[6]郡县。
敬意仁皇水猎年，涂黄为习舟师便。
穿雄掠霸走鱼龙[7]，喷雷启蛰冰开堰
篙师[8]纪猎日有程，二十五淀程西淀
矰[9]火须盈十朝获，髓翠自足千夫膳。
丛蒲攒蒋[10]托[11]灵滋[12]，坻沼畦瀛添结撰[13]。
至今绿字[14]摹穹碑[15]，犹有彤云护行殿。
畿民望幸三十载，时巡法祖昭乾健[16]。
香台界领剧清寒，回首銮音[17]下天半。
直教平地涌方壶[18]，为爱晴波开净练。
珠宫贝阙[19]葺仙居，环望樯乌回幕燕。
忆循水艓[20]溯轻轫[21]，每讶沮洳久形变。
逢秋涤薮岸稍芦，截港罱泥[22]人种靛。
千灵护野海童[23]来，遂使崌虚[24]惬游衍[25]。
翔舸天上拥鲸鼍[26]，快桨风前排鹭燕[27]（叶）。
晨曦照浦宿雾揭，黄盖[28]一川光满偏。
旗门两两乍若失，罿具[29]团团互相援。
令严围合波不惊，诧避浅鳞鸟目眩。
鹈鹙鸡鸬鸧鴐凫[30]，不计其数百千万。
谁其驱之四面至，河伯阳侯相后先。
远舟如鸟鸟蔽舟，黑云盘空波潋滟。
风颓气急散复合，高坠炮光低带箭。
卫士无声但催舻，御衣不罪飞流溅。
潮腾众马步止齐，楫捷长龙左右旋。
皇清畅矣命收禽，五字诗成呼笔砚。
水村渔父跽颁[31]彬[32]，神武三朝欢再见。
虞旌继发昭减围，卵育春深网开面[33]。

白洋三宿棹[34]莲花，　　礼典初修戒酣餍[35]。
霓旌北度指桑乾[36]，　　更寻禹画勤猷念[37]。
驺虞[38]化合玉呈图，　　象汉屏畿[39]永清宴[40]。

喷雷启蛰冰开堰：水围常在惊蛰节后。

二十五淀程西淀：东西两淀以赵北口为界。

香台界领剧清寒：五台山。

每讶沮洳久形变：观承为监司时巡视，东西各淀多堙。今年忽復水增数倍。

谁去驱之四面至：清明为水鸟当去之候，是日，观承率镇道等乘舟围后，则见风翔云集，当围船上布满空际，若有致之者，淀村老民咸惊叹，谓向于圣祖时间亦见之。

五字诗成呼笔砚：御制白洋淀水围诗有五字，适因成之句。是日，上亲御火枪获五十余禽，矢获二十余禽，此际复成诗三首。

白洋三宿棹莲花：白洋淀在端村，莲花淀近赵北口。

霓旌北度指桑乾，更寻禹画勤猷念：自赵北口登陆临视永定河工。

本诗出自清乾隆《任邱县志·宸章》。

① 方观承（1698—1768）：字遐谷，号问亭，一号宜田，清朝安徽桐城（今安徽省桐城市）人。康熙四十八年（1709 年）进士，历官直隶清河道台、直隶按察使、直隶布政使、直隶总督，著有《述本堂诗集》《御题棉花图》《问亭集》。

② 大堤：赵北口万柳堤。

③ 泽：白洋淀。

④ 十二长虹：赵北口十二连桥。

⑤ 排引清浊涵日月：言赵北口排泄、引流上游清浊诸水，包含东西两淀。

⑥ 滹濡陂：滹沱河、濡水一端、边侧。

⑦ 走鱼龙：民间一种社火，人装扮鱼、龙等水族进行表演。

⑧ 篙师：掌船师傅。

⑨ 矰（zēng）：古代用来射鸟的拴着丝绳的短箭，因拴着丝绳而能收回再次利用。后来泛指短箭。

⑩ 蒲蒋：水生植物。

⑪ 托：寄生。

⑫ 灵滋：滋生生灵。

⑬ 坻沼畦瀛添结撰：水上各处犹有新变化。坻，水中小块陆地。结撰，结构变化。

⑭ 绿字：意思是古代石碑上刻的文字，填以色漆。

⑮ 穹碑：指康熙皇帝的《淀神碑记》。

⑯ 昭乾健：指康熙皇帝天德刚健的诏书。

⑰ 銮音：古代帝王的车驾上有銮铃，故亦作帝王车驾的代称。

⑱ 方壶：神话传说中的山名，借指五台山。

⑲ 珠宫贝阙：用珍珠宝贝做的宫殿。

⑳ 水艓（dié）小船。

㉑ 轫：阻止车轮转动的木头。句中指停车。

㉒ 截港罱泥：在淀底取泥围堤埝。截港，即用堤埝将淀隔开。罱，白洋淀一种渔具，分大、中、小型，小型可夹河泥。

㉓ 海童：传说中的神童。

㉔ 崐虚：昆仑山。

㉕ 游衍：肆意游玩。

㉖ 鲸鼍：扬子鳄。

㉗ 鹭燕：泛舟飞禽。

㉘ 黄盖：黄罗盖伞。

㉙ 罼（bì）具：长柄渔具。

㉚ 鹈鹜鸡鸬鸧鴐皀：鹈鹕一类大型禽鸟。

㉛ 跽（jì）颁：挺直上身双膝着地。长跪。颁，同“斑”，须发斑白，指老者。

㉜ 彬：恭敬。

㉝ 虞旌继发昭减围，卵育春深纲开面：停止围猎，待鱼类和禽鸟孵化、育雏后再进行。春深，意为初夏。纲，泛舟渔网、捕鸟网。

㉞ 棹：用作动词（驱、到）。

㉟ 餍：饱餐。

㊱ 桑乾：永定河。

㊲ 猷念：谋略、计划。

㊳ 驺虞：古代汉族神话传说中的仁兽。

㊴ 象汉屏畿：天象映应出京畿。

㊵ 清宴：清平安宁。

驻跸赵北口 〔清〕方观承

乾隆辛未正月十三日，恭逢圣驾奉皇太后南巡江浙，臣观承谨率属扈跸至景州，纪恩即事得诗二十首，录八、九、十、十一、十九，五首。

八

行宫津人制莲灯，八十艇敲冰渐进，环绕岸外。

千顷冰装白玉壶[①]，忽教涌出万红蕖[②]。
回环灯影连高下， 远近歌声乍有无。

九

津人制九龙灯以相斗戏。

夜半鱼龙斗合围，火珠旋转剧光辉。
须臾电掣雷砰处，真有千鳞破冻飞。

十

御制赵北口观灯诗“冰天火戏胜尘寰”。

连天岸火射流鸟，遍水舟灯照渚凫。
赵北燕南传盛世，水戏火戏并成图。

十一

一灯千灯忽自明， 小爆大爆何多声。
应谷雷硠[③]洽豫动，乘阳甲坼[④]催春生。

十九

御制五言古体诗一章题云：命直隶总督方观承加赈，去岁被水州县以言志并赐书之。“国以民为本，舍是其爱谁。民以食为天，祈年夙夜孜。”御诗末二韵也。

帐殿初生进膝[5]时，　闾阎疾苦屡畴咨。
颁金[6]发粟[7]诗言志，国本民天训在斯。

本诗出自清乾隆《任邱县志·宸章》。

① 白玉壶：形容白洋淀。
② 红蕖：指莲灯。
③ 硠（láng）：本意是水石的撞击声。句中指爆竹声。
④ 甲坼：谓草木发芽时种子外皮裂开。
⑤ 进膝：跪见奏报。
⑥ 颁金：引《史记·商君列传》典，谓悬赏以取信于民。
⑦ 发粟：赈济饥民，引“巨桥发粟”典。

圣驾西巡五台驻跸赵北口　〔清〕李法孟[1]

一

法驾[2]晓苍苍，　遥腾师利光。
名蓝[3]分鹫[4]秀，绀宇[5]丽龙章[6]。
纠缦[7]卿云[8]烂，氤氲笃耨[9]香。
诸天咸秩处，　降福正穰穰[10]。

二

慈履行和处，　台峰[11]一望赊。
神踪稽贝叶[12]，珍膳御天花。
春冶龙池[13]雪，云开雁塞沙。
升恒群献颂，　日月烂光华。

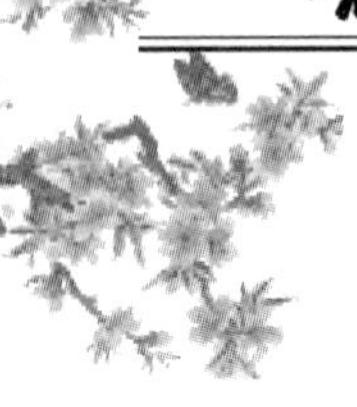

三

群仰銮舆近，　　水嬉[14]较武来。
龙堤新涨暖，　　鹢首阵云开。
凫雁迎弓落，　　貔貅[15]听鼓回。
驺虞[16]按节[17]处，嵩祝[18]镇如雷。

本诗出自清道光《任邱续志·艺文志》。

① 李法孟：字亦珊，清朝直隶任邱（今河北省任丘市）人，雍正年间进士，官陕西西林县知县。曾参与《荆门州志》编修。

② 法驾：天子车驾的一种。借指皇帝。

③ 名蓝：指名寺。

④ 鹫：指古印度灵鹫山，是佛陀说法之地。中国晋代高僧法显、唐代高僧玄奘都曾云游到此。

⑤ 绀宇：即绀园。佛寺之别称。

⑥ 龙章：龙行图纹。

⑦ 纠缦：萦回缭绕之意。

⑧ 卿云：即“庆云”。一种彩云，祥瑞喜气。

⑨ 耨（nòu）：锄草的工具，锄草。

⑩ 穰穰（ráng）：形容五谷丰饶。

⑪ 台峰：指五台山。

⑫ 贝叶：贝叶经。写在贝树叶子上的经文，源于古印度。

⑬ 龙池：引唐朝李商隐诗《龙池》：“龙池赐酒敞云屏，羯鼓声高众乐停。夜半宴归宫漏永，薛王沉醉寿王醒。”意为帝王华贵的生活。

⑭ 水嬉：水上游戏。其形式很多，如歌舞、竞渡、杂技等。

⑮ 貔貅：古代传说瑞兽。

⑯ 驺虞：古代汉族神话传说中的仁兽。这里指水嬉装扮的神兽。

⑰ 按节：表示徐行或停留。

⑱ 嵩祝：高呼祝愿。

易水篇

易水，也称易河、易水河。分南易、中易、北易三支，发源于太行山，至易县段为北易水，西南入拒马河为中易水，经徐水、安新入白洋淀为南易水，又名瀑河。易水是中国最古老河流之一，历史积淀深厚，是燕赵文化重要发祥地。两千多年前，燕国沿易水北岸修筑五百里“长城堤”，界定燕赵两国。史载，燕太子丹使荆轲刺秦王，取道南易水，在今安新县安州西登岸，以“风萧萧兮易水寒，壮士一去兮不复还”名扬天下。此后千百年间，易水吊古诗篇卷帙浩繁。清康熙《安州志》载：“三官庙前，有秋风台，在城北易水旁，即燕丹送荆轲之处。”本篇辑录诗歌 30 首。

易水歌 〔战国〕荆轲[①]

风萧萧兮易水寒， 壮士一去兮不复还。
探虎穴兮入蛟宫[②]，仰天呼气兮成白虹[③]。

本诗出自清康熙《安州志·艺文志》。

① 荆轲（？—公元前227）：战国末期卫国朝歌（今河南省鹤壁市）人，喜好读书击剑，为人慷慨侠义。后游历到燕国，由田光荐与太子丹。公元前227年，荆轲带燕督亢地图和樊於期首级前往秦国刺杀秦王。燕太子丹、高渐离等许多人在易水边为荆轲送行，场面非常悲壮。

② 蛟宫：龙宫。

③ 白虹：日月周围的白色晕圈。

易水怀古 〔东汉〕阮瑀[①]

燕丹[②]善养士[③]，荆轲为上宾。
图尽擢匕首， 长驱西入秦。
素车[④]驾白马， 相送易水津。
渐离[⑤]击筑歌， 悲声感路人。
举坐同咨嗟[⑥]， 叹气若青云。

本诗出自逯钦立《先秦汉魏晋南北朝诗》。

① 阮瑀（约165—212）：字元瑜，东汉末年陈留尉氏（今河南省开封市尉氏县）人，文学家，"建安七子"之一。著有《为曹公作书与孙权》《驾出北郭门行》等作品。

② 燕丹：燕国太子丹。

③ 养士：谓收罗、供养贤才。

④ 素车：古代凶、丧事所用之车，以白土涂刷，出自《周礼·春官·巾车》。

⑤ 渐离：即高渐离。战国末燕（今河北省定兴县高里村）人，荆轲的好友，擅长击筑（是古代的一种乐器，颈细肩圆、中空、十三弦）。荆轲刺秦王临行时，高渐离与太子丹送之于易水河畔，高渐离击筑，荆轲和而高歌"风萧萧兮易水寒，壮士一去兮不复还"。

⑥ 举坐同咨嗟：所有人都赞叹。

易水吊古 〔西晋〕左思[①]

荆轲饮燕市[②]，　酒酣气益震[③]。
哀歌和渐离，　谓若傍无人。
虽无壮士节[④]，　与世亦殊伦[⑤]。
高眄邈四海，　蒙右何足陈[⑥]。
贵者[⑦]虽自贵[⑧]，视之若埃尘。
贱者[⑨]虽自贱[⑩]，重之若千钧[⑪]。

本诗出自逯钦立《先秦汉魏晋南北朝诗》、左思《咏史》。

① 左思（约 250—305）：字太冲，西晋临淄（今山东省淄博市临淄区）人。著名文学家，自幼才华出众。其《三都赋》颇被当时称颂，致使“洛阳纸贵”。

② 饮燕市：在燕国都城街市饮酒。

③ 震：威。

④ 壮士节：节，操守。指刺秦王未成功。

⑤ 殊伦：不雷同（荆轲壮举）。

⑥ 高眄邈四海，蒙右何足陈：豪右，世家大族。古时以右为上，所以称世家大族为右族。陈，陈述。这两句是说荆轲不把天下四海放在眼里，对那些豪族更不必说了。眄（miàn），斜着眼看。

⑦ 贵者：指豪族。

⑧ 自贵：自以为贵。

⑨ 贱者：指荆轲。

⑩ 自贱：自以为贱。

⑪ 钧：量名，三十斤为一钧。

易水行 〔东晋〕陶渊明[①]

燕丹善养士[②]，志在报强嬴[③]。
招集百夫良，岁暮得荆卿。
君子死知己，提剑出燕东。
素骥[④]鸣广陌，慷慨送我行。
雄发指危冠，猛气冲长缨。
饮饯易水上，四座列群英。
渐离击悲筑，宋意[⑤]唱高声。
萧萧哀风逝，淡淡寒波生。
商音更流涕，羽奏壮士惊[⑥]。
心知去不归，且有后世名。
登车何时顾，飞盖[⑦]入秦庭。
凌厉越万里，逶迤[⑧]过千城。
图穷事自至，豪主正怔营。
惜哉剑术疏，奇功遂不成。
其人虽已没，千载有余情。

本诗出自陶渊明《陶渊明集》。

① 陶渊明（352—427）：名潜，字元亮，号五柳先生。东晋著名诗人、辞赋家，田园诗创始人。传世作品共有诗125首、文12篇，被后人编为《陶渊明集》。

② 养士：谓收罗、供养贤才。

③ 嬴：即秦始皇嬴政。这里代指秦国。

④ 素骥：白马。

⑤ 宋意：燕太子丹门客，荆轲好友。曾为楚令尹、楚上将军、卿子冠军。

⑥ 商音更流涕，羽奏壮士惊：商、羽，古代五音（宫、商、角、徵、羽）之一，指为荆轲送别的曲调激烈悲壮。

⑦ 飞盖：出自曹植《公宴》诗，“清夜游西园，飞盖相追随”。意思是驰车、驱车。

⑧ 逶迤：形容道路、山脉、河流等弯弯曲曲，延续不绝。

易水行 〔东晋〕陈阳缙[①]

函关[②]使不通，燕将重深功[③]。
长虹贯白日[④]，易水急寒风。
壮发免冠下，匕首地图中[⑤]。
瑟声不可识[⑥]，遗恨没秦宫。

本诗出自欧阳洵《艺文类聚》。

① 陈阳缙：东晋诗人。

② 函关：函谷关，通往秦国的关隘。

③ 深功：壮烈之举。

④ 长虹贯白日：引荆轲《易水歌》，“仰天呼气兮成白虹”。

⑤ 壮发免冠下，匕首地图中：此句描写荆轲刺杀秦王的情景。

⑥ 瑟声不可识：不可识，不是一般人可以理解，意识不到。瑟声，指当初为荆轲识别的乐声。

易水送别 〔唐〕骆宾王[①]

此地别燕丹，壮士发冲冠。
昔时人已没，今日水犹寒。

本诗出自清康熙《安州志・艺文志》。

① 骆宾王（约 638—684）：字观光，唐朝婺州义乌（今浙江省义乌市）人，唐代著名诗人，与王勃、杨炯、卢照邻合称“初唐四杰”。又与富嘉谟并称“富骆”。唐高宗仪凤三年 (678 年)，骆宾王以侍御史职多次上疏讽谏，触忤武后，不久便被诬下狱。仪凤四年 (679 年) 遇赦出狱。是年冬，奔赴幽燕一带，侧身于军幕之中，决心报效国家。《易水送别》大约写于这一时期。

易水咏荆轲 〔唐〕柳宗元[①]

燕秦不两立，太子已为虞[②]。
千金奉短计，匕首荆卿趋[③]。
穷年徇所欲，兵势且见屠。
微言激幽愤，怒目辞燕都。
朔风动易水，挥爵前长驱。
函首致宿怨，献田开版图[④]。
炯然耀电光，掌握罔正夫。
造端何其锐，临事竟趑趄[⑤]。
长虹吐白日，仓卒反受诛。
按剑赫凭怒，风雷助号呼[⑥]。
慈父断子首，狂走无容躯[⑦]。
夷城芟七族，台观皆焚污[⑧]。
始期忧患弭，卒动灾祸枢[⑨]。
秦皇本诈力，事与桓公殊。
奈何效曹子，实谓勇且愚[⑩]。
世传故多谬，太史征无且[⑪]。

本诗出自《全唐诗》。

① 柳宗元（773—819）：字子厚，唐朝河东（今山西省运城市）人，杰出诗人，“唐宋八大家”之一。

② 虞：忧虑。句中指燕秦两国自古有隙成为燕太子丹的心病。

③ 千金奉短计，匕首荆卿趋：决定用樊於期首级作信物，奉行刺秦王的短浅计谋，让荆轲带上匕首行刺嬴政赶赴秦地。

④ 函首致宿怨，献田开版图：把密封樊於期首级的匣子送给宿敌秦王，当面打开燕国的地图割让土地。

⑤ 造端何其锐，临事竟趑趄：开始行事时锐气何等锋利，到紧要关头他却犹豫无计。趑趄（zī jū），行走困难，这里指犹豫不决。

⑥ 按剑赫凭怒，风雷助号呼：指荆轲刺秦王不成，激起秦王盛怒，于是起兵伐燕，号呼声似风雷贯耳，秦军向燕地进发。

⑦ 慈父断子首，狂走无容躯：燕王斩下太子丹头颅讨好秦国，仍被追伐得到处奔跑，没有容身之舍。

⑧ 夷城芟七族，台观皆焚污：秦兵铲平城邑除掉燕王亲姻家族，燕国的官署宫观都被烧毁践踏。芟（shān），铲除之意。

⑨ 始期忧患弭，卒动灾祸枢：开始行事时指望消除灾祸，最终反而触动了灾祸的机匣。弭（mǐ），消失、消除。枢（shū），门上的转轴，户枢。

⑩ 奈何效曹子，实谓勇且愚：怎能仿效勇士曹沫劫齐桓公的故事呢，实在叫作有勇无谋又愚蠢有加。

⑪ 太史征无且：太史公（司马迁）已从秦侍医夏无且那里早有叹嗟。

易水怀古 〔唐〕贾岛[①]

荆卿重虚死，烈节书前史[②]。
我叹方寸心，谁论一时事[③]。
至今易水桥，凉风兮萧萧。
易水流到尽，荆卿名不消。

本诗出自《全唐诗》。

① 贾岛（779—843）：字阆仙，唐朝范阳（今河北省涿州市）人，著名诗人。著作有《长江集》十卷，《录诗》三百余首，另有小集三卷、《诗格》一卷传世。

② 荆卿重虚死，烈节书前史：重，这里是程度深之意，引申为看重、重视。虚死，无为之死。此句是说荆轲非常重视刺秦王这件事，把生死置之度外，他壮烈的名节载入史册。

③ 我叹方寸心，谁论一时事：面对悠悠易水心感叹，但谁还去评述这里当年的事呢。一时事，意为荆轲刺秦王之事。

易水怀古 〔唐〕马戴[1]

荆轲西去不复返，　易水东流无尽期。
落日萧条蓟城[2]北，黄沙白草任风吹。

本诗出自《全唐诗》。

①马戴（799—869）：字虞臣，唐朝定州曲阳（今河北省曲阳县）人。晚唐著名诗人。会昌四年（844 年）与项斯、赵嘏同榜登第。宣宗大中元年（847 年）为太原幕府掌书记，以直言获罪，贬为龙阳（今湖南省汉寿县）尉，后得赦还京。

②蓟城：燕国都城，遗址在今北京市。

易水有怀 〔唐〕胡曾[1]

一旦秦皇马角生[2]，燕丹此曾别荆卿。
行人欲识无穷恨，　听取东流易水声。

本诗出自清乾隆《新安县志·舆地志》。

①胡曾（840—？）：唐朝邵阳（今湖南省邵阳市）人。诗人。

②马角生："燕太子丹质于秦，秦王遇之无礼，不得意，欲求归，秦王不听。谬言曰：'令乌白头、马生角乃可许耳。'丹仰天叹，乌即白头，马生角，秦王不得已而遣之。"喻处境困难，或喻不可能之事。

易水 〔唐〕汪遵[1]

匕首空磨事不成[2]，误留龙袂[3]待琴声[4]。
斯须却作秦中鬼，　青史徒标烈士名。

本诗出自《全唐诗》。

①汪遵：约 877 年前后在世，宣州泾县（今安徽省泾县）人。初为小吏。咸通七年（866 年）擢进士第，有《唐才子传》传世。

② 匕首空磨事不成：含指灭秦计谋未实现意思。

③ 误留龙袂：指荆轲刺杀秦王没有成功，只是“绝袖”的典故。袂，袖子。

④ 待琴声：荆轲之后，高渐离又刺杀秦王，也没有成功。

吊荆轲 〔唐〕周昙[1]

反刃相酬是匹夫，安知突骑[2]驾群胡。
有心为报怀权略，可在于期与地图。

本诗出自周昙《咏史诗》。

① 周昙：唐朝诗人，著有《咏史诗》八卷。

② 突骑：用于冲锋陷阵的精锐骑兵。

易水咏荆轲 〔北宋〕张耒[1]

燕丹计尽问田生[2]，易水悲歌壮士行。
嗟尔有心虽苦拙， 区区两死[3]一无成。

本诗出自《全宋诗》。

① 张耒（1054—1114）：字文潜，号柯山，北宋楚州（今江苏省淮安市）人。熙宁年间进士，擅长诗词，为“苏门四学士”之一。著有《柯山集》《宛邱集》。

② 田生：指田光（？—公元前228），战国时期燕国无遂田村（今河北省徐水县）人。智深而勇，时与燕国大臣鞠武交好。燕王喜二十七年（公元前228年）燕丹邀田光刺秦王，田举荐荆轲。燕丹允。田光见荆轲，言举荐之事。为使燕丹不生疑，毅然自刎。燕丹闻之跪哀。

③ 区区两死：指樊於期和田光。樊於期为荆轲刺杀秦王嬴政自刎。

易水辞 〔南宋〕白玉蟾[1]

天为燕丹畜赵高[2]，风鸣易水止荆轲。
不令刘季[3]身秦怨，却速吴陈此水过。
秦王环柱[4]刘光急，尺八匕首手死执。
伊独徙木[5]信市人，殿下钤奴[6]嬴[7]得立。

本诗出自《全宋诗》。

① 白玉蟾（1194—？）：字如晦，号海琼子。南宋琼州（今海南省海口市琼山区）人，道士、诗人。著有《海琼集》《道德宝章》《罗浮山志》等。

② 赵高：嬴姓，赵氏。秦二世时的丞相。

③ 刘季：即刘邦。

④ 秦王环柱：荆轲拿匕首刺向秦王，而秦王政因为宝剑太长一时无法抽出，便绕着朝堂上的铜柱子跑以拖延时间。

⑤ 徙木：商鞅立木的典故，指通过某种手段树立典型，而使公众信服的行为。

⑥ 钤（qián）奴：钤，印章。远古奴隶被刺印章，以示归属。

⑦ 嬴：指秦王嬴政。

过易水 〔元〕郝经[1]

易水南边是白沟，北人[2]为界海东头。
石郎[3]作帝从珂败，便割燕云十六州[4]。

本诗出自民国《雄县新志·艺文志》。

① 郝经（1223—1275）：元初名儒，字伯常，祖籍泽州陵川（今山西省陵川县），生于许州临颍城皋镇（今河南省许昌市）。推崇四海一家，主张天下一统，希望在蒙古人汉化过程中，以儒家思想来影响他们，使国家逐步走向大治。著述颇丰，收于《陵川集》。

② 北人：指契丹国。

③ 石郎：即石敬瑭（892—942），后唐时期任河东节度使。清泰三年（936 年）起兵造反，后唐军兵围太原，石敬瑭向契丹求援，割让幽

云十六州，并甘做“儿皇帝”。随后在契丹援助下灭后唐称帝，定都汴梁，改国号为“晋”，史称后晋。

④燕云十六州：燕云十六州又称“幽蓟十六州”。《宋史·地理志》记载，燕云包括燕（幽）、蓟、瀛、莫、涿、檀、顺、云、儒、妫、武、新、蔚、应、寰、朔，共十六州。

易水歌 〔元〕杨维桢[1]

风潇潇，易水波，
高冠送客白峨峨。
马嘶燕都夜生角，
壮士悲歌刀拔削。
徐娘匕，尺八铦[2]，
函中目光射匕尖。
先生地下汗如雨，
匕机一失中铜柱。
后客不来可奈何，
十三小儿面如土。
太傅言议谋中奇，
奇谋拙速宁工迟。
可怜矐[3]目旧时客，
击筑又死高渐离。
滈池君[4]，璧在水，
龙腥[5]忽逐鱼风起。
沧海君犹祖遗策，
孰与千金买方士。
呜呼荆卿虽侠才，
侠茸之死心无猜。
君不见文籍先生[6]卖君者，
桐宫[7]一泄曹作马。

本诗出自杨维桢《杨维桢集》。

① 杨维桢（1296—1370）元末明初著名诗人、文学家、书画家和戏曲家。泰定四年（1327 年）进士。著有《东维子文集》。

② 铦（xiān）：古代一种农具，类似铁锨。亦作锋利意。

③ 矐：使眼睛失明。亦作眼睛睁开或惊视意。

④ 滈池君：水神名。《史记·秦始皇本纪》："有人持璧遮使者曰：为吾遗滈池君。"

⑤ 龙腥：刀剑所带的血腥味。

⑥ 文籍先生：熟悉典籍的人。

⑦ 桐宫：商代桐地的宫室。相传为商汤陵墓所在地。伊尹曾放太甲于此，在今河南商丘虞城县。后"桐宫"也借指被贬的帝王或幽禁帝王的地方。

赋易水送人使燕　〔明〕王恭[1]

燕山北起高峨峨，　东流易水无停波。
北风萧萧筑声切，　昔人于此送荆轲。
图中匕首非良计，　堪叹燕丹无远器。
髑髅[2]空死樊将军，日莫秦兵满燕市[3]。
往事空余易水寒，　白翎飞下地椒干。
经过此地对流水，　知尔踟蹰马上看。

本诗出自沈德潜《明诗别裁集》。

① 王恭（1343—？），字安仲，明朝长乐沙堤（今属福建省福州市长乐区）人。善诗文，才思敏捷，敕修《永乐大典》。著有《白云樵集》四卷、《草泽狂歌》五卷及《风台清啸》等。

② 髑髅（dú lóu）：死人的头盖骨，指樊於期头颅。

③ 日莫秦兵满燕市：日莫，不等太阳落，立刻之意。荆轲刺秦王不成后，秦国迅速起兵伐燕，燕都充满秦兵。

易水歌 〔明〕黄缙[1]

秋高霜早朔风寒，易水东流咽下滩。
不为荆卿不惜死，可怜拙计[2]误燕丹。

本诗出自清康熙《安州志·艺文志》。

① 黄缙：明朝直隶安州（今河北省安新县）人，天顺元年（1457年）进士，官至江西布政司参政。

② 拙计：笨拙之计。指田光向燕国太子丹举荐荆轲刺秦王。

易水行 〔明〕李东阳[1]

田光刎头如拔毛，　於期血射[2]秦云高。
道傍洒泪沾白袍，　易水日落风悲号。
督亢[3]图穷见宝刀，秦皇绕殿呼且逃。
力脱虎口争秋毫，　荆卿倚柱笑不咷。
身就斧锧[3]甘腴膏，报韩有客气益豪。
十日大索[4]徒为劳，荆卿荆卿嗟尔曹。

本诗出自沈德潜《明诗别裁集》。

① 李东阳（1447—1516）：字宾之，号西涯。明朝顺天府玄武湖（今江苏省南京市）人，天顺八年（1464年）进士。吏部尚书、华盖殿大学士。著有《怀麓堂稿》《怀麓堂诗话》《燕对录》等。

② 於期血射：指樊於期自愿献自己头颅供荆轲欺瞒秦王。

③ 督亢：古地名，战国燕的膏腴之地，今河北省涿州市东南有督亢陂。

④ 锧（zhì）：古代腰斩用的垫座，砧锧。

⑤ 十日大索：指有组织地烧杀淫掠三天。大索，原本是大力搜索的意思。自中古起“大索”成为有组织地烧杀淫掠的委婉语。例如《新唐书》记载安禄山叛乱占领长安之后，“大索三日，民间财赀尽掠之”。

易水秋风 〔明〕刘恺

林木萧疏易水边，秋风还似古时天。
东流滚滚来无尽，壮士堂堂去不还。
英雄有恨空千古，筹算[1]无成岂万全。
几度临流风正急，愁云落叶重潸然[2]。

本诗出自清乾隆《新安县志·舆地志》。
① 筹算：指刺秦王的计谋。
② 潸（shān）然：流泪貌。

易水秋风 〔明〕周冕

滔天碧浪绕三台， 动地金飙[1]震九垓[2]。
云影飞扬空荡漾， 天光掩映日徘徊。
壮歌慷慨怜尬士[3]，纾策[4]连衡[5]惜俊才。
胜地奇观光凤阙， 五云深处望蓬莱[6]。

本诗出自清乾隆《新安县志·舆地志》。
① 飙（biāo）：暴风。
② 九垓：中央至八极之地。垓，重、层。指九重天，天之极高处。
③ 尬士：尬，处境艰难，指荆轲。
④ 纾（shū）策：解除、延缓之计策。
⑤ 连衡：战国时外交策略。与“合纵”相对。
⑥胜地奇观光凤阙，五云深处望蓬莱：这里指当年三台景观。凤阙，汉代宫阙名。

易水行 〔明〕何景明[①]

寒风夕吹易水波，
渐离击筑荆卿歌。
白衣[②]洒泪当祖路[③]，
日落登车去不顾。
秦王殿上开地图，
舞阳色沮哪敢呼。
手持匕首掷铜柱，
事已不成空骂倨[④]。
吁嗟哉！燕丹寡谋当灭身，
光[⑤]也自刎何足云，
惜哉枉杀樊将军。

本诗出自沈德潜《明诗别裁集》。

① 何景明（1483—1521）：字仲默，号白坡，明朝河南信阳（今河南省信阳市）人。弘治十五年（1502年）进士，授中书舍人。曾倡导明代文学改革运动，著有辞赋数十篇，诗千余首，另有《大复集》三十八卷。

② 白衣：指燕太子丹送别荆轲身穿的白袍。

③ 祖路：指当年荆轲祭奠路神的道路。

④ 骂倨（jù）：是箕踞而骂的意思。

⑤ 光：即田光。

易水曲 〔明〕李攀龙[1]

绕天兮白虹，
萧萧兮北风。
壮士怒兮易水飞羽，
声激兮云不归。

本诗出自沈德潜《明诗别裁集》。

① 李攀龙（1514—1570）：字于鳞，号沧溟，明朝山东历城（今山东省济南市）人，嘉靖二十三年（1544 年）赐同进士出身。官至河南按察使。倡导文学复古运动，主盟文坛二十余年，其影响及于清初。著作有《沧溟集》《古今诗删》。

过易水怀古 〔明〕程嘉燧[1]

层冰积雪漫嵯嵯[2]，　易水流澌自咏波。
迁史[3]至今疏[4]剑术，酒人[5]从此送荆轲。
羽声变后寒风急，　虹影消来白日过[6]。
千古暮云京阙[7]下，　吴侬且莫浪悲歌。

本诗出自沈德潜《明诗别裁集》。

① 程嘉燧（1565—1643）：字孟阳，号松圆。明朝南直隶徽州府休宁县（今安徽省休宁县）人，书画家、诗人。著有《松园浪淘集》《松园偈庵集》《破山兴福寺志》等。

② 嵯嵯：山势高峻，这里指冰相互挤压隆起层层冰块。

③ 迁史：司马迁编修的《史记》。

④ 疏：本义为清除阻塞，使畅通。引申为分散。

⑤ 酒人：嗜酒者的统称。

⑥ 虹影消来白日过：虹影，引荆轲“仰天呼气兮成白虹”句。“白虹”，意为荆轲咏诗后壮别。

⑦ 京阙：皇都。

易水行吊荆轲 〔明〕张遂[1]

我本关西子[2]，
分符[3]守此中，
揽辔[4]渡易水，
临流思古纵。
古来此地滨东海，
遥望扶桑烟水濛。
风云尽吐蓬莱气，
鰲紫曙光如锦丛。
丛如锦，泛艟艨[5]，
濡滗[6]湾环浮白露，
长虹万里锁龙宫。
翠叠苍，峰峦嶂，
古浪翻，璧玉[7]映秋荭[8]。
萧萧朔风起，
滚滚寒水流。
悲歌壮士何慷慨，
贯日白虹薄碧穹。
慕丹义，抱赤忠[9]，
饮饯河湄洒血泪，
霜寒宝剑气甚雄[10]。
击筑竟上长安路，
四顾秦庭渺一空。
献图杀气腾天意，
谁知在祖龙。
于嗟乎，徒穷匕首见，
襘[11]袖斫[12]厥躬。
应是六国历数短，
可惜奇谋落深谿[13]。
君不见，强嬴吞并今何如，

灰烬阿房[14]草乱从。
燕南侠气横天地，
千古涛声烟北风。
莫说荆轲愚，
莫嗤铁面钟，
莫谈将军轻自刎[15]，
莫笑燕丹亶[16]不总。
六鳌若劫日月根，
召公禋祀[17]岂不崇。
骏骨[18]千金日增价，
英雄原不论成功。
无奈后来多褒贬，
恨结易水流不果。
自从彭泽招魂后，
气化山河北宸[19]枫。
不信试看，皇图[20]固如砻。

本诗出自清康熙《安州志·艺文志》。

① 张遂：明朝陕西华州（今陕西省渭南市华州区）人。万历三十九年（1611 年）任直隶安州知州。体察民情，深知州民疾苦，凡一切利民之事莫不为，为之恐不备；一切疾民之事靡不除，除之恐不尽。因作“四害”“四忧”“四弊”“四利”载于志，以备后之接任者奉行。其间续修《安州志》。

② 关西子：作者自称。

③ 分符：古代帝王封官授爵，分与符节的一半作为信物。

④ 揽辔：挽住马缰。

⑤ 艟艨：古代一种战船。

⑥ 濡滱：古水名。濡水、滱水。

⑦ 璧玉：上等美玉，喻荆轲品格高洁。

⑧ 荭 (hóng)：草本水生植物。

⑨ 慕丹义，报赤忠：仰慕燕太子丹情谊，以赤胆忠心以报效。

⑩ 饮饯河湄洒血泪，霜寒宝剑气甚雄：指燕太子丹携众卿送别荆轲之事。

⑪ 禬（guì）：古代诸侯聚合财物接济他国之礼。

⑫ 斫（zhuó）：大锄；引申为用刀、斧等砍。

⑬ 谾（hōng）：山谷，这里喻指失败。

⑭ 灰烬阿房：项羽攻进咸阳，焚烧阿房宫。

⑮ 将军轻自刎：指燕将樊於期成全燕太子丹刺杀秦王嬴政之计，自刎献上头颅作为荆轲“降秦”献礼。

⑯ 亶（dàn）：通“殚”，竭尽。

⑰ 禋（yīn）祀：古代烧柴升烟以祭天。

⑱ 骏骨：引“千里买骏骨”典。《战国策·燕策一》载，郭隗用买马作喻，说古代有用五百金买千里马的马头骨，因而在一年内就得到三匹千里马，以此劝燕昭王厚币以招贤。后因以“骏骨”喻杰出人才。

⑲ 宸：北极星所在，后借指帝王所居，又引申为王位、帝王的代称。

⑳ 皇图：皇朝帝业。

易水吊荆轲 〔明〕钱谦益[①]

匕首无功壮士丑，　函封[②]可惜将军首[③]。
秦庭一死谢田光，　社稷何曾计存否。
不知秦王环柱时，　舞阳[④]在前何所为。
当时太子[⑤]不早遣，待客[⑥]俱来应未知。

本诗出自沈德潜《明诗别裁集》。

① 钱谦益（1582—1664）：字受之，号牧斋，明朝苏州府常熟县鹿苑奚清（今江苏省张家港市）人，万历三十八年（1610年）进士，官至礼部尚书。明末清初诗坛的盟主之一，有《牧斋诗抄》《有学集》《初学集》等。

② 函封：密封在匣中。

③ 将军首：樊於期首级。

④ 舞阳：指随荆轲入秦的秦舞阳。

⑤ 太子：燕太子丹。

⑥ 待客：指太子丹招纳款待荆轲等勇士。

易水河 〔明〕田一井[1]

安城原是葛乡城[2]，易水从来有大名。
落日悲歌去壮士， 千年宝剑负荆卿。
还看缺岸浮云渡， 故见芳洲白鹭明。
几遍乘舟闻夜泊， 兴来真见古人情。

本诗出自清康熙《安州志·艺文志》。

① 田一井：字尚刵，号平埜。明朝直隶安州（今河北省安新县）人，生卒年不详。万历三十九年（1611 年）进士，授官司徒郎，后仕途屡坷，历河东运判、潞河仓储。壬戌出为山东副使登莱监军。期后，归隐居葛山之麓。

② 安城原是葛乡城：清康熙《安州志》：“ 安（安州）之为郡也其来远矣。在周（周朝）曰葛城，在汉曰依城，在唐曰唐兴，又曰兴镇，五代曰顺安寨，至宋曰顺安军，盖与辽（辽国）人接境而为也。”

易水吊古 〔明〕崔泌之[1]

昔读荆轲传， 一读一呜咽。
就中甲乙之[2]，踌躇辟[3]其说。
剑术一何疏， 千载恨常结。
今来涉易水， 一望慨欲绝。
落本埋浅沙， 西风吹断碣。
事不必成败， 术亦何巧拙。
古今不相及， 古人肠较热。

本诗出自民国《雄县新志·艺文志》。

① 崔泌之（1583—1642）：字饥仲，号小定，明朝河南鹿邑（今河南省鹿邑县）人。天启五年（1625 年）进士，授知雄县，后调清苑。崇祯三年（1630 年）升户部主事。

② 就中甲乙之：古代人读书常记“甲乙”为起止标记。

③ 辟：排除、驳斥。

易水篇

渡易水 〔明〕陈子龙[1]

并刀[2]昨夜匣中鸣[3]，燕赵悲歌最不平。
易水潺缓云草碧， 可怜无处送荆卿。

本诗出自沈德潜《明诗别裁集》。

① 陈子龙（1608—1647）：字卧子，号大樽，明朝南直隶松江华亭（今上海市）人。崇祯十年（1637 年）进士，诗风或悲壮苍凉，充满民族气节。被后代众多著名词评家誉为“明代第一词人”。曾主编《皇明经世文编》，删改徐光启《农政全书》并定稿。

② 并刀：山西太原一带人们使用的刀，这里指宝刀、快刀。

③ 匣中鸣：古人形容壮士复仇心切。

易水歌 〔明〕陈子龙

赵北燕南之古道， 水流汤汤沙浩浩。
送君迢递西入秦， 天风萧条吹白草。
车骑衣冠满路旁， 骊驹[1]一唱心茫茫。
手持玉觞不能饮， 羽声飒沓飞清霜。
白虹照天光未灭， 七尺屏风袖将绝。
督亢图中不杀人， 咸阳殿上空流血。
可怜六合归一家[2]，美人钟鼓如云霞[3]。
庆卿[4]成尘渐离死，异日还逢博浪沙。

本诗出自沈德潜《明诗别裁集》。

① 骊驹：黑色的马，泛指马。

② 六合归一家：秦以“合纵”之策统一六国。

③ 美人钟鼓如云霞：指秦阿房宫笙鼓笛箫，嫔妃如云。

④ 庆卿：即荆轲。

白洞篇

白沟即白沟河，发源于太行山，途经山西东部、河北张家口及保定等地区，经今保定市白沟镇西南汇入大清河。宋经“澶渊之盟”将“幽云十六州”正式划入辽国，宋辽以白沟河为界，故白沟又称“界河”。当时白沟既是驿站又是渡口，为要道通衢。“澶渊之盟”后北宋在雄、霸设榷场，商事出入皆在白沟进行。元朝使白沟河通济大运河，北抵大都，过往客商不绝于途。明洪武年间，永定河改道白沟河转大清河入海，大型商船可在白沟停泊，连接周边河网。“靖难之役”中，燕王曾挫败建文帝军于白沟。明迁都北京后，白沟据京畿优势，河道四通八达，经贸更盛。本篇辑录诗歌 10 首。

初过白沟北望燕山 〔北宋〕苏颂[①]

青山如壁地如盘，　千里耕桑一望宽[②]。
虞帝[③]肇州[④]疆域广，　汉家封国册书完。
因循天宝兴戎[⑤]易，　痛惜雍熙出将难[⑥]。
今日圣朝恢远略，　偃兵为义一隅安[⑦]。

本诗出自《全宋诗》。

① 苏颂（1020—1101）：字子容，北宋泉州府同安县（今福建省厦门市同安区）人。北宋中期宰相，杰出的天文学家、天文机械制造家、药物学家。庆历二年（1042 年）进士。官至刑部尚书、吏部尚书。宋哲宗时拜相。学识渊博，经史九流、百家之说及算法、地志、山经、本草、训诂、律吕等学无所不通。中国古代博物学家和科学家之一。著有《图经本草》《新仪象法要》《苏魏公文集》等。苏颂自治平四年（1067 年）至元丰五年（1082 年）曾五次出使辽国。此诗为首次使辽路过白沟所作。苏颂是福建人，为官后第一次作为使者来到北方。澶渊之盟后，国力消退民生凋零，幽燕更是千疮百孔，令作者感慨万千。苏颂在任曾五次使辽，此诗为治平四年（1067 年）以“伴送使”身份首次使辽感怀之作。

② 青山如壁地如盘，千里耕桑一望宽：这句是赞叹汉唐时社稷稳固，国富民安。

③ 虞帝：即虞舜。虞舜建立虞朝，与唐尧建立的唐朝并称唐虞。

④ 肇州：开始设州。肇，意为开始。

⑤ 天宝兴戎：安史之乱。天宝，唐玄宗李隆基年号，天宝十四年（755 年），唐节度使安禄山与史思明发动“安史之乱”。自此唐朝逐步走向衰落。兴戎，发动战争。

⑥ 痛惜雍熙出将难：痛惜“雍熙战争”后国家不再出兵。出将难，即“难出兵”，这里指出兵攻辽收复失地。雍熙，是宋太宗的第二个年号，雍熙年间最大的事件是宋太宗决定收复石敬瑭割让的幽云十六州而发动的雍熙北伐，这场战役以北伐军败北告终。

⑦ 偃兵为义一隅安：以议和休战谋取一时安定，含有遗憾和嘲讽。偃兵，休兵、停战。

白沟行 〔北宋〕王安石[1]

白沟河边蕃塞地，送迎蕃使年年事。
蕃马常来射狐兔，汉兵不道传烽燧[2]。
万里锄耰接塞垣，幽燕桑叶暗川原[3]。
棘门灞上徒儿戏，李牧廉颇莫更论[4]。

本诗出自《王安石集》。

① 王安石（1021—1086）：字介甫，北宋抚州临川人（今江西省抚州临川区）。仁宗庆历二年（1042 年）进士，官至宰相。北宋时期的政治家、思想家、诗人。“唐宋八大家”之一。此诗为宋嘉祐四年（1059 年）王安石奉命出使辽国回来经过白沟有感而作。

② 蕃马常来射狐兔，汉兵不道传烽燧：蕃马，指辽国军人。射狐兔，狩猎野兽，实际是指辽军越境骚扰。不道，不说，不认为有必要。烽燧，烽火台。这两句说明宋军对辽国的防御十分麻痹松懈。

③ 万里锄耰接塞垣，幽燕桑叶暗川原：耰（yōu），古代农具，播种后翻土、盖土。接塞垣，延伸到了边界地区。桑叶，代指农桑，即庄稼。暗川原，山川原野一片翠绿。这两句叙述经过辽国占领区所见的情景。幽燕自古以来就是中国领土，这片沃土现在却成了辽国的粮仓。

④ 棘门灞上徒儿戏，李牧廉颇莫更论：棘门灞上，汉代的两处边塞，置棘门军和灞上军，汉文帝到此巡视时军政松弛，犹如虚设形同儿戏。李牧廉颇，战国时期的赵国军事家，都曾打败过北方的强敌。这两句是批评当时北宋派去防辽的边将庸碌无能，松松垮垮，名为防敌，实同“儿戏”。

白沟 〔南宋〕范成大[①]

高陵[②]身谷变迁中，佛劫仙尘事事空。
一水涓流独如带， 天应留作汉提封[③]。

本诗出自《全宋诗》。

① 范成大（1126—1193）：字至能，号石湖居士，南宋吴郡（今江苏省苏州市）人。绍兴二十四年（1154 年）进士，累官起居郎。他与杨万里、陆游、尤袤合称南宋 “中兴四大诗人”。著有《揽辔录》《石湖集》。

② 高陵：安阳高陵，曹操葬于此。

③ 提封：疆域。

白沟河 〔南宋〕许及之[①]

艺祖[②]怀柔不耀兵，白沟如带作长城[③]。
太平自是难忘战， 休恨中间太太平[④]。

本诗出自《全宋诗》。

① 许及之（？—1209）：字深甫，南宋温州永嘉（今浙江省温州市）人。隆兴元年（1163 年）进士。

② 艺祖：宋朝人对宋太祖赵匡胤的称呼，后世从宋人之俗，亦称赵匡胤为艺祖。

③ 白沟如带作长城：指澶州之盟后，宋、辽两国以白沟为界。

④ 太平自是难忘战，休恨中间太太平：澶州之盟后几十年间，宋、辽两国互派使臣，两不扰攘，发展边贸，政治经济出现相对稳定局面。

过白沟河 〔南宋〕文天祥[①]

昔时张叔夜[②]，统兵赴勤王[③]。
东都[④]一不守，羸马迁龙荒[⑤]。
适过白沟河，裂眦[⑥]须欲张。
绝粒不遄死[⑦]，仰天扼其吭[⑧]。
群臣总奄奄，一土垂天光。
读史识其地，抚卷为凄凉。
我生何不辰，异世忽相望[⑨]。
皇图[⑩]遘[⑪]阳九[⑫]，天堑满飞艎。
引军诣阙[⑬]下，捧土障澜狂。
出使义不屈，持节还中郎[⑭]。
六飞[⑮]守南海，金钺[⑯]将煌煌。
武侯[⑰]空感心，出师[⑱]惊四方。
吾属竟为虏，世事吁彼苍[⑲]。
思公有奇节，一死何慨慷。
江淮我分地[⑳]，我欲投沧浪。
沧浪却不受，中原行路长。
初登项籍馆，次览刘季邦。
涉足河与济，回首嵩与邙。
下车抚梁门[㉑]，上马指楼桑[㉒]。
戴星渡易水，惨淡天微茫。
行人为我言，宋辽此分疆。
悬知公死处，为公出涕滂[㉓]。
恨不持束刍[㉔]，徘徊官道傍。
我死还在燕，烈烈痛肝肠。
今我为公痛，我死为谁伤。
天地垂日月，斯人未云亡。
文武道不坠，我辈终堂堂。

本诗出自民国《雄县新志·艺文志》。

① 文天祥（1236—1283）：字宋瑞，一字履善，自号文山。南宋江西吉州庐陵（今江西省吉安市青原区）人。宝祐四年（1256 年）状元及

第，官至右丞相，封信国公。文学家，爱国诗人。与陆秀夫、张世杰并称为“宋末三杰”。1278 年于五坡岭兵败被俘，宁死不降。著有《文山诗集》《指南录》《指南后录》《正气歌》等。此诗作于文天祥被押解进京时过白沟河所作。

② 张叔夜：字嵇仲，祖籍开封（今河南省开封市）人。后随叔祖徙居于丰之南乡（今江西省上饶市）。北宋名将。宋徽宗大观年中赐进士出身，历右司员外郎、礼部侍郎、龙图阁直学士。曾镇压宋江起事。靖康之难中率军守汴梁城，失败后随宋钦宗被金国掳走，于靖康二年（1127 年）三月至白沟自缢而死。

③ 勤王：君王有难，而臣下起兵救援君王。

④ 东都：即东京，宋朝都城汴梁（今河南省开封市）。

⑤ 羸马迁龙荒：残兵败将落荒大漠。羸马，疲病之马，这里指宋徽宗军将。龙荒，即荒漠。

⑥ 裂眦：怒恨貌，张目怒视，眼眶破裂。

⑦ 绝粒不遄死：绝粒，即绝世。金兵押解之下君臣迤逦北行，只见兵燹所过之处，断壁残垣，满目疮痍，沿途战败惨状加上满腹家国之恨，令人痛不欲生，张叔夜绝食抗议，期间只饮汤水。遄，迅速。

⑧ 吭：喉咙。

⑨ 我生何不辰，异世忽相望：我这一生虽然不得其时，与张叔夜不同时代，但同声相契，互相仰望。

⑩ 皇图：皇家版图。

⑪ 遘：这里是遭遇之意。

⑫ 阳九：指灾难之年或厄运。

⑬ 诣阙：赴朝堂或指赴京都。

⑭ 出使义不屈，持节还中郎：这句引“苏武牧羊”历史典故喻指自身之处境。

⑮ 六飞：古代指皇帝的车驾六马，疾行如飞。

⑯ 金钺：大斧。

⑰ 武侯：诸葛亮。

⑱ 出师：指诸葛亮北伐出战。

⑲ 彼苍：天的代称。

⑳ 江淮我分地：指澶渊之盟后，宋、金疆界从白沟向南推向淮河。

㉑ 梁门：古地名。在今河北省徐水县。 战国时为赵（后属燕 ）之汾门。北宋时为安肃军治。1004 年契丹南下，宋将魏能守此，契丹久攻不陷，时有“铜梁门”之称。

㉒ 楼桑：刘备的故乡，在今河北涿州市。

㉓ 涕滂：悲号大哭，涕泗滂沱。

㉔ 束刍：捆草成束。刍，草把。

白沟 〔明〕陈凤[①]

平沙蔓草血痕斑，十万征人半未还[②]。
千古忠魂招不起，白沟河上望钟山[③]。

本诗出自民国《雄县新志·艺文志》。

① 陈凤：字羽伯，号玉泉，明朝南直隶金陵（今江苏省南京市）人。嘉靖十四年（1535 年）进士。工诗擅书法，著有《列朝诗集》《金陵琐事》。

② 十万征人半未还：靖难之变中的白沟之战。建文二年（1400 年）四月，李景隆会同郭英、吴杰等集合兵将六十万众，号称百万，进抵白沟河（今河北省雄县北）。朱棣命令张玉、朱能、陈亨、丘福等率军十余万迎战于白沟河。战斗打得十分激烈，燕军一度受挫。但南军政令不一，不能乘机扩大战果。燕军利用有利时机，力挫南军主力，南军兵败。李景隆再次退走德州。燕军追至德州。五月，李景隆又从德州逃到济南。朱棣率燕军尾追不舍，于济南打败李景隆率领的十余万众兵。

③ 钟山：南京钟山。有明孝陵，明太祖朱元璋葬于此。

燕赵杂咏 〔明〕阎尔梅[①]

白沟南接两雄山， 百里菱荷滱水环。
嬴氏神仙招海上[②]，汉家图史贮河间[③]。
方圆岛自云门望， 大小潮随月建[④]还。
世有英雄难再遇， 柴宗一日下三关。

本诗出自民国《雄县新志·艺文志》。

① 阎尔梅（1603—1679）：字用卿，号古古，明朝江苏沛县（今江

苏省沛县）人，明末清初诗文家。崇祯三年（1630 年）中举。清军入关后，力主抗清复明，曾为史可法幕僚。著有《白耷山人集》。

② 嬴氏神仙招海上：嬴氏，指秦始皇。这句是说秦始皇求长生仙丹之事。

③ 汉家图史贮河间：指《毛诗》成于河间并得以相传。

④ 月建：古人用斗柄确定节令和方位的一种方法。月建对应北斗的斗柄所向的十二个区段，是依据二十四节气而来的节气月。

白沟河 〔清〕陆次云[①]

道出白沟河，　沈吟唤奈何。
古今陵谷[②]变，高下战场多。
厉鬼依残骨，　耕人拾断戈。
烽烟嗟又甚，　搔首一悲歌。

本诗出自沈德潜《清诗别裁集》。

① 陆次云：清朝浙江钱塘（今浙江省杭州市）人。字云士，号北墅。监生。工诗。

② 陵谷：本意丘陵和山谷，衍生为君臣高下易位、自然界或世事巨变。

自雄县至白沟河感辽宋旧事慨然作

〔清〕查慎行

已割燕云十六州，　雄关形势笑空留。
两河[1]地与中原陷，　三镇兵谁一战收[2]。
细草鸣驰非故垒，　夕阳饮马又中流。
长江南北天难限，　一线何烦指白沟。

本诗出自民国《雄县新志·艺文志》。

① 两河：宋代时称河北、河东地区为两河。河，指黄河。

② 三镇兵谁一战收：指周世宗柴荣北伐收复三关。

过白沟河 〔清〕伊朝栋[1]

蓼岸平沙尽日扬，蹇驴[2]孤客意茫茫。
白波一道通沧海，紫塞[3]千盘阻太行。
云暗故山天共远，风清首夏草初芳。
瓦桥关北频年过，莫照沦涟两鬓霜。

本诗出自徐世昌《晚晴簃诗江》。

① 伊朝栋（1729—1807）：字用侯，清朝福建宁化（今福建省宁化县）人。乾隆三十四年（1769 年）进士。著有《赐砚斋诗钞》四卷、《南窗丛记》八卷，均入《清史列传》并行于世。

② 蹇驴：跛蹇驽弱的驴子、意指驽钝的人。

③ 紫塞：指长城，北方边塞。

白沟吊瞿能[①] 〔清〕马之骦

建文三年[②]，燕军既渡白沟河，瞿能父子逆击之燕兵，披靡擒斩数百人，燕将失色。燕王率精锐突入，战白余和，南军纵矢如注，燕王凡三易马几未能及，高煦率精锐破之乃得脱去。日将午，能复引众躍而前，打呼："灭燕"！又斩其骑百余人。燕众不支，忽大风起，燕人绕出南兵之后奋击，能父子出不意，皆没于阵。越巂侯俞通渊[③]、指挥滕聚等亦战死，郭英[④]等溃而西，李景隆[⑤]溃而南。燕人追之月漾桥[⑥]，死者余万人。

白沟自古伤心水，　无限繁怨作原委。
南人覆败北人强，　后先一辙如遵轨[⑦]。
张公[⑧]尽节文公吊，　须眉如戟清流照。
邮亭曾此典忠魂，　宪使当年起新庙。
君不见古陌荒原风卷沙，尚残战血凝朱华。
建文之世燕兵急，　瞿家胜负堪咨嗟。
父子奋勇摧燕将，　燕众当之皆胆丧。
试看易马在眼前，　攻取擒王将掌上。
打呼灭秦天地震，　幽燕鼓死悲余烬。
忽起狂飙助北人，　尘昏始乱南师阵。
瞿侯父子殉三军，　十万精英化水云。
南连月漾桥边路，　惨淡啼雅不可闻。

邮亭曾此典忠魂，宪使当年起新庙：易州兵备道汪应蛟，改邑之行馆祀宋张叔夜、文天祥，曰：二忠祀。

本诗出自民国《雄县新志·艺文志》。

① 瞿能（？—1400）：明朝合肥人。明朝开国将领，佑朱元璋建立大明王朝，授官明朝四川都指挥使。建文帝时，任南军都督，跟随李景隆北上平燕王朱棣靖难之变，在"白沟之战"中战死。

② 建文三年：公元 1401 年。

③ 俞通渊：明朝开国将领，字朝理，河间郡公廷玉季子。元代江淮

行省安丰路安丰县（今安徽寿县安丰镇）人，洪武二十五年，赐号钦承父业推诚宣力武臣阶荣禄大夫勋柱国，封越巂侯。靖难之役奉上谕抵御燕军，在“白沟之战”中与瞿能父子一起战死。

④ 郭英：（1335—1403）：明初将领。濠州人。祖籍山东巨野，后迁居濠州（今安徽凤阳东北）。与兄郭兴从朱元璋起兵，身经百战。洪武十七年（1384 年）封武定侯。靖难之役随耿炳文、李景隆讨伐燕王朱棣，无功而返。靖难之役结束后，朱棣登基为帝，郭英被罢官回家。

⑤ 李景隆：明朝将领，盱眙（今江苏省盱眙县）人，曹国公李文忠之子。“靖难之役”时，拜将征讨燕王朱棣，在“白沟大战”中燕军击败，召回。燕军逼近南京时，李景隆开金川门迎敌，致使南京失守。成祖继位后，封太子太师，赐功臣勋号，加柱国，增岁禄，列于群臣之首。永乐二年（1404 年），遭到周王、成国公、刑部尚书、吏部尚书、礼部尚书等人连番弹劾，被削爵圈禁。

⑥ 月漾桥：即赵北口十二连桥最北的易易桥，在雄县境内。

⑦ 南人覆败北人强，后先一辙如遵轨：北宋以来，无论是宋御辽抗金，还是建文帝讨伐燕军“南北战争”，皆如出一辙未取得成功。

⑧ 张公：张叔夜。

古城篇

雄安区域历史悠久，考古发现早在新石器时期，先民就在此依水而居，渔耕文化，生生不息。春秋战国时期，古雄安区域就出现最早的行政建制易邑（今容城境内），汉初，以匈奴降王徐卢封容城侯，始置容城侯国，遗址在今安新县三台。后相继置依政县（今安州）、易县（今雄县）、莫县（今任丘鄚州）县级建制及城池。唐、宋、金时期，行政建制随军事管辖需要，先后建雄州、归义、归信、唐兴寨、顺安军、渥城县、安州等军政建制。明代初期，雄安区域置于直隶管辖直至民国时期。本篇辑录咏古城诗 107 首，从中可洞悉雄安区域历史之沧桑，文化之厚重。

鄚州[①]城 〔北宋〕李咨[②]

巡行南下古招提[③]，梁栋犹存大宋时。
仆草断碑苔蚀字，磨空老树鹤巢枝。
禅房寂寂僧归定，竹叶萧萧月上迟。
一夜虚堂清不寐，满怀民瘼[④]有谁知。

本诗出自清乾隆《任邱县志·艺文志》。

①鄚（mào）州：即今河北省任丘市鄚州。周代分封诸侯，古鄚州为鄚国，为燕国附庸。秦并六国，郡下设鄚县，属上谷郡。西汉鄚属幽州部渤海郡。东汉时，鄚属冀州河间国。隋废任丘县设鄚县，属河间郡。唐天宝元年（742 年），鄚州管六县：鄚、文安、任丘、清苑、利丰、唐兴。开元十三年（725 年）以“鄚”类“郑”字，遂改为“莫”。宋初鄚县入任丘。鄚州出有扁鹊、张郃等历史名人。元建扁鹊祠，明修扁鹊庙，香火驰名中原。城池历修历毁，今仍有南城门与北城墙。

②李咨（968—1036）：字仲询，北宋江西新余（今江西省新余市）人。景德二年（1005 年）进士，官至枢密副使同知枢密院事。

③招提：民间私造的寺院。古代佛寺，官建题额者称寺，民建者称招提。

④民瘼（mò）：民间疾苦。

钤辖[1]冒上阁就移知雄州

〔北宋〕宋祁[2]

聚散非一端，　贤逸难两遂[3]。
拥节北临边[4]，安得久交臂。
此行讵不远，　印瑞三且二。
背剑车炙輠，　径秦骖舞辔[5]。
雄州乃剧藩，　喉领塞南地。
译通[6]老上庭，道系单于使。
适馆授主粲[7]，乘韦[8]交客贽[9]。
列戍俨趋风[10]，诸将走咨事。
应变君所长，　立功今可冀。
君家诚易知，　世烈在青史。
齐楚异姓王，　阴邓[11]后家里。
券字金对行，　戟带霞交尾。
浚源[12]无近波，高峰本洪址。
行矣励壮猷[13]，公侯当复始。

本诗出自《全宋诗》。

① 钤辖：宋代武官名。王安石变法后，实行将兵法，钤辖地位逐渐低落，南宋多成虚衔和闲职。

② 宋祁（998—1061）：字子京，北宋开封雍丘（今河南省民权县）人。文学家、史学家、词人。天圣二年（1024 年）进士， 官至工部尚书。曾与欧阳修等合修《新唐书》。

③ 聚散非一端，贤逸难两遂：指仕途变故，不可能达到心愿。

④ 拥节北临边：持符节（相当于调令）到北方任职。

⑤ 背剑车炙輠，径秦骖舞辔：这句描写赴任路上情景。輠：古代车上盛润滑油的器具。骖（cān），古代驾在车前两侧的马。

⑥ 译通：通好，交往。

⑦ 适馆授主粲：引“适馆授粲”。典出《诗经·郑风·缁衣》：“适子之馆兮，还予授子之粲兮。”指属国国君入为天子卿士并被授予封地

俸禄。

⑧ 乘韦：四张熟牛皮。古者将献遗于人。后用以比喻先送的薄礼。

⑨ 贽（zhì）：古代初次拜见长辈所送的礼物。

⑩ 趋风：疾行至下风，以示恭敬。

⑪ 阴邓：东汉阴皇后和邓皇后的并称。

⑫ 浚（jùn）源：引为追本溯源。

⑬ 壮猷（yóu）：谋略宏大。

送晁秘丞通判雄州 〔北宋〕司马光[①]

少传名德重，　蔚然人物师。
群孙满丹穴[②]，嘉瑞尽长离[③]。
勿叹毛羽短，　已惊文采奇。
勉哉勤志业，　余庆[④]未应衰。

本诗出自《全宋诗》。

① 司马光（1019—1086）：字君实，北宋陕州夏县（今山西省夏县）人。宝元元年（1038 年）进士，累进龙图阁直学士。政治家、史学家、文学家。著作有《资治通鉴》《温国文正司马公文集》《稽古录》《涑水记闻》《潜虚》等。

② 丹穴：指传说中的山名。

③ 长离：古代传说中的灵鸟，后用以比喻才德出众之人。

④ 余庆：指行善积德，造福子孙。

奉使契丹初至雄州[①] 〔北宋〕欧阳修[②]

古关[③]衰柳聚寒鸦，驻马城头日已斜。
犹去西楼[④]二千里，行人到此莫思家。

本诗出自民国《雄县新志·艺文志》。

① 奉使契丹初至雄州：据《庐陵欧阳文忠公年谱》记载，至和二

年（1055年）八月，欧阳修“假右谏议大夫充贺契丹国母生辰使，将持送仁宗御容会虏主殂。后改充贺登位国信使”，次年二月，“使还，进《北使语录》”。此诗为欧阳修使辽经雄州时所作。

② 欧阳修（1007—1072）：字永叔，号醉翁，晚年又号六一居士，北宋庐陵（今江西省吉安市）人。仁宗天圣八年（1030年）进士。欧阳修是北宋诗文革新的领袖、一代文宗、散文名列唐宋八大家之一。又是著名史学家，与宋祁同修《新唐书》，独立完成《新五代史》。著作有《欧阳文忠公集》。

③ 古关：指雄州瓦桥关。

④ 西楼：指上京城，遗址位于今内蒙古自治区巴林左旗西南石房子村。上京未建成前，名“西楼”，是辽太祖耶律阿保机创业之地，建成后置祖州，后改称上京，府曰临潢。

边户① 〔北宋〕欧阳修

家世②为边户，年年常备胡③。
儿僮习鞍马，妇女能弯弧④。
胡尘朝夕起，虏骑蔑如无⑤。
邂逅辄相射，杀伤两常俱。
自从澶州盟⑥，南北结欢娱⑦。
虽云免战斗，两地供赋租。
将吏戒生事，庙堂⑧为远图。
身居界河上，不敢界河渔⑨。

本诗出自《全宋诗》。

① 边户：边境，指宋辽边境住户。

② 家世：说家里世世代代都在边地居住，可见时间之久。

③ 备胡：防备契丹侵扰。“胡”是古代对北方少数民族的称呼，这里指契丹。

④ 弯弧：拉弓射箭。

⑤ 胡尘朝夕起，虏骑蔑如无：意谓对常来侵犯的胡骑，毫不畏惧，视如无物。

⑥ 澶州盟：宋真宗景德元年（1004 年），契丹大举入侵，直抵澶州（今河南省濮阳市）。真宗欲迁都南逃，宰相寇准力主抵抗，大败辽军。真宗在得胜之际，允许议和，每年给辽绢二十万匹，银十万两，辽即退兵，史称“澶渊之盟”。胜而屈辱求和，作者对此不满。

⑦ 结欢娱：实含讽意。

⑧ 庙堂：朝廷。

⑨ 不敢界河渔：界河，白沟河。指澶渊之盟后宋、辽以白沟河为边界，这里的居民不敢在界河上打鱼。

登雄州南门偶书呈知府张皇城

〔北宋〕陈襄[①]

城如银瓮万兵环，　怅望孤城野蓼间。
池面绿荫通易水，　楼头青霭见狼山[②]。
渔舟掩映江南浦，　使驿差池古北关。
雅爱六韬[③]名将在，塞垣无事虎貔[④]间。

本诗出自陈襄《古灵集》。

① 陈襄（1017—1080）：字述古，北宋侯官（今福建省福州市）人。理学家，宋仁宗、神宗时期名臣。著作有《古灵集》二十五卷传世。

② 狼山：即狼牙山。

③ 六韬：即《六韬》，又称《太公六韬》，是中国古代先秦时期著名的黄老道家典籍《太公》中兵法部分。

④ 虎貔（pí）：比喻勇猛的军队。

登雄州城楼 〔北宋〕苏颂

三关[①]相直断华戎，燕蓟山川一望中。
斥候[②]人间风马逸，朝廷恩广使轺[③]通。
岁颁金絮[④]非无策，利尽耕桑岂有穷。
自古和亲诮[⑤]儒者，可怜汉将亦何功[⑥]。

本诗出自《全宋诗》。

① 三关：宋史称雄州的瓦桥关和霸州的益津关、淤口关为北陲三关。

② 斥候：中国古代军中职事，专门负责巡查各处险阻和防护设施，候捕盗贼。此泛指低级别军官。

③ 轺（yáo）：本义是指迎宾车、先导车、开道车。后来指被国君召唤者所乘坐的宫廷专车。

④ 金絮：银两和绢。陆游 《陇头水》诗：“生逢和亲最可伤，岁辇金絮输胡羌。”

⑤ 诮（qiào）：责备或嘲笑之意。

⑥ 可怜汉将依何功：这句是言西汉与匈奴和亲之事。汉将，指西汉娄敬。公元前 200 年，汉高祖亲征匈奴失败，无奈采纳娄敬和亲建议，并每年送给匈奴许多絮、缯、酒、米和食物等。这里喻指“澶渊之盟”。

冬至日瓦桥与李綖少卿[①]会饮 〔北宋〕苏颂

使传[②]驱驰[③]同被命[④]，边城迢递[⑤]偶相从。
风霜[⑥]正急偏催老，　岁月如流又过冬[⑦]。
方念去家千里远，　无辞沈醉[⑧]十分浓。
须知此会洵[⑨]堪喜，　北上[⑩]河桥便寡悰[⑪]。

本诗出自《全宋诗》。

① 少卿：官名。北魏太和时所设官名，北齐时为正卿的副职、 隋唐至清亦沿置。

② 使传：经使者传达皇帝旨意。

③ 驱驰：策马快行。

④ 被命：奉命。

⑤ 迢递：遥远传递。

⑥ 风霜：比喻情况严肃。

⑦ 岁月如流又过冬：年年使辽，此次正值冬季。

⑧ 沈醉：大醉、沉醉。

⑨ 洵：实在。

⑩ 北上：向北去，指使辽。

⑪ 寡悰：少有欢乐、情志。

登雄州北城楼　〔北宋〕蒋概[1]

壮士未酬志，　乘秋感慨多[2]。
幽燕新种落[3]，唐汉旧关河。
塞月沉青冢，　边声起白波[4]。
如何得万骑[5]，玉垒[6]夜经过。

本诗出自《全宋诗》。

① 蒋概（1028—1094）：字康叔。北宋吉州龙泉古南乡衡溪（今江西省遂川县）人，文学家。皇佑元年（1049 年）进士。有诗《蒋康叔小集》及文《龙昌洞记》《遂兴南乡蒋氏衡溪记》等。

② 壮士未酬志，乘秋感慨多：秋天登临雄州城楼，忆想往事未酬之志，感慨万千。

③ 幽燕新种落：指幽燕地区被石敬瑭割与契丹。种落，种族部落。

④ 塞月沉青冢，边声起白波：作者登临目睹关河（白沟河）景象，联想汉时昭君出塞、苏武牧羊悲壮历史。青冢，指昭君墓。边声，指边境上羌管、胡笳、画角等音乐声音。

⑤ 万骑：是唐朝禁军之一，这里指军队。

⑥ 玉垒：同“郁垒”，门神。

使辽还雄州 〔北宋〕沈遘[1]

济济[2]新声[3]出禁潢[4]，边城一听醉千觞[5]。
明朝便是南归客，　　已觉身依日月旁[6]。

本诗出自民国《雄县县志·艺文志》。

① 沈遘（1028—1067）：字文通，钱塘人，沈括从侄。与弟沈辽、叔沈括俱有文名，称为“三沈”。皇祐元年（1049 年）进士。著有《西溪集》。沈遘在北宋嘉祐四年（1059 年）十一月二十二日离京使辽，过雄州作此诗。

② 济济：多者聚集。

③ 新声：新作的曲子。

④ 禁潢：草泽。

⑤ 觞：酒器、饮酒。

⑥ 日月旁：日月，喻指帝王。

送将官梁左藏[1]赴鄚州 〔北宋〕苏轼[2]

燕南垂，赵北际，　其间不合大如砺。
至今父老哀公孙[3]，蒸土为城铁作门。
城中积谷三百万，　猛士如云骄不战。
一朝鼓角鸣地中[4]，帐下美人空掩面。
岂如千骑平时来，　笑谈謦欬[5]生风雷。
葛巾羽扇红尘静，　投壶[6]雅歌清宴开。
东方健儿虓[7]虎样，涕泣怀思廉耻将。
彭城老守[8]亦凄然，不见君家雪儿[9]唱。

本诗出自《东坡全集》。

① 梁左藏：宋神宗熙宁时期为鄚州州守，苏轼挚友。

② 苏轼（1037—1101）：字子瞻，又字和仲，号东坡居士，世称苏东坡。北宋眉州眉山（今属四川省眉山市）人，祖籍河北栾城，北宋著名文学家、书法家、画家。嘉祐二年（1057 年）进士，历翰林学士、礼部尚书等。书、画、学识造诣高深，为“唐宋八大家”之一。著作有

《东坡七集》《东坡易传》《东坡乐府》等。

③ 公孙：即公孙瓒。

④ 鼓角鸣地中：《后汉书·公孙瓒传》记“袁绍穿地道破公孙瓒”。

⑤ 謦欬（qǐng kài）：咳，轻者为謦，重为欬。此指谈笑自若，指挥若定。

⑥ 投壶：古代宴饮游戏。以酒壶口为的，以矢投入，输者罚酒。

⑦ 虓（xiāo）：咆哮怒吼的虎，形容勇猛。

⑧ 彭城老守：作者自称。苏轼曾为徐州太守，徐州亦名彭城。

⑨ 雪儿：唐李密的宠妾，能歌善舞。这里借是哀叹公孙瓒偏安自受终归失败的悲剧。

次韵[①]王雄州[②]还朝留别 〔北宋〕苏轼

老李[③]威名八十年，壁间精悍见遗颜。
自闻出守风流似， 稍觉承平气象还。
但遣诗人歌杕杜[④]，不妨侍女唱阳关。
内朝接武[⑤]知何日，白发羞归供奉班。

本诗出自《东坡全集》。

① 次韵：和诗一种形式，也叫步韵。按原诗韵和用韵的次序来和诗次韵。

② 王雄州：指王勔。宋仁宗康定年间为经略安抚使，抚雄州之地四十余年。

③ 老李：指李允则。李允则（953—1028），字垂范，北宋并州（山西省太原市）人。太平兴国七年（982 年）在静戎军（治徐水）置榷场，后升供备库副使、潭州知州。升洛苑副使、沧州知州。转任西上阁门副使和镇、定、高阳三路行营兵马都监。后任雄州知州。

④ 杕杜：即“杕杜弄麞”之省，讽意。唐朝时期，不学无术的李林甫典选部时，选人严回判语，有用”杕杜“二字者，林甫不识“杕”字，对吏部侍郎韦陡说：“此云杕杜何也？”陡俯首不敢言。一次太常少卿姜度得子，林甫亲手书写：“闻有弄麞之庆。”客人视之掩口而笑。

⑤ 接武：走路足迹前后相接，形容细步徐行。

赠知雄州王崇拯[①] （北宋）苏辙[②]

一

赵北燕南古战场，　何年千里作方塘[③]。
烟波坐觉胡尘远，　皮币[④]遥知国计长。
胜处旧闻荷覆水，　此行犹及蟹经霜。
使君[⑤]约我南来饮，人日河桥柳正黄。

二

城里都无一寸闲，　城头野水四汗漫[⑥]。
与君但对湖光饮，　久病偏须酒令宽。
何氏[⑦]钩藤布棋局，李君智略走珠盘[⑧]。
应存父老犹能说，　有意功名未必难。

本诗出自苏辙《栾城集》。

① 王崇拯：字拯之，北宋元祐元年（1086 年）任雄州知州。

② 苏辙（1039—1112）：字子由，北宋四川眉州人。嘉祐二年（1057 年）进士。以散文著称，擅长政论和史论，与父亲苏洵、兄长苏轼齐名，合称“三苏”。“唐宋八大家”之一。

③ 何年千里作方塘：指河北边缘屯田使何承矩在白洋淀地区戍边屯田，建塘泺防线御辽之事。

④ 皮币：以兽皮制成的货币。汉武帝于元狩四年（前 119 年）发行皮币，用宫苑中的白鹿皮制成。皮币每张一方尺，饰以彩画，值四十万钱。这里指国家经济政策。

⑤ 使君：汉代称呼太守刺史，汉以后用作对州郡长官的尊称。这里指王崇拯。

⑥ 汗漫：漫无边际或渺茫不可知意。

⑦ 何氏：指何承矩。

⑧ 李君智略走珠盘：李君，指李允则。这句说李允则深谋远虑，经略雄州之事。

使辽至雄州[①] 〔北宋〕彭汝砺[②]

马头今日过中都，得到雄州更有书。
道路莫嗔音信少，天寒沙漠雁全疏[③]。

本诗出自民国《雄县县志·艺文志》。

① 使辽至雄州：宋哲宗元祐六年（1091年），彭汝砺出使辽国。此诗为经过雄州时所作。

② 彭汝砺（1041—1095）：字器资，北宋饶州鄱阳（今江西省鄱阳县）人，英宗治平二年（1065年）乙巳科状元。读书为文命词典雅，有古人之风范。著有《易义》《诗义》《鄱阳集》。

③ 雁全疏：没有书信。雁，这里指书信，即鸿雁传书。

鄚州道中 〔金〕刘迎[①]

枫林叶叶堕霜红，　天末[②]晴容一镜空。
狂野微闻鸟乌乐，　草寒时见马牛风[③]。
人生险阻艰难里，　世事悲歌感慨中。
白发双亲倚门处，　梦魂千里副归鸿[④]。

本诗出自《钦定四库全书·两宋明贤小集》、清道光《任邱县志·艺文志》。

① 刘迎（1131—1182)：字无党，号无诤居士，山东掖县（今山东省莱州市）人，金代著名诗人。诗词收录于《中州集》《中州乐府》。

② 天末：天际、天边。

③ 马牛风：马牛奔逸，各不相干。

④ 归鸿：作者自称。

古鄚州行 〔金〕周昂[1]

大陵河东古鄚州，
居人屋小如蜗牛。
屋边向外何所有，
惟见白沙叠叠堆山丘。
车行沙中如倒拽，
风惊沙流失前辙。
马蹄半跛牛领穿，
三步停鞭五步歇。
鸡声人语无四邻，
晚风萧萧愁杀人。
人有祷，沙应神，
辽东老兵非使臣。
何必埋却双行轮。

本诗出自清乾隆《任邱县志·艺文志》。

① 周昂（？—1211）：字德卿，金朝真定（今河北省正定县）人，曾经权行六部员外郎之职戍边。工诗，有《常山集》，已佚，存诗收入《中州集》。

过雄州怀古二首 〔元〕陈孚[1]

一

晨出鄚州城，　　回首古易京[2]。
百楼不复见，　　草白寒雉鸣。
鸣角角[3]，黍纂纂，昔谁城此公孙瓒。
城南城北陂水满[4]，寒蒲如剑出水短。
大火焚巢[5]天不忧，野凫醉眠沙上暖。

二

燕南陲、赵北际，昔年巍城铁可砺。
城上烽火明如彗，只今残堞黄云曀[6]。
老榆半枯悬薜荔，市翁叱马声嘒嘒[7]。
叩以瓦桥潸出涕，英雄虎斗[8]空万世，
北风吹沙秋鹤唳。

本诗出自民国《雄县新志·艺文志》。

①陈孚（1240—1305）：字刚中，号笏斋，元朝临海（今属浙江省）人，诗人。著作有《陈刚中诗集》《观光稿》《玉堂稿》等。

②易京：即易京城。

③鸣角角，黍纂纂：这里指公孙瓒筑易京城囤积粮食，戒备森严。

④陂水满：挖城壕，引水注满。陂（bēi），池塘。

⑤焚巢：易京城被袁绍焚毁。

⑥曀（yì）：天阴沉。

⑦嘒（huì）嘒：原指星光微小明亮，这里指声音。

⑧英雄虎斗：借公孙瓒与袁绍之战，比喻自古是非成败皆为一场空。

登雄州城楼二首 （明）储瓘[1]

一

高秋惬登眺，　平楚[2]动悲歌。
楼橹何年废，　前朝争战多。
云开瀛海戍[3]，尘静白沟河。
翻笑咸平[4]际，金缯[5]满塞驼[6]。

二

雉堞依云平，　关河控古城。
独凭秋阁迥[7]，千里暮山横。
洒落和戎[8]策，凄凉款塞[9]盟。
瓦桥遗迹在，　览古若为情。

本诗出自民国《雄县新志·艺文志》。

① 储瓘(1457—1513)：字静夫，号柴墟，明朝南直隶泰州（今江苏省泰州市）人。成化二十年（1484 年）进士。文章出众，官至南京吏部左侍郎，著作有《柴墟文集》等。

② 平楚：从高处远望，丛林树梢齐平，犹平野。

③ 瀛海戍：这里指雄州一带戍边。

④ 翻笑咸平：宋真宗年号为咸平。这里指宋真宗景德元年与辽国在澶州订立的澶渊之盟是耻辱之盟约，成后人笑柄。

⑤ 金缯：金银财物。

⑥ 满塞驼：指边塞上的驼队（运送宋纳辽金帛类）。

⑦ 迥（jiǒng）：高远。

⑧ 和戎：指与外族媾和修好。这里指澶渊之盟。

⑨ 款塞：外族前来通好。指异族诚意来到边界归顺，与“寇边”相对。

鄚州城 〔明〕耿裕[①]

车停暂蹑[②]鄚州城，壁垒犹坚雉堞平。
此日编氓[③]蒙厚泽，当年控掳宿雄兵。
云连阡陌无惊柝[④]，鳞比闾阎有颂声。
极目北瞻情最切，五云缭绕护神京[⑤]。

本诗出自清乾隆《任邱县志·艺文志》。

① 耿裕：字好问，明朝河南卢氏（今河南省卢氏县）人。景泰年间进士。

② 暂蹑：暂，短时；蹑，轻轻走入。

③ 编氓：列编百姓户籍。

④ 惊柝（tuò）：打更用的梆子。

⑤ 神京：皇帝驻地京城。

台城[①]晚照 〔明〕刘恺

雨霁台城草色青， 杖藜闲步静修亭。
半轮落日衔金镜， 一带晚山横翠屏。
白云未散依红树， 新月初生晛[②]紫冥[③]。
终古地灵人亦杰[④]，英光夜夜烛台星。

本诗出自清乾隆《新安县志·古迹》。

① 台城：战国时期燕国古城，即今安新县三台古城。《城冢记》记："燕赵分易水为界，燕筑三台登降耀武。"三台名出于此。汉至隋代为容城县治所。元初大儒刘因隐居三台治学二十五年至辞世。后人在刘因讲学处建"静修书院"以纪念。

② 晛（xiàn）：古汉字，因为害怕不敢正视的样子。

③ 紫冥：天空、晚霞。

④ 终古地灵人亦杰：三台自古人杰地灵。人亦杰，指刘因。

过莫州故城 〔明〕于慎行[①]

一客长安[②]华发生，十年重过莫州城。
堤摇野浦长天静， 树夹残霞片日明。
泽国萧条来往路， 秋风憭栗[③]古今情。
不知击筑燕台客[④]， 有底悲歌气未平。

本诗出自于慎行《谷城山馆诗集》。

① 于慎行（1545—1607）：明代文学家、诗人。字可远，又字无垢。明朝东阿县东阿镇（今山东省平阴县东阿镇）人。隆庆二年（1568年）进士，官至礼部尚书。曾编纂《兖州府志》，著有《谷山笔麈》《谷城山馆文集》《谷城山馆诗集》《读史漫录》。

② 一客长安：作者在京城为官。长安，今山西省西安市，曾是十三朝都城，借指明朝都城。

③ 憭（liáo）栗：凄凉貌。

④ 击筑燕台客：指战国时期燕国高渐离。"易水送别"时为荆轲击筑唱和。

吊安州太守徒单航[1] 〔明〕樊鹏

嗟彼孤城守，当年一死难。
国危身力战，兵败血成丹。
正气关云暮，清风塞月寒。
英雄百代少，沙草泪痕干。

本诗出自清康熙《安州志·艺文志》。

①徒单航：金代安州太守。清康熙《安州志·官绩》："徒单航至宁元年（1213年）守安州。会元兵大至围城，声言都城已失守，汝可速将不失富贵。航谓州民曰：城守虽严万一攻破，汝辈休矣。我家两世驸马，受国厚恩决不可将。单计将出安，其民泣曰：太守不屈我辈亦何，忍将原意死守。航尽出家财犒军民，军民皆尽力守，御越数日外救不至，航度不可支，乃大言曰：事急矣，惟有死。先缢其妻子，寻自缢。"

台城晚照 〔明〕周冕

累累层台[1]列帝畿[2]，夕阳遥映挂斜晖。
悬崖铺锦黄鸭翥[3]，雉堞[4]横霞白鹭飞。
壮士挥戈[5]回落影，征夫问路恨熹微[6]。
天开图画江山丽，妆点台城世上稀。

本诗出自清乾隆《新安县志·古迹》。

①层台：瞭望台上台阶，即"登降以耀武"之台。

②帝畿：帝王居住的地方，这里指台城为京畿之地。

③翥（zhù）：鸟向上飞。

④雉堞：城墙垛口，即台城上的垛口。

⑤壮士挥戈：这里是作者提及荆轲刺秦王的故事。

⑥征夫问路恨熹微：引陶潜《归去来辞》："问征夫以前路，恨晨光之熹微。"熹微，多指清晨不太强的阳光。

安州道中 〔明〕杨选[1]

环郊落落几人家，林少村疏望欲赊[2]。
平土尽浮河面水，寒烟常占陇头沙。
断堤白草余饥莩[3]，废宅黄昏栖哺鸦。
岁歉而今犹急赋，更于何时问繁华。

本诗出自清康熙《安州志·艺文志》。

① 杨选（？—1562），字以公。济南府章丘县（今山东省章丘市）人。嘉靖二十三年（1544 年）进士，官至蓟辽总督、副都御史、兵部右侍郎。嘉靖四十一年（1562 年），因御敌不力而被处死。

② 赊：远。

③ 饥莩（fú）：饿死者。

夜泊新安 〔明〕邢云路

泊舟淹永夕[1]，鼓枻[2]度长堤。
月上当弦半，星明入座低。
鱼龙听夜雨，歌舞放天倪[3]。
忽觉凉生袂[4]，前村报晓鸡。

本诗出自清乾隆《新安县志·艺文志》。

① 永夕：通宵。

② 鼓枻（yì）：亦作“鼓槐”。划桨、泛舟。

③ 天倪：自然的分际，或天边。

④ 袂（mèi）：衣袖。

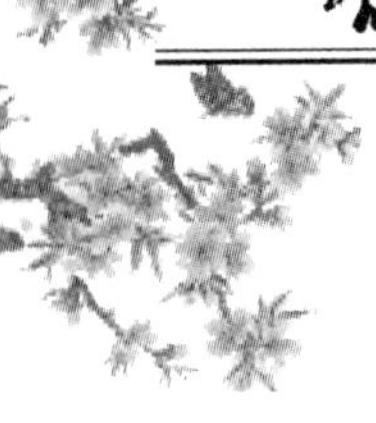

早发雄县次稼轩[①]韵[②] 〔明〕钱谦益

一

并著南冠[③]亦偶然，何妨酌醴复烹鲜。
孤花自缀三春后，病树犹居万木前。
失路马行枯麦里，飏空尘起大车边。
戴盆[④]莫怪频瞻望，也是城南尺五天。

二

畿南赤县夕烽连，边鄙[⑤]曾蒙[⑥]胡虏[⑦]怜。
秸赋萧条仍禹贡，桑林焦灼又汤年[⑧]。
作霖谁副兴云望，《繁露》空翻致雨篇[⑨]。
何日南山理芜秽[⑩]，荷锄同种豆萁田。

本诗出自民国时期《雄县新志·艺文志》。

① 稼轩：指宋代诗人辛弃疾。

② 次韵：古体诗词写作的一种方式，也叫步韵。按照原诗的韵和用韵的次序来和诗。

③ 南冠：亦作“南冠囚”“南冠君子”。《左传·成公九年》：“晋侯观于军府，见钟仪，问之曰：南冠而絷者，谁也，有司对曰，郑人所献楚囚也。” 后世以“南冠”代指被俘。

④ 戴盆：引“戴盆望天”。司马迁《报任少卿书》：“仆以为戴盆何以望天，故绝宾客之知，忘家室之业，日夜思竭其不肖之材力，务一心营职，以求亲媚于主上。”因以“戴盆望天”喻事难两全，后亦喻方法错误，无法达到目的。

⑤ 边鄙：边疆，边远的地方。

⑥ 蒙：蒙受。

⑦ 胡虏：秦汉时匈奴为胡虏，后世用以与中原敌对的北方部族之通称。

⑧ 秸赋萧条仍禹贡，桑林焦灼又汤年：遍地铺陈的秸秆像回到了古老时代，干燥的大地还得需要商汤来祈雨。赋，铺陈。禹贡，指《禹贡》，是《尚书》（一作《书经》，简称《书》）中的一篇，是先秦最富于科学性的地理记载，囊括了对各地山川、地形、土壤、物产等情

况，这里代指古老时代。桑林，据《淮南子》记载，商朝时大旱七年，于是汤剪发断爪，以身为牲，祷于桑林，终于感动上帝，“四海之云凑，千里之雨至”，人民遂免遭焦灼。

⑨ 作霖谁副兴云望，《繁露》空翻致雨篇：盼望谁来布云降雨，在《春秋繁露》里即使有让上天下雨的篇章也不起作用。作霖，指降甘霖或下雨。兴云，兴起云（布下雨）。《繁露》，汉代董仲舒的政治哲学著作《春秋繁露》。

⑩芜秽（wú huì）：丛生的杂草。

生查子·晓行鄚州 〔明〕朱彝尊

密树引长堤，重露微涓坠。
惟听浦禽喧，渐入行人队。
隐隐望高城，路出高城外。
初日未侵衣，先闪[1]寒鸦背。

本诗出自清道光《任邱续志·艺文志》。

① 闪：照射。

观城涧[1] 〔明〕王家祚[2]

曲绕青龙卧碧流，潺潺固保帝王州[3]。
休奇震禅石相斗，谩诩投鞭[4]功可收。
水国波光濯剑气，昆池[5]风吼动鲸秋。
烟云荡漾连霄汉，借看蜃生海市楼。

本诗出自清乾隆《新安县志·建置志》。

① 城涧：指护城河。

② 王家祚：字厚存，明朝新安县升平（今河北省安新县端村镇）人，崇祯六年（1633 年）举人，官至吏部郎。

③ 帝王州：帝王居住的地方，这里暗指新安城里金章宗行宫——建春宫。

④ 投鞭：出自《晋书》。兵强马壮的前秦皇帝苻坚将攻东晋 ，部下石越认为晋有长江之险，不可轻动。苻坚说：“以吾之众旅，投鞭于江，足断其流，何险之足恃？”后以“投鞭断流”形容兵众势大。

⑤ 昆池：云南滇池。这里借指白洋淀。

容城道中 〔明〕赵律[①]

走马西风出古关，残杨夹道拂游鞍。
村舂急杵鸡鸣午，陇树藏巢鸟避寒。
野径露漙花气湿，园林秋老叶声干。
垂鞭四眺登临外，多少楼台画里看。

本诗出自民国《雄县新志·艺文志》。

① 赵律：明朝直隶雄县（今河北省雄县）人。清光绪《畿辅通志》载：赵律 “性恬静慈爱，居家孝友，幼嗜问学，长厌举子业，遂精诗学，前后有司校，咸以隐君子礼遇之”。

过鄚州 〔明〕吴伟业[①]

马滑霜蹄路又长，　鸦鸣残雪古城荒。
河冰雨入车难过，　野岸沙崩树半僵。
邢邵[②]文章埋断碣[③]，公孙楼橹[④]剩斜阳。
只留村酒鸡豚社[⑤]，　香火年年赛药王。

本诗出自清道光《任邱续志·艺文志》。

① 吴伟业（1609—1672）：字骏公，号梅村，明朝江苏太仓（今江苏省太仓市）人。崇祯四年（1631 年）进士。吴伟业是明末清初著名诗人，与钱谦益、龚鼎孳并称“江左三大家”。长于七言歌行，后人称之为“梅村体”。著有《梅村家藏稿》《梅村诗馀》；传奇《秣陵春》；杂剧《通天台》《临春阁》；史乘《绥寇纪略》。

② 邢邵（496 —？）：字子才，河间鄚（今河北省任丘市）人。北

朝魏、齐时无神论者、文学家。

③ 断碣：断碑。

④ 公孙楼橹：公孙瓒易京城。

⑤ 鸡豚社：鸡豚，鸡和猪。古时农家所养禽畜，也指平民之家的微贱琐事。

云川卫[1] 〔清〕马之骦[2]

瓦桥古关陒[3]，周宋[4]北雄边。
虽无峤岭[5]限，沮洳[6]相句[7]连。
中通一线路[8]，其势如蚰蜒[9]。
匹夫据其要，万众不得前。
地险既已设，亦赖守臣贤。
刘福[10]经厥始，何李[11]嗣缠绵。
契丹无隙乘，相与息烽烟。
昏德[12]不能保，奉入金人编[13]。
在元畿内[14]地，守御事胥捐。
明初都金陵，斯又为远埏[15]。
特设云川卫，于以控幽燕。
海内方安晏[16]，人心渐不坚。
变故生宗潢[17]，燕藩[18]忽狡焉。
举兵竟向南，雄首当锋先。
杨潘将客兵，战死雄市廛。
不闻云川士，为雄效滴涓。
明设卫无用，于此信其然。
且为地方害，人民大弗便。
言者请徹之，驱逐以北迁。
庙堂轸闾里，设兵尚慎旃。

本诗出自民国时期《雄县新志·艺文志》。

① 云川卫：军事机构，建于明初，置卫指挥使，置所于雄州城圆通

街（今铃铛阁大街）。民国时期《雄县新志·古迹》："云川卫署在县治北，明初建。永乐中县人刘观为都御使，以其抚民奏徙之于白羊口。"

②马之骦：字旻徕，清朝直隶雄县人。顺治元年（1644年）年拔贡，历滦州训导、元城（今河北省大名县一带）教谕。

③阸（è）：同"厄"，险要的地方。

④周宋：周指后周；宋指北宋。

⑤峤岭：高山险岭。峤，山尖而高。

⑥沮洳：低湿之地。

⑦句：同"勾"。

⑧中通一线路：北宋初期，雄州防御以三关为纵线，两侧广植榆柳，外围为水淀，间辟阡陌以御辽兵。

⑨蚰蜒：蜈蚣。比喻道路蜿蜒，崎岖难行。

⑩刘福（928—991）：北宋徐州下邳（今江苏省邳州市）人。宋初，曾任雄州防御使兼本州兵马部署。

⑪何李：指制置河北边沿屯田使何乘矩与雄州知州李允则。

⑫昏德：昏乱而无仁德，指宋徽宗和宋钦宗。建炎二年（1128年）八月，徽、钦二帝抵达上京，金太宗封徽宗为昏德公，钦宗为昏德侯。

⑬奉入金人编：听从于金国的安排。

⑭畿内：古称王都及其周围千里以内的地区。一指京城管辖之地。

⑮埏（yán）：地的边际。

⑯安晏：安逸、平安。

⑰宗潢：皇室、皇族。

⑱燕藩：指朱棣。洪武十三年（1380年），朱棣封燕王，驻燕京。

鄚州有感 〔清〕傅扆[1]

白雉[2]金汤[3]已渺然，只馀四野抱清泉。
虔刘[4]毒后居人少， 敝灶平沉万户烟。

本诗出自清乾隆《任邱县志·艺文志》。

① 傅扆（yǐ）(1604—1674)：字兰生，号丽农，清朝山东新城（今山东省新城县）人。顺治十二年（1655 年）进士，官至江西道监察御史。博闻强记，能诗文，词曲亦跌宕有致。

② 白雉：白色的雉鸡，古代认为白色的雉鸡是瑞鸟。

③ 金汤：城池坚固，这里指当年鄚州城。

④ 虔刘：劫掠，杀戮。

康熙甲辰[1]过雄县 〔清〕计东[2]

茫茫陆海内， 此地忽江河。
南溢滹沱派， 东连易水波。
沙明鱼鸟乐， 洲净柳蒲多。
遽[3]触吴侬[4]目，思为破浪歌。

本诗出自民国《雄县新志·艺文志》。

① 康熙甲辰：康熙三年（1664 年）。

② 计东（1625—1676）：字甫草，号改亭，清朝江苏吴江（今江苏省苏州市吴江区）人。顺治十四年（1657 年）举人。著作有《改亭集》十六卷、《诗集》六卷。

③ 遽（jù）：就、遂。

④ 吴侬：吴，吴国。侬，即“我”。

雄署偶成　〔清〕姚文燮

一

竟日[1]搴[2]帷出郭迎，水乡十里界碑[3]明。
渔舟新渡平田上，　虎旅分屯几部名。
仙令城中鸡犬少，　帝京驿路[4]马牛争。
沧浪一派寒芦满，　莫负河阳[5]锦树情。

二

堂静帘垂鸟不哗，　时时秣马待皇华[6]。
分池南北亲除道，　不定朝昏自放衙[7]。
候吏惯陪残寺佛，　笑人一树野棠花。
揩颐[8]无暇腰频折，夜夜篮舆[9]梦里嘉。

三

隔岁蠲租感圣慈，　邮亭[10]供亿[11]力难支。
米从开市江秔[12]少，婢学炊煤灶火迟。
沙压古堤迷柳絮，　雨深野淀长莼[13]丝。
愁来不敢高歌发，　恐触西风易水悲。

四

海峤[14]官移畿辅旁，春寒马上旧时装。
本无书读慵看牒，　偶尔诗成自有香。
对镜常防青鬓改，　登楼触处白云长。
旷怀犹觉风流在，　虾菜床头觅醉乡。

五

凌虚高阁拥丹楹，　郭外登临慷慨生。
有路尚堪夸日[15]近，无山犹幸著雄名。
三关龙战[16]称天堑，一叶侯封[17]指故城。
吊古莫惊陵谷变，　河迁好复旧春耕。

六

禁垣[18]尺素[19]雁音和，努力相期振玉苛[20]。
官说日边[21]公道在，　书惭天上故人多。
春泥猎地愁鹰隼，　水草城根牧骆驼。
倚杖夜来看北极，　星明双阙近峨峨。

本诗出自民国《雄县新志・艺文志》。

① 竟日：从早到晚，终日。

② 搴（qiān）：拔取。

③ 界碑：指赵北口十二连桥之易易桥旁刻有“燕南赵北、碧汉层虹”的界碑。赵北口十二连桥之易易桥在雄县境内，其余在任丘。战国时期两地分属燕、赵两地。

④ 帝京驿路：指雄州自古为京畿之地，南北通衢大道。

⑤ 河阳：黄河以北。

⑥ 皇华：《诗经・小雅》中的篇名。后因以“皇华”为赞颂奉命出使或出使者的典故。

⑦ 放衙：属吏早晚参谒主司听候差遣谓之“衙参”，与“衙参”相对谓之“退衙”，也称“放衙”。

⑧ 搘（zhī）颐：搘，古代同“支”，支撑之意。颐，面颊。

⑨ 篮舆：古代供人乘坐的交通工具，形制不一，一般以人力抬着行走，类似后世的轿子。也说古时一种竹制坐椅。

⑩ 邮亭：驿站、驿馆。

⑪ 供亿：一指按需要而供给，也指所供给的东西。

⑫ 江杭：江米与粳米。

⑬ 莼：多年生水草。又名马粟、水葵、马蹄草，茎和叶背面都有黏液，可食。

⑭ 海峤：海边山岭或靠近大陆，比洋小的水域。

⑮ 夸日：引“夸父逐日”典故，此喻有大志。

⑯ 龙战：指争夺天下之战。

⑰ 一叶侯封：指“桐叶封弟”，意为帝王封拜。典出《吕氏春秋・审应览・重言》。此句与“三关龙战”相对，意指封侯拜相须浴血奋战，不象高古时那样容易。

⑱ 禁垣：皇宫城墙。也指宫中或宫中官署。

⑲ 尺素：书信别称。本义小幅的丝织物，如绢、帛等。

⑳ 玉苛：玉质缀饰。

㉑ 日边：比喻京师附近或帝王左右。

雄县道中绝句留寄马旻徕张秋河署

〔清〕诸九鼎[1]

一

风帆叶艇柳毵毵，密树深芦见草庵。
行尽此程无限路，独怜此地似江南。

二

河上官衙散带迟，传闻马戴日吟诗。
道旁最爱春杨柳，欲向东风寄一枝。

本诗出自民国《雄县新志·艺文志》。

① 诸九鼎：字骏男，钱塘（今浙江省杭州市）人。工诗文，著作有《乐清集》《铁庵集》。

莫城[1] 〔清〕庞克慎[2]

百宝成虚落，　疏疏缀古堧[3]。
草荒汉县垒[4]，水侵越人田[5]。
棹响渔归夜，　厨腥蟹热天。
夕阳登眺处，　寂寞起寒烟。

本诗出自清乾隆《任邱县志·艺文志》。

① 莫城：即鄚州城。唐开元十三年（725 年）因“鄚”字与“鄭”字易混，改为“莫”。

② 庞克慎（1617—1702）：字徽五。清朝直隶任邱（今河北省任丘

市）人，邑学诸生。著作有《尚书传习录》《艺苑归约》等。

③ 堧（ruán）：城郭旁或水边的空地。

④ 汉县垒：鄚，为汉代置县。

⑤ 越人田：秦越人之田，因扁鹊又名秦越人，故称。这里指扁鹊故乡。

鄚州河道　〔清〕爱新觉罗·玄烨

藻密行舟涩，湾多转棹频。
帆悬风正处，烟火近通津[①]。

本诗出自清乾隆《任邱县志·宸章》。

① 烟火近通津：此句言鄚州距天津很近，烟火似照耀到天津。

鄚州杂诗　〔清〕爱新觉罗·玄烨

一

条风鼓棹动清漪，　夹岸青青杨柳垂。
轻转牙樯[①]观易水，波光日影映旌旗。

二

桃花历落李花开，绿柳含烟傍水隈[②]。
鸿雁平沙看不尽，春光暖暖入蓬莱。

三

为省春耕历灞浐[③]，銮舆[④]频止劝农功。
柴门掩处烟村静，　碧水长桥落彩虹。

四

阳气温和临树久，花繁物静草芊芊。
莎添嫩色含波绿，柳覆金堤翠幕连。

五

野水弥漫处处长，方流含玉动珠光。
风移藻荇波痕阔，千点鸥凫柳一行。

本诗出自清乾隆《任邱县志·宸章》。

① 牙樯：象牙装饰的桅杆。一说桅杆顶端尖锐如牙，故名。后为桅杆的美称。

② 隈：山水拐弯处。

③ 灞浐：灞水和浐水，水源均在陕西。

④ 銮舆：即銮驾，天子车驾。借指天子。

新安 〔清〕高士奇[①]

一

新安城上有高楼[②]，金粉香销[③]几百秋。
传是章宗游赏地，纤花细草满春洲。

二

苑口[④]居人尽水乡，秋来门巷藕花香。
青菱紫芡论钱卖，不解量晴较雨忙。

三

野淀弥漫一望迷，渔庄蟹舍接通堤。
远天云树依微里，只少楼台似浙西。

四

鸟嘴金枪内制稀[5]，轻丸散处落双飞。
周庐[6]夜久重炊火，赐出围中双鸭飞。

五

天毕[7]连宵驻斜阳，万家烟火近沧浪。
瓦桥渡口关梁废，　渔夫依然话六郎。

本诗出自高士奇《清凉山扈从杂诗》。

① 高士奇（1645—1704）：字澹人，号瓶庐，又号江村，清朝钱塘（今浙江省杭州市）人。高士奇一生效忠于康熙，官至礼部侍郎。学识渊博，能诗文，擅书法，精考证，善鉴赏，所藏书画甚丰。著有史学著作《左传纪事本末》《清吟堂集》等。此诗为康熙六十一年（1722）作者扈从康熙皇帝水围巡幸新安城时有感而作。

② 高楼：指金章宗为元妃建望鹅楼、梳洗楼等亭台楼阁。

③ 金粉香销：指元妃李师儿。

④ 苑口：地名。即苑家口的略称，位于霸州城东南，是清代初年白洋淀水域重要口岸之一。康熙皇帝曾多次来白洋淀水上围猎在此登舟。与赵北口同为东西淀分界点。

⑤ 鸟嘴金枪内制稀：（原诗注）"内制鸟枪规式精绝，上每一发辄歼禽三四。"内制，内，即大内，大内制。上，指皇上。

⑥ 周庐：古代皇宫周围所设警卫庐舍。

⑦ 天毕：星名，即毕星。

丁未[1]六月九河大涨濡阳实受其害感赋

〔清〕贾应乾[2]

孤城一片水中央，烟雨濛濛接上苍。
舟棹新添归急棹，村庄旧迹隐平洋。
难完国课秋苗尽，谁救残黎夜哭长。
作吏无嫌经济略，徒怜搔首鬓增长。

本诗出自清康熙《安州志·艺文志》。

①丁未：指康熙丁未年（1667年）。

②贾应乾：号阳生，明朝河南汲县（今河南省卫辉市）人。康熙五年（1666年）以副榜知安州。仁爱和乐，亲民寓精明浑厚。康熙八年（1669年），安州堤圻倾坍，申请帑银万两，筑长堤一百二十余里，高坚如式。其间躬身督查，使屹若金城。为官两袖清风，多举善政，得抚台举荐。

过鄚州　〔清〕安致远[1]

古戍苍茫朔气横，黄尘扑面野云生。
人传燕赵悲歌地，水咽荆高[2]变徵声。
百战河山余废堞，清时烽燧尚孤城。
萧萧落日催征骑，愁听荒笳[3]到耳鸣。

本诗出自清道光《任邱续志·艺文志》。

①安致远：字静子，号如磐、拙石。清朝山东寿光（今山东省寿光市）人。康熙十一年（1672年）拔贡生，后屡试不第。工诗，有《安静子集》《吴江旅啸》等。

②荆高：荆轲、高渐离。

③笳：乐器名，胡笳。

舟发鄚州 〔清〕杨州彦

泥长顾影马嘶愁，　趁水行程上钓舟。
佐酒就铛擘蟹甲，　卷书垂手得鸡头。
练[①]铺海国月几望，帆挂湖天夜正秋。
客到两年[②]乡梦少，兹宵疑泛故园流。

本诗出自清乾隆《任邱县志·艺文志》。
①练：白绢。比喻河水。如，平江如练。
②客到两年：作此诗时，作者任任丘知县已两年。

雨次鄚州 〔清〕王士祯

薄暮虞邱道[①]，烟波清浅流。
湿云低去鸟，　寒雨冻眠鸥。
岁月高堂思，　关河独夜愁。
何当脱尘鞅[②]，行矣任归休。

本诗出自清乾隆《任邱县志·艺文志》。

①虞丘：指任丘。在任丘城北司马庄旧有吾丘寿王读书之地，称“吾丘台”。因此后人又称任丘为“吾台”，用以彰显乡邦文风之盛。

②尘鞅：比喻世俗事务的束缚。尘，尘世。鞅，套在马颈上的皮带。

雄州 〔清〕王士祯

一

暮云沙碛路，　驱马独行吟。
落日雄关险，　悲风易水深。
天依围朔漠[①]，地占界辽金。
百战黄图[②]尽，萧条榆树林。

二

惨淡幽并色[3]，雄关果壮哉。
六赢[4]分帐出，万骑射雕来。
上谷[5]风沙晚，渔阳[6]鼓角哀。
太平须士马，突兀羽林材。

本诗出自民国《雄县续志·艺文志》。

① 朔漠：原指北方沙漠地带，有时也泛指北方。

② 黄图：指王朝。

③ 幽并色：幽并，幽州和并州的并称。约当今河北、山西北部和内蒙古、辽宁一部分。意思是说由于连年征战，地处幽并地区的雄关显得更加苍凉悲壮。

④ 六赢：一种六乘马车。

⑤ 上谷：古代上谷郡，建于战国燕昭王二十九年（公元前283年），因建在大山谷上边而得名。

⑥ 渔阳：古代地名。

雄县早发 〔清〕查慎行

秋暑如三伏，仆夫贪早凉。
孤城浮水汽，匹马望星光。
露下田涂白，风来荇藻香。
行行天欲晓，柳外见帆樯。

本诗出自查慎行《敬业堂诗集》。

康熙辛未[1]初秋公事自新安泛舟诣雄县

〔清〕陈堂谋[2]

一叶[3]乘风秋早时，蓼花红衬绿杨丝。
云烟写尽江南意，　应有词人唱竹枝[4]。

本诗出自民国《雄县新志·艺文志》。

① 康熙辛未：康熙三十年（1691 年）。

② 陈堂谋：字大匡，号溪翁，清朝桐城（今安徽省桐城县）人。康熙十四年（1675 年）副贡。历署直隶束鹿、故城、景州、祁州。工诗，著有《北溪诗集》《溪翁近诗》。

③ 一叶：一叶扁舟。

④ 竹枝：即竹枝词。

鄚州晚眺　〔清〕庞垲

一

春野宜延眺，　荒城一道斜。
人烟喧井市，　生理半鱼虾。
驿路迟生草，　泽田浅种沙。
村翁谙[1]故事，指点动长嗟。

二

林树晚参差，春原落日迟。
牛羊依废堞，庐舍隐疏篱。
草没韩婴墓，云低扁鹊祠。
古人谁可作，俯仰一凄其。

本诗出自清乾隆《任邱县志·艺文志》。

① 谙（ān）：熟悉。

雄县观鱼 〔清〕纳兰性德[①]

渔师临广泽，　侍从俯清澜。
瑞入王舟[②]好，　仁知圣网宽。
拨鳞飞白雪，　行鲙缕金盘。
在藻[③]同周宴[④]，时容万姓看。

本诗出自纳兰性德《通志堂集》。

①纳兰性德（1655—1685），字容若，号楞伽山人，是清代最著名的词人之一。著作有《通志堂集》《侧帽集》《饮水词》等。

② 瑞入王舟：指白鲦跳入船内，本义指殷亡周兴之兆，比喻用兵必胜的征兆，也形容好兆头开始。

③在藻：取自《诗经·小雅·鱼藻》：“鱼在在藻，有颁其首。王在在镐，岂乐饮酒。”意为与民同乐。

④周宴：欢庆的盛状犹如西周时的庆典。

登鄚州城 〔清〕边连宝

孤城嵂崒[①]傍溪隈[②]，落日平原望眼开。
秋草偏荒高郭墓[③]，　晚烟遥接寿王台[④]。
鹢舟冲浪蒲帆过，　羽轟[⑤]翻风水驿来。
四野嗷嗷实惨目，　绘图谁问雁鸿来。

本诗出自清道光《任邱续志·艺文志》。

① 嵂崒（lǜzú）：山高耸貌。

② 溪隈：水边。

③ 高郭墓：即高郭侯冢。指西汉宣帝河间献王之子刘瞌。刘瞌被封为高郭节侯，置高郭侯国。死后其子久长于神爵三年（公元前 59 年）嗣爵，是为孝侯。以后，项侯刘菲、共侯刘称，哀侯刘霸相继嗣爵。哀侯刘霸死后，因无嗣，其弟刘异众于汉成帝元延元年（公元前 12 年）被接续封为鄚侯。清乾隆《任邱县志·墓冢》记载：“高郭侯墓在县西北，高郭故城西。大小凡六冢，大者几五亩。”

④ 寿王台：这里指虞丘寿王读书台。

⑤ 羽纛（dào）：古代用毛羽做的舞具或帝王车舆上的饰物。

雄州怀古 〔清〕边连宝

一

为爱寒溪一棹清，　沿溪上下觅鸥盟[①]。
卢侯故垒[②]今何处，荒苇寒烟亚古城。

二

蒸土为城铁作关[③]，美人楼上掌传宣。
易京何似桃源路，　金卯[④]当涂不记年。

三

拒马河流接白沟，滔滔不涤石郎羞。
千年话柄儿皇帝，那道区区十六州。

四

牢落三关古战场，　延昭[⑤]事业瓦桥霜。
可怜野调盲弦[⑥]里，附会犹能说六郎[⑦]。

本诗出自民国《雄县新志·艺文志》。

① 鸥盟：以鸥鸟为友，比喻归隐。

② 卢侯故垒：卢侯，指汉代匈奴东胡王卢它。故垒，指亚古城。

③ 蒸土为城铁作关：指公孙瓒所筑易京城之坚固。

④ 金卯：即卯金刀，指刘姓。汉光武帝登基时，其祝文中有“刘秀发兵捕不道，卯金修德为天子”。“刘”繁体字“劉”，拆成“卯、金、刀”。后世遂以此为典。亦省作“卯金”等。

⑤ 延昭：即北宋将杨业之子杨延昭。

⑥ 野调盲弦：野调，村野曲调或传说。 盲弦，盲人抚琴说唱。

⑦ 六郎：即杨延昭。

鄚州 〔清〕蒋士铨

百雉[1]巍然据上游，驱车重过古虞邱[2]。
晚晴天气渔舟乱，　绝好寒溪少冻鸥。
当年曾咏管城花，　仆射[4]陂[5]前小若耶。
怅绝红衣人不见，　重来唯剩柳枝斜。
赭泥墙短[6]露长亭，远旆[7]斜飞一片青。
好是酒香茶熟后，　夕阳红树正冥冥。

本诗出自蒋士铨《忠雅堂诗集》。

① 百雉：雉，古代计算城墙面积的单位，长三丈高一丈为一雉。指城墙气势高大。

② 虞邱：任丘。

③ 仆射：隋三省六部制、魏晋南北朝至宋尚书省的长官称仆射。后来只有尚书仆射相承不改，其他仆射的名称大都废除。诗中指北宋任邱知县唐介在任期间的政绩。

④ 陂（bēi）：指鱼君子贡陂，宋任丘知县唐介修筑。乾隆《任邱县志·地舆志》："子贡陂在县北境。《一统志》：'唐鄚县令王遵浚陂溉田，民甚德之。遵，字子贡，因名。'"

⑤ 赭泥墙短：指鄚州城墙。

⑥ 旆（pèi）：古代旌旗末端状如燕尾的飘带。泛指旌旗。

雄县怀古 〔清〕顾嗣立[1]

赵北燕南战关迷，严城[2]如铁断云梯。
只今衰草荒原外，野鸟啼残牧马嘶。

本诗出自民国《雄县新志·艺文志》。

① 顾嗣立（1665—1722）：字侠君，号闾丘，清朝江苏长洲（今江苏省常熟市）人。康熙五十一年（1712年）进士，曾预修《佩文韵府》，著有《秀野集》《闾丘集》。

② 严城：戒备森严的城池，此指雄州古城。

过鄚州 〔清〕钱陈群

新罗[1]万叠展东风，瀛鄚从来一水通[2]。
几番按图名[3]众鸟，就中谁是信天翁。

本诗出自清乾隆《任邱县志·艺文志》。
① 罗：捕鸟网。
② 瀛鄚徙来一水通：大海（渤海）与鄚州间以一水（大清河）相通。
③ 名：认（鸟名），用如动词。

鄚州道中 〔清〕爱新觉罗·弘历

一

俶装[1]计里发晨朝，格淀长堤千里遥。
堤上春光何所似， 看他漏泄柳枝条。

二

渔村蜗舍大堤西，东则平阡绿麦萋。
物象随宜四时阅，民艰到处一心稽[2]。

三

土郭犹存古鄚州，人家负郭[3]颇称稠。
年年四月集药市，风俗应从民便由。

年年四月集药市：鄚州每岁四月中庙市最甚，其地为扁鹊里，祀药王祠凡各处地道药材之至，京城及北省市售者必集于此始发行。

本诗出《钦定四库全书荟要·南巡盛典》。
① 俶（chù）装：整理行装。
② 稽：停留、延迟。
③ 负郭：靠近城郭。

鄚州道中 辛未孟春[1]〔清〕爱新觉罗·弘历

一

虹偃长堤十一桥，垂鞭那觉驿程遥。
两行烟柳春犹浅，万顷冰湖雪未消。

二

开韶风景含明媚，轻尘不惹玲珑辔。
行宫指日到江南，先期写出江南意。

三

我爱燕南赵北间，溪村是处碧波环。
若教图入横披画，更合移来西塞山。

四

道左荒颓见土城，昔年鄚郡尚存名。
底须旧迹寻残碣，一晌东风千古情。

本诗出自清道光《任邱续志·宸章》。

① 辛未孟春：乾隆十六年（1751年）。孟春，即是春季的首月。此诗是乾隆首次下江南南巡经过鄚州时感怀之作。

过雄县 〔清〕爱新觉罗·弘历

春光披澹艳[1]， 绿野历绵芊。
古郡民其庶， 今巡景胜前[2]。
新烟传禁火[3]， 宿雨报开田。
代赈兴橐[4]鼓，重看雉堞全[5]。

本诗出自《钦定四库全书荟要·御制诗集》。

① 澹艳：淡雅清丽。澹，水波纡缓。

②今巡景胜前：（作者自注）“戊辰东巡亦过此，今春民间气象较前岁为胜云”。

③禁火：亦称“禁烟节”“冷节”“百五节”，在夏历冬至后一〇五日，清明节前一二日。是日初为节时，禁烟火，只吃冷食。

④橐（tuó）：指口袋，古代也指一种鼓风吹火器。

⑤重看雉堞全：（作者自注）“直隶各城颓废者多命以工代赈，次第经理，是处新经修治亦熙续之一端云”。

过容城 〔清〕爱新觉罗·弘历

鸣梢演迤历郊原，遗迹千秋尚可论。
垢市刘生诚独善，椒山杨氏信长存。
百年人物风犹励，几社诗书教共敦。

垢市刘生诚独善：垢（勾）市村相传刘因故里，元时，徵辟不就。
椒山杨氏信长存：杨继盛亦容城人。

本诗出自《钦定四库全书荟要·御制诗集》。

鄚州道中作 壬子仲春〔清〕爱新觉罗·弘历

一

东风堤柳晓烟新，堤外邮亭不惹尘。
底事玉骢为迟策，芳郊今日见耕人。

二

旧州迤逦接新州，沿革难从考所由。
长堰威纡缘避潦，谋民端是圣人周。

三

荒榛蔓草旧州城，故迹依稀似易京。
固守曾闻骑都尉，当年割据人闲评。

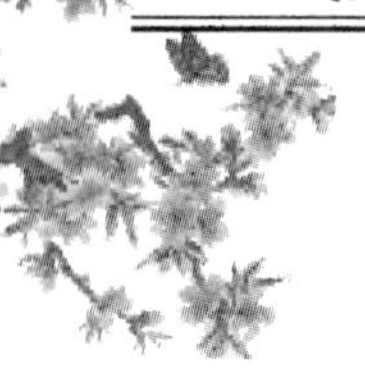

四

士习诗书农服田，熙和一百有余年。
持盈此日遑耽逸，劳已勤民勉继前。

五

荒榛蔓草旧州城，古迹依稀似易京。
固守曾闻骑都尉，当年割据入闲评。

长堤堰威纡缘避，潦谋民端圣人周：鄚州西北皆有堤，康熙年间置。一以遮淀，一以避涝。新州之移置於南，想亦为此而已。

故迹依稀似易京：或又谓旧州，即公孙瓒易京故迹云。

本诗出自《钦定四库全书荟要·御制诗集》。

雄县舟中 〔清〕曹秀先[①]

绕城一水[②]自弯环，野色云容各自闲。
便当乘槎[③]溯天汉，眼中少个是名山[④]。

本诗出自徐世昌《晚晴簃诗汇》。

① 曹秀先（1708—1784），字恒听，号地山，清朝江西新建（今江西省新建县）人。乾隆元年（1736年）进士，选庶吉士，授翰林院编修。累官礼部尚书、受命在上书房总师傅行走，任四库全书馆总裁。文学家、书法家。著作有《赐书堂稿》《移晴堂四六》《依光集》等。

② 绕城一水：指雄县城南雄河。

③ 槎：木筏。

④ 名山：指雄县小雄山、大雄山。

雄县 〔清〕程晋芳[1]

世治[2]惟耕凿[3]，多年失战场。
波腾平野白，日落戍旗黄。
七郡[4]凭襟带[5]，三边[6]控井疆[7]。
暮天清角[8]起，客思正茫茫。

本诗出自民国《雄县新志·艺文志》。

① 程晋芳（1718—1784）：字鱼门，号蕺园，清朝安徽歙县岑山渡（今安徽省歙县）人。乾隆三十六年（1771 年）进士，经学家、诗人。著有《蕺园诗》《勉和斋文》等。

② 世治：世世代代地统治，也指时代太平、社会安定。

③ 耕凿：耕作、凿井。泛指农事。

④ 七郡：作者泛指雄县地处周边各郡要冲。

⑤ 襟带：本意是指衣襟和腰带，诗中指拱卫、控制。

⑥ 三边：指瓦桥、淤口、益津“三关”。

⑦ 井疆：井邑疆界。

⑧ 清角：一种古琴名称。

过雄县怀边徵君[1] 〔清〕戈涛[2]

不受声名累，　翛[3]然迥出群。
青云[4]满知己，白发老征君。
贫病还如昔，　音书九不闻。
星轺[5]过易水，小立日斜曛。

本诗出自民国《雄县新志·艺文志》。

① 边徵君：边连宝。

② 戈涛（1716—1768），字芥舟，号遵园，清朝直隶献县（今河北省献县）人。乾隆十六年（1751 年）进士，历官刑科给事中、庶吉士、乡试考官。著作有《坳堂诗集》十卷、《坳堂杂著》《献县志》。

③ 翛（xiāo）：无拘无束，自由自在。

④ 青云：比喻隐居。

⑤ 星轺（yáo）：使者所乘的车。亦借指使者。

雄县题馆舍壁 〔清〕纪昀

一

蟹舍渔庄认旧游，两行衰柳[1]入雄州。
主人重见头如雪，弹指流光廿八秋[2]。

二

猎猎[3]寒飔[4]旆[5]影斜，行人争看使臣车。
石蓝衫子双丫髻，忆共渔童折藕花。

本诗出自纪昀《南行杂记》。

① 两行衰柳：指赵北口万柳堤。两行，即万柳堤两侧柳林。

② 主人重见头如雪，弹指流光廿八秋：当年经过此地遇见的人，如今已满头白发，时光荏苒，已二十八年了。主人，指雄县当地人。廿八秋，纪昀十一岁随父纪容舒入京，读书生云精舍。乾隆二十七年即公元1762年初冬，三十九岁的纪昀伴驾南巡，由涿州经雄县、赵北口南行福建。前后正值廿八秋。

③ 猎猎：风声或风吹动旗帜的声音。

④ 寒飔（sī）：寒风。

⑤ 旆（pèi）：古代旐旗末端状如燕尾的飘带。泛指旌旗。

易京城 〔清〕朱珪[1]

燕南赵北易京城，涿鹿如何窟自营[2]。
空碍楼台[3]天上险，忽闻鼓角地中鸣[4]。
季龙堕后应无迹，拒马流经尚有声。
惭愧刘虞能得士，谁怜竖子不成名[5]。

本诗出自民国《雄县新志·艺文志》。

① 朱珪（1731—1807）：字石君，号南崖，清朝萧山（今浙江省杭州市萧山区）人，后随父迁北京大兴。乾隆十二年（1747年）进士，官

至太子太傅等职。

② 窟自营：指公孙瓒筑京城挖洞穴。

③ 空碍楼台：在高城上置台修垒。

④ 鼓角地中鸣：袁绍军队的号角惊天动地。

⑤ 惭愧刘虞能得士，谁怜竖子不成名：刘虞，字伯安，汉光武帝刘秀之子东海恭王刘强之后。中平五年（188 年）出任幽州牧。累加至大司马，封襄贲侯。汉献帝初平四年（193 年），刘虞被公孙瓒打败，被杀，公孙瓒乘机占据刘虞封地，督统六州，汉献帝升迁公孙瓒为前将军，封易侯。

夜过郯州　〔清〕朱孝纯[①]

弓衣[②]星影浮，驱马古城头。
虎气荒林黑，　虫声旅店秋。
阉人传庙市[③]，关将重边猷[④]。
俯仰多余慨，　霜风猎未休。

本诗出自清道光《任邱续志·艺文志》。

① 朱孝纯（1735—1801）：字子颖，号思堂。清东海（今山东省郯城县）人。乾隆二十七年（1762 年）举人，官至两淮盐运使。擅诗画，著有《海愚诗钞》。

② 弓衣：装弓的袋子。

③ 阉人传庙市：先传明朝大太监魏忠贤有意谋反，便在自古的兵家只争之地郯州，修建王宫。事发后魏忠贤命人一夜间王宫变为庙宇。阉人，指魏忠贤。

④ 猷（yóu）：打算、谋划。

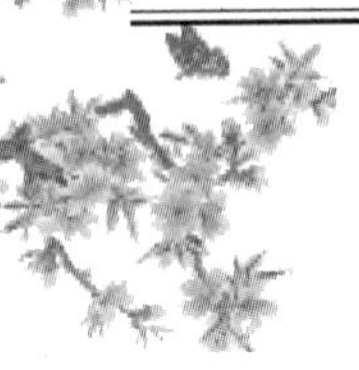

雄县咏周世祖 〔清〕姚鼐[1]

世宗北伐[2]志犹勤，山后[3]宁容地剖分。
天意[4]自留耶律氏[5]，人心俄变[6]殿前军。
五朝[7]庶见真神武，再世何难嗣守文[8]。
反覆兴亡无处问，瓦桥关外又斜曛。

本诗出自民国《雄县新志·艺文志》。

① 姚鼐（1731—1815）：字姬传，一字梦谷，清朝安徽桐城（今安徽省桐城县）人，乾隆二十八年（1763年）进士。散文家。与方苞、刘大櫆并称为“桐城三祖”。著作有《惜抱轩全集》等，曾编选《古文辞类纂》。

② 世宗北伐：指显德六年（959年）四月，柴荣亲率诸军北伐契丹。至宁州，刺史王洪以城降。之后，领兵水陆俱下，至益津关，契丹守将终廷晖以城降。至瓦桥关，守将姚内斌以城降。鄚州刺史刘楚信以州降。五月，瀛洲刺史高彦晖以本城归顺。这次出师，仅四十二天，兵不血刃，连收三关三州，共十七县。

③ 山后：古地区名。五代刘仁恭据卢龙，在今河北省太行山北端，军都山以北地区，置山后八军以防御契丹。

④ 天意：指周世宗英年早逝。

⑤ 耶律氏：指辽国开国君主耶律阿保机。

⑥ 俄变：突然变故、事变。这里指后周大将赵匡胤“陈桥兵变”。

⑦ 五朝：指公元907年朱温灭唐到960年北宋建立，短短的五十四年间，中原相继出现了梁、唐、晋、汉、周五个朝代，史称后梁、后唐、后晋、后汉、后周。

⑧ 嗣守文：遵循文王法度。嗣，接续或继承。

雄县 〔清〕谢启昆[1]

涿鹿开繁县，虹桥带落晖。
雄山围马足，易水溅人衣。
琴筑音如昨，荆高事已非。
酒徒与侠客，千古怅同归。

本诗出自民国时期《雄县新志·艺文志》。

① 谢启昆（1737—1802）：字良壁，号蕴山。清朝江西南康（今江西省赣州市南康区）人。乾隆二十六年（1761 年）殿试状元。历官布政使、巡抚等职。著名学者、方志学家。嘉庆四年（1799 年）筹编《广西通志》。

二鼓[1]抵鄚州故城宿南关 〔清〕洪亮吉[1]

居人时向女墙耕[2]，一片东风百草生。
忽地楼台空里现， 三更月上鄚州城。

本诗出自清道光《任邱续志·艺文志》。

① 洪亮吉（1746—1809）：字君直，一字稚存，清朝清阳湖（今江苏省常州市）人，经学家、文学家。乾隆五十五年（1790 年）进士，授编修。嘉庆四年（1799 年），上书军机王大臣言事，极论时弊，免死戍伊犁。

② 女墙耕：在女墙上种作物。女，指女墙，城墙上小墙。

雄县旅舍书怀 〔清〕屠倬[1]

一

平沙得得马蹄闲，指顾燕南赵北间。
喜听村氓太平鼓，西风吹满大雄关。

二

六十老人今抱孙，贫家犹足具鸡豚。
青红儿女灯前说，一月前头我出门。

三

尘釜熟抄新脱粟，瓦盆生漉冻残菹[2]。
算来未负将军腹，岁暮穷檐尚不如。

本诗出自民国《雄县新志·艺文志》。

① 屠倬（1781—1828）：字孟昭，号琴邬，清朝钱塘（今浙江省杭州市）人。嘉庆十三年（1808 年）进士。官至九江知府。工诗、篆刻。著作有《是程堂诗文集》。

② 菹（zū）：酸菜，腌菜。

雄县道中 〔清〕边浴礼[1]

戍楼哀角[2]报侵晨[3]，愁绝关河阅历身。
穿树风高惊落帽，界天沙软忽埋轮。
月过元夕难为色，寒逼征裘不觉春。
抛却田园贪远客，柴门孤负[4]旧松筠。

本诗出自民国《雄县新志·艺文志》。

①边浴礼（1822—？）字夔友，一字袖石。清朝直隶任邱（今河北省任丘市）人。道光二十四年（1844年）进士，官至河南布政使。著作有《健修堂诗录》《袖石诗钞》等。

②哀角：悲壮的角声。角，古乐器。

③侵晨：黎明。

③孤负：同“辜负”。

安州[1]道上 〔清〕张裕钊[2]

一

孤艇苍茫去，平湖自在流。
人家烟际树，县郭水边楼。
寒苇澹[3]将夕，疏林飒已秋。
飞飞双白鹭，故向远村投。

二

菰蒲深处住人家，杨柳阴阴[4]四面遮。
白板扉前孤艇系，一湾流水浴刍鸦。

三

断霞明处白鸥飞，浦溆[5]纵横迷所之。
葭苇苍茫烟水阔，望中何处一帆迟。

古城篇

四

当时走马长安道[6]，历历莲桥记旧游。

今日扁舟桥下过，回头三十二年秋[7]。

五

芦汀苇荡碧无际，云影天光静与涵。

今日风帆何处所，烟波满月似江南。

本诗出自徐世昌《晚晴簃诗汇》。

① 安州：春秋战国时期称阿城、葛城，曾为燕赵两国属地。东汉末年置依政县，隶属冀州河间国。魏初改称依城县，属河间郡高阳县。唐代称武兴、武昌、唐兴县，先后属瀛洲、易州、鄚州。宋改唐兴寨、顺安军，先后属鄚州、河北东路。金天会七年（1129 年），金以“龙兴之地”为名，改顺安军为安州，并设立州治。安州始于此。属河北东路。元初，属直隶保定路。明洪武七年（1374 年）改安县，后复安州，属保定府。1913 年复称安县。1914 年与新安合并称安新县，为安新县治所，新中国成立后安新县政府驻地移至安新县新安镇，安州改为安州镇。

② 张裕钊（1823—1894）：字廉卿，号濂亭，清朝湖北鄂州（今湖北省鄂州市）人。道光二十六年（1846 年）中举，授内阁中书。平淡于仕宦。曾主讲江宁、湖北、直隶、陕西各书院，培养学生甚众，范当世、马其昶等都出其门下。此诗是张裕钊在直隶保定莲池书院时到新安时作。

③ 澹（dàn）：恬静、安然，

④ 阴阴：幽暗。

⑤ 浦溆（xù）：水边。

⑥ 长安道：汉乐府《横吹曲》名。内容多写长安道上的景象和客子的感受，故名。作者借指步入仕途。

⑦ 三十二年秋：道光三十年（1850 年）张裕钊入京会试落第，翌年，参加考选国子监学正，既而中选。同治十年（1871 年）张裕钊主讲保定莲池书院，前后经历三十二年。

堤堰篇

堤堰系指白洋淀堤防。古代环绕白洋淀的堤防屡溃屡修，是古代官民利用自然、与自然相抗争的见证，经过千百年的努力，现今全长 283 公里的千里堤、淀南新堤、四门堤、障水埝、新安北堤就是古代先民艰辛与智慧的伟大杰作。本篇辑录诗歌 18 首。

金堤[①]重修　〔明〕黎顒[②]

六月雨多瀖白洋，风涛千顷决堤防。
人从心底搏池出，业向江心筑岸长。
欢剧鱼龙终夜斗，不知禾黍几年伤。
万夫努力功成日，要使予金可并唐[③]。

本诗出自清乾隆《任邱县志·艺文志》。

① 金堤：位于任丘西南，明朝直隶任丘知县金灿修筑故名。

② 黎顒：明朝直隶任丘（今河北省任丘市）人，弘治年间举人，历任河南通判、大同府通判、山东临清知州。

③ 予金可并唐：金，指金堤。唐，指唐堤，为宋朝任丘知县唐介修筑，故后人称唐堤。

重修六原斜堤[①]　〔明〕郭乾[②]

隐约游龙傍水滨，　六原高起顾堤[③]新。
波涛九派[④]空蛟涌，水黍千家自雉训[⑤]。
风雨飘摇他日梦，　流亡旋复此时身。
也知捍御思唐绩[⑥]，口口名碑载我民。

本诗出自清乾隆《任邱县志·艺文志》。

① 六原斜堤：清乾隆《任邱县志·舆地志》：“六原斜堤自王约村寺东南至黄堤，以障北来暴水，城郭村墟胥赖之。明万历间知县顾问重修。”

② 郭乾（1511—1581）：字孟阳，号一泉，明朝直隶任丘（今河北省任丘市）人。嘉靖十七年（1538 年）进士，累官山西按察司副使、浙江按察使、江西右布政使、南京兵部尚书、兵部尚书，加太子少保衔。

③ 顾堤：任丘知县顾问重修的六原斜堤。

④ 九派：派，水支流。

⑤ 雉训：指地方官施行仁政，泽及禽鸟。

⑥ 唐绩：修筑唐堤的唐介的功绩。唐介，字子方，北宋江陵（今属

湖北省）人。曾任任丘县令，主持修筑任丘东白洋淀堤堰（今千里堤部分），后人为纪念他的功绩，称他修筑的堤堰为“唐堤”。

重修唐堤[1] 〔明〕刘勃[2]

一

唐令无如百姓何，名流古堰[3]至今歌。
甘棠未必长堪憩，召伯芳声竟不磨[4]。

二

桑田沧海几番更， 父老犹传贤令生。
今日令贤[5]应不悔，唐堤从此故为名。

本诗出自清乾隆《任邱县志·艺文志》。

① 唐堤：指今千里堤任丘段。清乾隆《任邱县志·艺文志》：“唐堤在县西北，自赵各庄抵大坞村延亘四十余里，望若高阜，宋唐质肃公介知县事时所筑，以捍滱、易二水，民享其利，号曰“唐堤”。明万历五年知县顾问重修，万历四十一年秋溃，知县贾才春修筑永固。”

② 刘勃（1522—1603）：字仲安，号柱峰，明朝直隶任丘（今河北省任丘市）人。嘉靖二十九年（1550 年）进士。官江西新建知县、户部主事、河南按察司佥事。

③ 古堰：唐堤。

④ 甘棠未必长堪憩，召伯芳声竟不磨：《史记·燕召公世家》：“周武王之灭纣，封召公于北燕……召公巡行乡邑（今陕西省扶风县召公镇），有棠树，决狱政事其下，自侯伯至庶人各得其所，无失职者。召公卒，而民人思召公之政，怀棠树不敢伐，歌咏之，作《甘棠》之诗。”后遂以“甘棠”称颂循吏的美政和遗爱。

⑤ 今日令贤：指重修唐堤的顾问。

六原堤 〔明〕冯治[1]

水绕阿陵[2]五溘[3]西，狂澜直射[4]六原堤。
田庐尽废成鱼穴，　召召逃归难黍离。
子贡陂[5]塘春草绿，　鱼公[6]事业秋水溪
顾君[7]叠嶂连沙蹟，　不剪棠阴[8]颂口碑。

本诗出自清乾隆《任邱县志·艺文志》。

① 冯治：明朝直隶任丘（今河北省任丘市）人，贡生，曾任常山知县。

② 阿陵：地名，即阿陵城，遗址在任丘。

③ 五溘（kè）：白洋淀其一淀——五官淀。五官淀古称五溘淀。位于拒马河入淀口，清朝中期淤平。

④ 狂澜直射：指顾问任任丘知县期间六原堤决口，顾知县体恤民情重修。

⑤ 子贡陂：清乾隆《任邱县志·舆地志》：“子贡陂在县北境。《一统志》：‘唐鄚县令王遵浚陂溉田，民甚得之，遵字子贡因名。’”

⑥ 鱼公：指唐代任丘县令鱼思贤，任职期间兴修水利，政绩民仰。

⑦ 顾君：指明朝万历年间直隶任邱县令顾问。

⑧ 棠阴：喻被后人怀念。

濡阳筑堤 〔清〕贾应乾

为防水患起长堤，畚锸[1]纷纷用力齐。
岂似筑城绝地脉，正如营洛定民栖。
九河远避纷麻界，百室洪开禾麦畦。
从此年年书大有，不教鸿雁泽中啼。

本诗出自清康熙《安州志·艺文志》。

① 畚锸（běnchā）：畚，盛土器；锸，起土器。泛指挖运泥土的用具。亦借指土建之事。

安州水乡偶因公出缘堤踏看不胜悲惋

〔清〕贾应乾

迢迢路尽水中堤，表里波潆四望迷。
多见渔郎施钓网[1]，哪看农人展锄犁。
风牵藻荇频依岸，浪袭鸬鹚不染泥。
拳大旁村一片土，可怜圈作北人基。

本诗出自清康熙《安州志·艺文志》。

① 钓网：钓，同“吊”。泛指捕鱼。

和贾阳生[1]郡侯堤成　〔清〕房循篴[2]

漠时沉璧筑金堤[3]，今日劳勋名誉齐。
春泛桃花龙避窟，秋遗滞穗雁来栖。
万家烟火开青嶂[4]，百里桑麻润绿畦。
堪入使君敲句里，公余把酒听莺啼。

本诗出自清康熙《安州志·艺文志》。

① 贾阳生：指贾应乾，字阳生。

② 房循篴：字退斋，号扩原，明朝吏部尚书房壮丽仲子。清朝顺治年间拔贡，历任浙江淳安、泰顺知县，政声卓著。

③ 漠时沉璧筑金堤：寂寞的月光之下知州亲自指挥筑堤。漠，同“寞”，空廓、寂静；沉璧，水中月影。这句是赞美贾应乾为筑堤不舍昼夜。

④ 嶂：本意高险像屏障的山。句中指炊烟笼罩。

过雄县南堤[①] 〔清〕张幼学[②]

孔道东[③]畿地，前朝古柳堤。
舟来从极浦，　马过踏春泥。
斜日鱼悬市，　晴波鹭立溪。
依稀如故里，　游子一含凄。

本诗出自民国《雄县新志·艺文志》。

①南堤：民国时期《雄州新志·河道》："南老堤俗名小南堤，南障莲花、大港诸淀水。"

②张幼学：字词臣，清朝泰州（今江苏省泰州市）人。顺治三年（1646年）举人。

③孔道：通往某处必经之关口或大道。

万柳堤[①] 戊辰仲春[②]〔清〕爱新觉罗·弘历

一

佳名万柳爱长堤，马踏春泥柳正稊[③]。
几缕画情遮过客，一行烟意入新题。

二

隔浦渔歌闻欸乃，拍堤桃李涨潺湲。
哪知赵北燕南际，恰似吴头楚尾间[④]。

三

润逼征衫绝点埃，溪村几处水萦回。
白头故老相逢问，能到何家爱景台。

本诗出自清乾隆《任邱县志·宸章》。

①万柳堤：明洪武任丘知县王梦贤在赵北口旧驿路修建，广植烟柳，故名。

② 戊辰仲春：指乾隆十三年（1748 年）。

③ 稊：杨柳新长出的嫩芽。例，“枯杨生稊”。

④ 哪知赵北燕南际，恰似吴头楚尾间：言赵北口地处燕南赵北，就如同吴国与楚国相交接一样。

万柳堤作 〔清〕爱新觉罗·弘历

郑州城北临长堤，缓著玉鞭珠勒[①]嘶。
去日黄稊试烟嫩，归来绿叶布荫齐。

本诗出自清道光《任邱续县志·宸章》。

① 珠勒：用珠饰马络头的坐骑。

万柳堤 丙子仲春 〔清〕爱新觉罗·弘历

一

风前日日旋[①]添黄，上下笼堤十里强。
恰似与人为宿约， 每来常是罥烟光。

二

长堤界淀[②]直如绳，东淀多淤西淀渟[③]。
赵北行宫应不远， 隔林遥见御碑亭。

三

潴流本为资农务， 习猎兼为训水师。
渔舍蜗寮[④]均乐利，神尧[⑤]规泽[⑥]至今垂[⑦]。

本诗出自《钦定四库全书荟要·御制诗集》。

① 旋：不久。

② 界淀：东、西二淀以万柳堤相界。

③ 渟：水积聚而不流动。
④ 蜗寮：低矮的小屋。
⑤ 神尧：尧舜时期。指时光久远。
⑥ 规泽：规制开辟古泽（白洋淀）。
⑦ 垂：传下去，传流后世。

梁沟[1]堤望　〔清〕王应楔

为问长潭[2]景，平原得似无，
鸟飞群贴水，　鱼上细吹珠。
物性咸恬适，　人心亦快愉，
偶来一眺望，　临去几踌躇。

本诗出自清道光《任邱续志·艺文志》。

① 梁沟：地名。今任丘市七间房乡梁沟村，处千里堤侧。

② 长潭：位于广东省梅州蕉岭县南郊。为闽、粤、赣交界。有“形似巫峡，景似漓江”之称。

西堤[1]舟夜　〔清〕王应楔

行舟西淀里，人意惬如何。
圆月印秋水，清风皱夕波。
群飞凫羽响，队发橹声多。
岸上村还近，微闻酒舍歌。

本诗出自清道光《任邱续志·艺文志》。

① 西堤：泛指任丘西北堤堰。

长堤烟柳和刘啸谷[①]韵 〔清〕张学纯[②]

夹堤垂柳互青葱，披拂层层望不穷。
浓翠深笼迷渚日，淡黄浮动掠溪风。
参差倒接菰蒲绿，屈曲斜分菡萏红。
遥识翠华经过处，几番错认御沟[③]同。

本诗出自清乾隆《任邱县志·艺文志》。
① 刘啸谷：指刘炳。
② 张学纯：清朝直隶任邱人，太学生，诗人。
③ 御沟：流经御园的沟渠。

西堤晚眺 〔清〕纪寓溪

片云斜抹夕阳低， 稻香沿堤绿满畦。
偶听水声悟琴理[①]， 因看山色得诗题。
轻松树杪[②]时巢鹤，荒寺搂头远隔溪。
月出波心人意静， 牵牛织女列东西。

本诗出自清乾隆《任邱县志·艺文志》。
① 琴理：操琴的道理、法则。
② 杪（miǎo）：树梢、细小的树枝。

桥梁篇

雄安区域地处九河下梢，河网密布，桥梁众多。历代官府重视桥梁修葺，并视为亲民善举、官德官绩。雄县、安新、安州、任丘旧志均有记载，著名者当属赵北口十二连桥，有“虹桥飞亘”“层虹卧波”美誉。明清时期，十二连桥车水马龙，成为地区一道亮丽的风景，即景抒怀者数不胜数。本篇辑录诗歌 11 首。

易易桥[1] 〔明〕顾问[2]

古道沉沦九水寒，舆梁十二[3]尽摧残。
飘摇舟向天边过，仿佛龙从树顶蟠。
竟取菰蒲充粒食，为谋鳞甲整渔竿。
济川需用扶商手，愧我临渊百计难。

本诗出自清乾隆《任邱县志·艺文志》。

①易易桥：赵北口十二连桥之一，在雄县境内。清光绪《畿辅通志》："雄县月漾桥，一曰易阳桥，接河间府任丘界安州诸水皆流经。"

赵北口十二连桥成于明末清初，清乾隆《任邱县志·古迹·诸口》载："赵北口本名赵堡口，即唐兴口，在县北五十七里。众水所汇，长堤飞亘，虹桥联架，通南北孔道。旧有石桥八座，白洋诸水皆由桥下东流，贯西淀之咽喉。而石桥卑裨滞碍，雍正三年，怡贤亲王奏请易之以木，升高加阔，又增三桥，使积淀之水畅然东流"。清道光《任邱续志》："观此连桥之名，由来已久，又在广惠桥河旁建有小亭一座，修于一石质小桥上，该桥系属旱桥，并不过水，最初创建原因不明，或因前人迷信风水关系。统计任邱县境大小十一桥，雄县境内一桥，共为十二桥，故近世俗称十二连桥云。"十二连桥各桥之名除易易桥外，其余十一桥历代称谓雅俗各异。由北至南依次为易易桥、航洪桥（新桥）、普度桥（炮台桥）、广惠桥、通济桥（徐家桥）、景苏桥、迎暄桥、延爽桥、拱极桥、太平桥。

②顾问：号相山，湖广咸宁（今湖北省咸宁市）人，明朝隆庆五年（1571年）进士，明万历五年至八年为任丘知县。顾问在任职任丘知县时的两大政绩：一是纂修《任邱县志》，二是率任丘百姓重修了白洋淀防洪大堤。此堤是北宋年间任丘知县唐介所修，历经500余年风雨已损毁不堪。此次重修后，任丘人称此堤为"顾公堤"。

③舆梁十二：赵北口十二连桥。舆梁，桥梁。

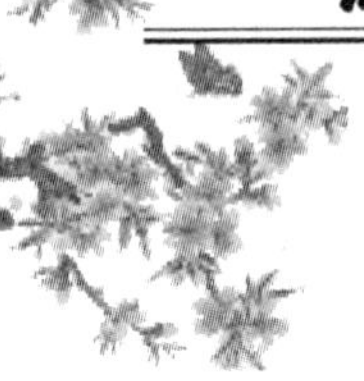

东庄桥 〔明〕顾问

九水[1]滔滔势正狂，　又乘风力破崇岗[2]。
西镇武溘深于海，　东决阿陵[3]滚若汤。
野哭但闻亲复子[4]，　灶沉何有粒充肠。
茧丝[5]令[6]恶谁宽贷，对月停琴泪满眶。

本诗出自清乾隆《任邱县志·艺文志》。

① 九水：泛指白洋淀上游诸水。

② 崇岗：崇，高的意思。岗，高起的土坡。这里指堤堰。

③ 阿陵：古地名，在今任丘市陵城镇一带。清乾隆《任邱县志·古迹》：“阿陵县在县东北二十里。”

④ 复子：指还政或让位。这里指危难之际长辈把生还的机会让与儿女。

⑤ 茧丝：喻官吏盘剥如抽茧一层又一层。

⑥ 令：官吏。

杨柳桥[1] 〔明〕樊鹏

古桥浮易水，杨柳续相名。
白水蛟龙据，青天鸟鹊横。
云霞腾巨海，日月下孤城[2]。
树石桥南北，千秋见此情。

本诗出自清康熙《安州志·山川》。

① 杨柳桥：清康熙《安州志·山川》记载，杨柳桥在州城西南。

② 孤城：指安州城。

造易易桥成用少陵陪七司马皂江上观竹桥即日成[①]韵

〔清〕姚文燮

雄南十里旧有易易桥，与邻封堤梁俱圮于水。行人为渡子所苦，顷，余捐俸立成之，亦止毕吾境内事，虽力苦不及，亦有职司存焉。雄民遂泐石题曰“姚公桥”，余其负愧实多矣。

沆漭[②]阳波断岸同，御堤车马久难通。
人行接壤横舟处，　泣尽穷途买渡中。
但使王周能免过，　惭闻崔亮并言功。
俸钱难复长虹影，　欲障川流使向东。

但使王周能免过：（作者自注）唐王周为刺史，见桥坏覆民粟，曰：“刺史过也。”乃偿粟修桥。

惭闻崔亮并言功：（作者自注）南北朝崔亮为渭桥，民德之，名崔公桥。

本诗出自民国《雄县新志·艺文志》。

① 少陵陪七司马皂江上观竹桥即日成：即杜甫《陪李七司马皂江上观造竹桥，即日成，往来之》诗。少陵，指杜甫。

② 沆漭（hàngmǎng）：广阔无际的水面。

姚公桥[1]成 〔清〕南宫第[2]

茫茫一带断虹流，　南北轮蹄[3]限渡头。
由溺五中廑[4]丙夜[5]，成梁[6]十月缮[7]先秋。
粟偿终是邻私惠，　舆济应知非远谋。
何似周鼛[8]停不得，　姚公千古动行讴。

本诗出自民国《雄县新志·艺文志》。
① 姚公桥：指姚文燮修造的易易桥。
② 南宫第：康熙年间雄县教谕。
③ 轮蹄：车轮与马蹄。代指车马。
④ 廑（qín）：同“勤”。
⑤ 丙夜：三更时分。
⑥ 成梁：建成桥梁。
⑦ 缮：修补，整治。
⑧ 鼛（gāo）：古代有事时用来召集人的一种大鼓。

邑侯刘公[1]重修易易桥喜赋 〔清〕李经垓

年来禾黍委泥沙，系马唐堤看水涯。
十里画桥新御路，几湾茅舍旧人家。
为期泽国平圻土，喜建迁民出坷洼。
从此腴田功倍力，伫看奇绩降黄麻。

本诗出自民国《雄县新志·艺文志》。
① 刘公：刘日光，清朝绛州（今山西省绛县）人。举人，清康熙十一年（1672 年）任任邱知县。

广惠桥[1] 〔清〕刘统

赵北金堤偃[2]，沦涟[3]古淀流。
梁[4]成谁问渡，舆到不须舟。
广惠丰碑在，时巡玉跸留。
荷香萦绕处，还对戏沙鸥。

本诗出自清乾隆《任邱县志·艺文志》。

①广惠桥：赵北口十二连桥之一桥，自北至南第四桥，此桥跨大清河正流，有康熙皇帝题额。

②偃（yǎn）：同“堰”。

③沦涟：水波，微波。

④梁：指桥梁。

十二连桥 〔清〕陈启佑[1]

一

十二长虹碧汉[2]通，鞭丝帽影[3]皆匆匆。
好风为扫尘沙去，收拾湖光到眼中。

二

一镜[4]平开映远天，草荔青共麦苗妍。
若非帆影来烟外，错认沙湖作水田。

三

柳丝斜挂碧毵毵，堤畔人家住两三。
竿立鸬鹚门晒网，卖鱼风景似江南。

四

蛙声阁阁送轮蹄， 喜见新秧出水齐。
十二红栏[5]都倚遍，此身疑在洞庭西。

本诗出自徐世昌《晚晴簃诗汇》。

① 陈启佑：字子后，号我珊。清朝武陵（今湖南省常德市武陵区）人。同治五年（1866 年）举人，官彭泽知县，著作有《耐冷山房诗存》。

② 长虹碧汉：赵北口十二连桥易易桥头石舫，北刻“燕南赵北”，南刻“碧汉层虹”。

③ 鞭丝帽影：马鞭与帽子。借指出游。

④ 一镜：水淀。

⑤ 红栏：赵北口十二连桥。

古刹篇

自古雄安区域融九水之渊涵，纳大淀之灵气，单清代《新安县志》和《雄县县志》就记有庙宇寺观百余处，雅士香客接踵而至，祭拜抒怀。本篇辑录诗歌22首。

扁鹊庙[1]　〔元〕王盘[2]

昔为舍长[3]时，方技未可录。
一遇长桑君[4]，古今长叹服。
天地为至仁，　既死不能复。
先生妙石药，　起虢[5]何神速。
日月为至明，　覆盖不能烛。
先生炯双眼，　毫厘窥肺腑。
谁知造化者，　祸福相依伏。
平生活人手，　反受庸医辱[6]。
千年庙前水，　犹学上池绿。
再拜乞一杯，　洗我胸中俗。

本诗出自《元诗选》第三辑。

①扁鹊庙：清乾隆《任邱县志·坛遗》："扁鹊祠在鄚城北，元达鲁花赤野仙乞实迷儿建议建。明知县周祐、王齐重修。天启间奉敕重建。殿宇宏丽，每岁四月庙会，诸货鳞集，祈福报赛者接踵摩肩。康熙戊午毁于火，土人募缘重修。"扁鹊庙历受水患、兵燹，几经修葺。最近的一次是 1992 年由任丘市政府重修。

②王盘（1202—1293）：字文炳，号鹿庵，金元时期广平永年（今河北省永年县）人。元至大四年（1227 年）进士，历宣慰副使、太常少卿等。著作有《鹿庵集》。

③舍长：守护客馆的负责人。《史记·扁鹊仓公列传》："扁鹊者，勃海郡郑人也，姓秦氏，名越人。少时为人舍长。舍客长桑君过，扁鹊独奇之，常谨遇之。"

④长桑君：战国时的神医。传说扁鹊与之交往甚密，得授其医技。《史记·扁鹊仓公列传》："长桑君亦知扁鹊非常人也。出入十馀年，乃呼扁鹊私坐，闲与语曰："我有禁方，年老，欲传与公，公毋泄。"扁鹊曰："敬诺。"乃出其怀中药予扁鹊："饮是以上池之水，三十日当知物矣。"乃悉取其禁方书尽与扁鹊，忽然不见，殆非人也。"

⑤起虢（guō）：虢，春秋战国时一小国。指为虢太子治病起死回生之事。

⑥受庸医辱：指扁鹊被秦国太医令陷害之事。

天宁寺[1] 〔明〕樊鹏

寺古金元历，　台荒碑记存。
丹青[2]落殿宇，佛像老乾坤。
双树阴铺院，　三车书满轩。
我来贪静界，　常尔到山门。

本诗出自清康熙《安州志·艺文志》。

① 天宁寺：位于今安新县安州城附近，后多次修葺，保留至今。

② 丹青：丹，指丹砂；青，指青雘（huò）。本是两种可作颜料的矿物。因古人绘画常用朱红色和青色两种颜色。“丹青”渐成为绘画艺术的代称。

扁鹊庙 〔明〕郭乾

当年扁鹊名犹在，　桑梓流传有故居。
庙貌一方人共仰，　精灵千载世应知。
云埋古木乾坤老，　岁阅丰碑苔藓滋。
首夏诞辰[1]绵祀典，行山瀛水自逶迤[2]。

本诗出自清乾隆《任邱县志·艺文志》。

① 首夏诞辰：相传扁鹊生日是农历四月二十八。四月别称初夏、早夏、首夏等。

② 行山瀛水自逶迤：形容扁鹊的功绩像山河一样连绵不断，源远流长。

游城南新刹 〔明〕邵炳

遥望城南秖树林，杖藜[1]闲步漫相寻。
薜箩[2]新结青屏翠，松桧常留碧殿阴。
烟绕龛前香雾回，锡飞[3]户外白云深。
空坛潇洒非尘世，老衲[4]相看带月吟。

本诗出自清康熙《安州志·艺文志》。

① 杖藜：常指年长者拄着拐杖。杖，泛指棍棒，扶着走路的拐杖。藜，藜芦，多年生草本植物，茎直立，可做拄杖。

② 薜箩：常绿灌木，茎蔓生，果实球形，可做淀粉，捣汁可做饮料。

③ 锡飞：僧人出外。

④ 老衲：衲，僧衣。老衲，是和尚和道士的谦称。出家人穿的衣服早先由别人不用的布块缝纳而成，称为纳衣。

登郡城观音阁 〔明〕刘朝任

岧峣[1]慧阁峙天中，胜日登临面面风。
西望太行千嶂合，东来瀛海九河通[2]。
浮烟缥缈聚还散，返照微茫色是空。
骚客凭栏舒眼界，冷寂身世出樊笼[3]。

本诗出自清康熙《安州志·艺文志》。

① 岧峣：山势高耸。

② 西望太行千嶂合，东来瀛海九河通：瀛海，指东海、渤海。九河，白洋淀上游诸河。这句意为站在楼阁上，西边是重峦叠嶂的太行山脉，白洋淀上游诸水自西而来，向东汇入大海。

③ 樊笼：意为关鸟兽的笼子。比喻受束缚而不自由的境地。

古刹篇

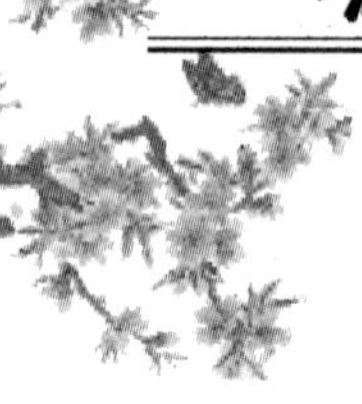

游广惠寺[1] 〔明〕房壮丽[2]

近耽[3]趺坐[4]厌浮华，每向禅关扣涘[5]涯。
偈[6]伴钟声寒宝树，灯传梵语坠天花[7]。
色空[8]悟透尘根[9]净，云水光生月影斜。
借问如林祝发[10]者，莲宫绀[11]雨是谁家。

本诗出自清康熙《安州志·艺文志》。

① 广惠寺：明万历初建，在安州城北一里处。

② 房壮丽（1555—1636）：字威甫，号素中，明朝直隶安州（今河北省安新县）人。万历二十三年（1595 年）进士，初为山西襄陵知县。万历三十三年（1605 年）升礼部主事，万历三十五年（1607 年）考选湖广道监察御史、巡按南畿。后历工部侍郎、河道总督、吏部侍郎。魏忠贤专权时，闭门不问政事。崇祯即位，委以都察院左都御史，改任吏部尚书，清理冤案积案，后告老还乡，曾请帑银修安州城。崇祯九年（1636 年），清兵破安州城被杀。著作有《巡吴疏稿》《抚江疏稿》《总河疏稿》等。

③ 耽：沉迷。

④ 趺坐：盘腿端坐。多指礼佛信徒的坐姿。

⑤ 涘（sì）：水边。

⑥ 偈（jì）：佛经中的唱词。

⑦ 坠天花：梵语。

⑧ 色空：梵语。

⑨ 尘根：佛语。

⑩ 祝发：削发出家为僧。

⑪ 绀（gàn）：青红色。

静聪寺[①]晓钟 〔明〕刘恺

梵刹岧峣[②]在翠微[③]，晓钟常报夜何其。
三千里梦乌啼后， 百八声鸣月落时。
击罢日惊林鸟散， 响余风度宿云移。
几回忽觉幽窗睡， 常有金门待漏思。

本诗出自清乾隆《新安县志·寺观志》。

① 静聪寺：清乾隆《新安县志·寺观志》："静聪寺在县西北，金章宗元妃李师儿香火院也。明宣德间僧道琰募缘重建，宏丽伟绝，为邑巨观……天顺元年，释曾原重修，自撰碑记。万历十九年重修，邑人刘恺、刘兑各有记。"

② 岧峣：山势高耸。

③ 翠微：青翠，多指山。这里指静聪寺绿树掩映。

静聪寺晓钟 〔明〕周冕

晓钟才动梵王宫[①]， 嘹亮洪音逼太空。
云汉响回星乍落， 扶桑[②]催起日初红。
闾阎[③]起务三农业，学舍[④]闻加五夜功。
莫讶老僧空震荡， 喤喤[⑤]雅韵惊愚聋。

本诗出自清乾隆《新安县志·寺观志》。

① 梵王宫：建于明朝正德年间，为有名庙宇，这里指静聪寺。

② 扶桑：古代指神树。亦代指太阳。

③ 闾阎：街巷里的门。此指平民百姓或市井。

④ 学舍：指明朝安新县城渥城书院。

⑤ 喤喤（huáng）：拟声词，形容大而和谐的钟鼓声。

清泉庵[1] 〔明〕孙承宗

一

大渥[2]孤城十里余，幽人初辟藕花居。
夜来风雨蛟龙斗，　自课儿童细读书。

二

一笛楼头杨柳风，寒吹孤骛蓼花红。
时人莫讶无车马，不是寻常三径[3]中。

三

八月涛声夜吼鼍[4]，枕边杂听打渔歌。
等闲高揭云霞眼，　万顷芙蓉雨一蓑。

四

门外风涛柳外舟，鱼龙窟宅[5]结平丘。
寻常云雾浑成雨，静洒纤尘不肯留。

本诗出自清乾隆《新安县志・寺观志》。

① 清泉庵：清乾隆《新安县志》记载："清泉庵在白洋淀田庄，庄人田贯创建。内藏经五千四百八十卷。茫茫苦海，此为悲航淼波中佳胜也。"

② 大渥：古淀名。在新安城西北，也称大般淀，清乾隆年间干涸。清乾隆《新安志・舆地》载："大般淀在县西北五里，即《水经注》所云大渥淀也。周四十四里，白沟河溢出，繇容城天沟芦草湾，水汇为淀。"

③ 三径：归隐者田园。典出晋赵岐《三辅决录・逃名》："蒋诩归乡里，荆棘塞门，舍中有三径，不出，唯求仲、羊仲从之游。"

④ 鼍：大型水生动物，扬子鳄。

⑤ 窟宅：原指住人的洞穴，多指神仙的住所或盗贼藏身的地方。这里是鱼的洞穴。

净业寺[①] 〔明〕周南[②]

殿壁曾题第一台，苍槐老桧吼风雷。
僧房萧寂惟啼鸟，那见昙花历劫开。

本诗出自清乾隆《新安县志·寺观志》。

① 净业寺：清乾隆《新安县志·寺观志》："净业寺在三台村，城西十八里，即古三台城遗址。台势高耸，云烟四合，柏影参天，槐荫铺地，俨若祇园。邑令李公梦麟修方丈两亭。尹公从教修寺前两坊，东曰三台名胜，西曰四填乐土。侍郎濡阳吕雯记略：创始大德七年，净照长老所建。宣德六年……乡民……建佛殿三楹与四大天王殿。景泰七年，住持道润修东四僧房十间。成化五年，僧戒端偕张福、马升、李升建祖师二堂，构房五楹。为方丈增置田土，垣壁、圃园、钟鼓、炉磬，焕然改观矣。"

② 周南：明朝天启年间太仓人，生卒不详。

咏留村北岳庙[1]古槐 〔明〕孙养深[2]

盘郁[3]十围饱历秋，扶疏[4]百尺压碑头。
云乘孤塔空中回，　风涌寒涛尘外浮。
不羡五松封泰岱[5]，独超九棘[6]镇皇州。
等闲散步丛阴下，　两腋萧萧御石尤[7]。

本诗出自清乾隆《新安县志·寺观志》。

①北岳庙：清乾隆《新安县志·寺观志》："北岳庙在留村，去城西二里，有古槐。"

②孙养深：明朝直隶安新县（今河北省安新县）人，学博。

③盘郁：曲折幽深貌、盘曲美盛。

④扶疏：枝叶茂盛，高低疏密有致。

⑤台岱：泰山别名。

⑥九棘：古代皇宫外朝种植棘树和槐树，作为臣子朝见皇帝时所居位置的标志。后泛指三公、九卿等高级官职。

⑦石尤：即石尤风，逆风、顶头风的俗称。出自南朝宋孝武帝刘裕《丁督护歌（其四）》："督护征初时，侬亦恶闻许。愿作石尤风，四面断行旅。"

咏留村北岳庙古槐 〔清〕高景[1]

孤据恣坚茂，枝虬苍可凭。
雅巢争所集，入荫遍为棚。
风雨时能得，沧桑变未曾。
输他四百载，灵寂几龛僧。

本诗出自清乾隆《新安县志·寺观志》。

①高景（1608—1681）：字似斗，清朝直隶新安县（今河北省安新县）留村人。顺治二年（1645年）乡试中举。顺治三年（1646年）进士。官至刑部尚书、工部尚书。

旧游[1] 〔清〕高景

数里寻幽刹，　桥过淡水流。
柳林垂仄迳[2]，花宇带平洲。
诗话佛添静，　尘心僧自浮。
此中有远寄[3]，半日足淹留。

本诗出自清乾隆《新安县志・寺观志》。
① 旧游：指重游古刹大士庵。
② 仄迳：迳，同“径”。狭窄的小路。
③ 远寄：寄情于世外。

真武庙[1] 〔清〕魏一鳌[2]

幽敞开天处，雄风四面生。
槐浓不见日，柳密暗藏莺。
望里楼台小，坐中云岭平。
此身人境外，白眼[3]越分明。

本诗出自清乾隆《新安县志・建置志》。

① 真武庙：清乾隆《新安县志・建制志》：“真武庙跨北城而构，正统中邑令李缙建。”

② 魏一鳌（1613—1692）：字莲陆，清朝直隶新安县（今河北省安新县人）人。明末中举，任山西忻州知州，礼贤下士，多施惠政，明末变乱后辞官。顺治二年（1645年）从孙奇逢求学，在孙奇逢居住的河南夏峰村居住，取名“雪堂”。与当时理学家汤斌、耿介共相切磋，并得到汤斌、耿介器重。在孙奇逢众弟子中，一鳌跟随孙奇逢达32年，时间最长。常随孙奇逢来往白泉讲学，从中得到言传身教。魏一鳌对先贤极为景仰，曾在保定城内建五贤祠。著有《四书偶录》《诗经偶录》《北学编》《夏峰年谱》《雪亨梦语》等。

③ 白眼：向上看。

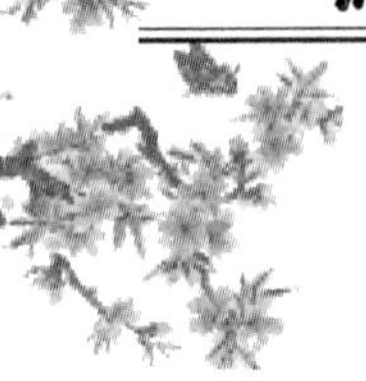

大士庵[1] 〔清〕魏一鳌

古刹瑞云浮，潺湲日夜流。
林尖带冷月，堤畔卧闲鸥。
帘捲香烟袅，经翻钵韵幽。
幽人时一过，不减武陵[2]游。

本诗出自清乾隆《新安县志·寺观志》。

① 大士庵：在清朝直隶新安寨南村，今已不存。清乾隆《新安县志·寺观志》："大士庵在砦南村河之南，当长河入淀之侧，渥之水遍畅于白洋诸淀，其墙坼而突出者则大士庵焉。"

② 武陵：地名，在今湖南省常德地区。历史悠久，为古今文化胜地。

大士庵泛舟 〔清〕李承光[1]

联袂[2]长堤柳，扁舟破浪痕。
苔从波际拥，　鹜向浪中翻。
树影云来绕，　渔歌风半吞。
禅房花木静，　斜日傍西村。

本诗出自清乾隆《新安县志·寺观志》。

① 李承光：清朝直隶容城（今河北省容城县）人，崇祯九年（1636年）举人，任江西临江府（今江西省樟树市）司理参军。

② 联袂：携手偕行。

真武庙和韵[1] 〔清〕杨行健[2]

于此烦喧止，寥寥静致生。
林深招去鸟，地僻唤来莺。
帘捲云烟入，窗推星斗平。
两人趺坐久，夕熠启虚明。

本诗出自清乾隆《新安县志·建置志》。

① 杨行健：清朝直隶新安县（今河北省安新县）人，顺治年间举人，任蓝田知县。

② 和韵：杨行健和魏一鳌《真武庙》诗韵。

观音寺 〔清〕南宫第

问地谁金布[1]，相传自李唐[2]。
沧桑几易代，今古一空王[3]。
慈月千秋朗，天花累劫香。
菩提[4]思印证，其奈落篱墙。

本诗出自民国《雄县新志·艺文志》。

① 金布：指寺观里一种装饰。

② 李唐：或指唐朝，或指南宋画家李唐。

③ 空王：佛教语。

④ 菩提：佛教音译名。

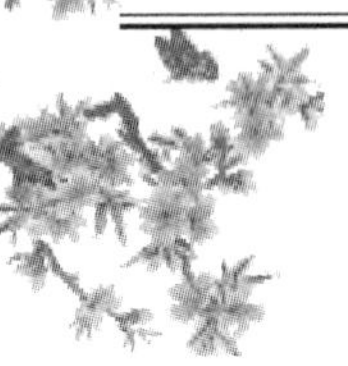

天宁寺[1]冬至习仪[2]〔清〕南宫第

须达[3]人何往，萧条满寺霜。
僧谈惟聚石，钵邈不闻香。
殿寂封尘磬，廊颓茨补墙。
未央朝帝座，哪见白毫光。

本诗出自民国《雄县新志·艺文志》。

① 天宁寺：民国时期《雄县新志》：天宁寺在圆通街，明永乐年间创建。

② 冬至习仪：是中国农历中一个重要的节气，届时，各地有不同的习俗和礼仪。这里指天宁寺礼仪规制。

③ 须达：梵语。这里指僧侣。

亭台篇

亭台水榭、危楼高阁等古代建筑，是先人的智慧结晶，具有深厚的历史底蕴和人文内涵。或孤处成景，或遥相呼应，为骋目揽胜之佳处。历代文人墨客登临感慨，借景抒情，才思泉涌。本篇辑录诗歌 40 首。

登雄州视远亭[1] 〔北宋〕胡宿[2]

谁将粉水[3]扫天衢[4]，万里全开晦[5]景图。
百尺冻云飞未起，一筝寒雁远相呼。
由来封略[6]非三代，大抵渔樵似五湖。
欲望繁台[7]何处是，繁台不见见平芜。

本诗出自民国《雄县新志·艺文志》。

①视远亭：雄州古亭。民国时期《雄州新志·古迹》："（视远亭）宋《胡宿文恭集》有登雄州视远亭诗，当时宿使契丹时所作，今失亭所在。"

②胡宿（995—1067）：字武平，北宋常州晋陵（今江苏省常州市）人，天圣二年（1024年）进士。历湖州知州、枢密副使、吏部侍郎等职。工诗。著作有《唐诗鼓吹》《吴郡志》《天台续集》等。

③粉水：脂粉水。

④天衢：衢，本意是四面八方的道路。天衢，指广阔天空。

⑤晦：昏暗。

⑥封略：封界、边境或霸占。

⑦繁台：古台名。在今河南省开封市东南禹王台公园内。相传为春秋师旷吹台，汉梁孝王增筑，后有繁姓居其侧，故名。

寄题雄州宴射亭[1] 〔北宋〕胡宿

北压三关[2]气象雄，主人仍是紫髯翁。
樽前乐按摩诃曲[3]，塞外威生广莫风。
龙向城头吟画角，雁从天末避雕弓。
休论万里封侯事，静胜今为第一功。

本诗出自民国《雄县新志·艺文志》。

①宴射亭：雄州古亭。民国时期《雄州新志·古迹》："（宴射亭）宋胡宿有寄题雄州宴射亭诗句，云：'北压三关气象雄'，今失其处。"

②三关：北宋时期雄州瓦桥关和霸州益津关、淤口关。

③摩诃曲：汉代西域乐曲《摩诃兜勒》之省。《晋书·乐志》："横吹有双角，即胡乐也。张博望入西域，传其法于西京，惟得《摩诃兜勒》一曲。"

齐云楼[1] 〔明〕邵锡[2]

小小楼初立，高高压郡城。
窗多丽日晓，地回碧山明。
鸟影穿闲幔，云衣拂尽屏。
群公时宴赏，冠盖[3]近天行。

本诗出自清康熙《安州志·艺文志》。

①齐云楼：清康熙《安州志》载："齐云楼在州治西北隅城上，元刺史完颜安远建（一曰五代时韩公所建），以其突兀凌空故名。"后毁于兵燹（xiǎn），明成化中知州王钦创建。

②邵锡：字天佑，明朝直隶安州（今河北省安新县）人。正德三年（1508年）进士，官至右副都御史。为官三十年，清正操节不移，家产不及同僚中等。著作有《石峰奏疏》，多为吟咏家乡的诗作，其中"安州八景"传流至今。

③冠盖：古代官吏的帽子和车盖，借指官吏。

秋风台[1] 〔明〕邵锡

易水北风寒，荆卿去不还。
千秋宝剑气，犹在碧云间。

本诗出自清康熙《安州志·古迹》。

①秋风台：即"古秋风台"。遗址在今安新县安州镇（城）西北1500米处。古为南易水流经白洋淀河口之处，太子丹送荆轲刺秦王于此拜别。清康熙《安州志》："三官庙前旧有秋风台，在城北易水旁，即燕丹别荆轲之处。"古有汉白玉古秋风台碑迹一座，刻荆轲事迹。清

道光十六年（1836 年）安州天宁寺住持原琇按碑重刻，高 1.95 米，宽 0.81 米，后 0.16 米。碑阳刻“古秋风台”，碑阴刻立碑原因。

齐云楼 〔明〕房壮丽

楼高独与斗牛[①]齐，结构巍峨不易跻。
返照山光来户牖，飞空云影傍榱[②]题。
胜连谯漏千家晓，位耸乾天四望低。
我亦雅饶登眺兴，时陪妙躅[③]蹑[④]云梯。

本诗出自清康熙《安州志・艺文志》。

① 斗牛：星宿名，即牛宿、斗宿。北宋秦观《望海潮・广陵怀古》：“星分牛斗，疆连淮海，扬州万井提封。”

② 榱（cuī）：椽子。

③ 躅（zhú）：本义足迹。这里指行走。

④ 蹑（niè）：追踪，跟随，轻步行走。

望鹅楼 〔明〕刘恺

雨过春塘绿漾纹，望鹅楼上晓登临。
双双顾影随桃浪，两两呼群傍柳荫。
鸥下洞庭非野鸟，鹤来华表是家禽[①]。
何人更写黄庭[②]字，谩动军门雪夜心。

本诗出自清乾隆《新安县志・建置志》

① 双双顾影随桃浪，两两呼群傍柳荫：此句描写鹅群游戏。

② 鸥下洞庭非野鸟，鹤来华表是家禽：这句是说望鹅楼下养的鹅群，常常引来鸥、鹤等禽鸟栖息，长此以往成家禽了。华表，是古代宫殿、陵墓等大型建筑物前面作为装饰用的巨大石柱，是中国一种传统的建筑形式。这里喻指望鹅楼是皇家园林。

③ 黄庭：道教术语，指《黄庭经》。

梳洗楼 〔明〕 刘恺

章帝行宫[1]俯碧流，当今歌舞地成丘。
晓梳绿鬓云侵户，　晚浴冰肌月满楼。
埋没玉钗空寂寂，　荒凉青草但悠悠[2]。
朱颜[3]欲问归何处，水野迷茫[4]起暮愁。

本诗出自清乾隆《新安县志・建置志》。

① 章帝行宫：章帝，指金章宗。金章宗因浑埿城为元妃故里，改渥城县治（新安城，今河北省安新县县城），曾建行宫——建春宫。

② 埋没玉钗空寂寂，荒凉青草但悠悠：当年华丽高耸的楼阁不见了，只剩一片荒芜。玉钗，这里指元妃李师儿。

③ 朱颜：亦指元妃李师儿。

④ 水野迷茫：清乾隆《新安县志》记：“李师儿墓在段村（端村）北五里。”作者写此诗时墓地可能已被水淹没。

齐云楼 〔明〕樊鹏

孤楼缥缈入青云，清浊乾坤到此分。
城带万家流晓雾，水回东海抱晴氛。
乘春合望山河气，向夜宜看星斗文。
碧户丹梯今草草，层霄攀跻[1]几殷勤。

本诗出自清康熙《安州志・艺文志》。

① 跻（jī）：登。

云锦亭 〔明〕樊鹏

东城极目荒无地，　此地谁传云锦亭。
异代[①]春游随逝水，千年遗迹尚郊垌[②]。
烟昏晓树花相发，　日悬暖沙柳自青。
谁向习池[③]同宴赏，山翁高兴未飘零。

本诗出自清康熙《安州志・艺文志》。

① 异代：历代。

② 垌（jiōng）：野处。

③ 习池：东汉初年襄阳侯习郁的私家园林，延存至今，是中国现存最早的园林建筑之一。这里借指安州城东云锦亭旁汀陂。汀旁有绿洲的池塘。

望鹅楼 〔明〕周冕

飞阁登临俯渥淙，　春潭鹅戏日融融。
霜翎[①]鲜洁衡银浪，玉韵轻清闻碧空。
时写黄庭笼欲换，　夜擒元济建巍功。
至今台元[②]文林地，灵籁[③]潇潇起泮宫[④]。

本诗出自清乾隆《新安县志・建置志》。

① 霜翎：形容鹅洁白羽毛。这句是对鹅群逐浪描写。

② 台元：指望鹅楼旧址。

③ 灵籁：优美动听的音乐。

④ 泮宫：古代学校。

濡阳草亭 〔明〕张寅

孤亭结草向濡阳，　一鉴池开曲水傍。
泉引九河[1]春泼泼，山分双石[2]晓苍苍。
醒心独坐题花鸟，　喜雨时来载酒觞。
但得此身容膝地，　乾坤空老是谁忙[3]。

本诗出自清康熙《安州志·建置志》

①泉引九河：泉，指一亩泉。九河，泛指白洋淀上游诸水。

②双石：即“双石峰”。传古代安州有双石峰，康熙十九年《安州志·山川》：“双石峰见方舆胜览今不可考。”

③但得此身容膝地，乾坤空老是谁忙：容膝地，这里指濡阳草亭。乾坤空老，形容世间变迁。作者任安州知州期间，筑堤浚河、建祠修庙，政绩有声。当张寅视察到濡阳草亭时，为闲亭春水所动，发出感叹，希望自己有清闲，在此携友小酌，题诗观景。

秋风台 〔明〕冯惟敏[1]

水声山色自前朝，西望强秦万里遥。
一自荆卿从此去，秋风千载尚萧萧。

本诗出自清康熙《安州志·艺文志》。

①冯惟敏（1511—1578），字汝行，号海浮，明朝山东临朐（今山东省潍坊市）人。嘉靖十六年（1537年）中乡试，累举进士不第。曾任涞水知县、保定府通判等职。著有诗文集《冯海浮集》《石门集》等。

城北台　〔明〕杨澜[①]

城北孤台上，浮云接帝宫。
路难关塞绝，地阔海天空。
径草新经雨，堤杨远受风。
登高迷望眼，翻与失西东。

本诗出自清康熙《安州志·艺文志》。

① 杨澜：字伯观，明朝直隶安州（今河北省安新县）人。嘉靖二十二年（1543 年）举人，任石州知州。文才和品行都很优秀，当时他的舅舅是有名的缙绅，对他施财馈赠，杨澜始终不接受，其耿直的行为在京师传诵。

钓鱼台[①]　〔明〕沈绍德[②]

易水茫茫秋复春，　白云深处有闲人。
自将剖粒[③]为芳饵，直把一竿钓锦鳞。
野性贯看江鹤浴，　扁舟独与海鸥亲。
年来若遇非熊猎，　为报濡阳是渭滨[④]。

本诗出自清康熙《安州志·艺文志》。

① 钓鱼台：清康熙《安州志·古迹》：“钓鱼台在州东北三里，高耸特出，相传元隐士钓鱼之处。”

② 沈绍德：字明甫，明朝直隶安州（今河北省安新县）人。嘉靖二十六年（1547 年）进士，由洛阳令历任户部郎、山西佥事等职。所至具以贤明见称，为人文雅端悯，万历初以丁忧卒。

③ 剖粒：取草籽。

④ 渭滨：渭河边，忆当年姜尚在渭水垂钓之事。

秋风台 〔明〕沈绍德

易水东流声甚哀，　秋风千古绕金台。
迟疑燕客[1]临流送，谁信荆卿去不回。
石上潺湲向晚急，　湾头呜咽被寒崖。
至今感慨悲前事，　常使英雄泪满腮。

本诗出自清康熙《安州志·艺文志》。

①燕客：送别荆轲的燕太子丹、高渐离等君臣。

慧光阁[1] 〔明〕马希周

林间初辟化人[2]宫，　宝阁崚嶒[3]俯大雄[4]。
矗立飞甍[5]干[6]象纬[7]，涌来孤刹破洪濛[8]。
诸天[9]色界[10]平临外，　大地山河指顾[11]中。
莫问白牛车[12]远近，　自怜身世总浮蓬[13]。

本诗出自民国《雄县新志·艺文志》。

①慧光阁：民国时期《雄县新志》记：慧光阁在瓦桥街，明万历年郭存谦倡建。

②化人：修为极高的人。

③崚嶒（léngcéng）：高耸、突兀状。

④大雄：指大雄山。

⑤甍（méng）：瓦、屋脊。

⑥干：触及。

⑦象纬：象数谶纬。亦指星象经纬，谓日月五星。

⑧洪濛：指天地形成前的混沌状态。

⑨诸天：佛教语。

⑩色界：佛语。

⑪指顾：一瞥之间，形容时间的短暂。

⑫白牛车：佛教语。

⑬浮蓬：浮于仙界。

三月三日登北城玉虚阁 〔明〕马希周

谒帝登楼眼界舒，　高楼真羡羽人[1]居。
人逢上巳[2]争修禊[3]，地近层楼好结庐[4]。
几树露桃烧野色，　数枝风柳带春渠。
凭轩剩有凌云意，　授简何人赋子虚[5]。

本诗出自民国《雄县新志・艺文志》。

① 羽人：明朝万历早间的道士张光德，曾在玉虚阁修行。

② 上巳：俗称三月三，是纪念黄帝的节日。相传三月三是黄帝的诞辰。上巳也是祓（fú）禊的日子，即春浴日。上巳节又称女儿节。魏晋以后沿袭，遂成水边饮宴、郊外游春的风俗。

③ 修禊（xiè）：传统风俗，古代春秋两季在水边举行祭祀活动，用以消除“妖邪”。

④ 结庐：建筑房舍。

⑤ 子虚：是汉朝司马相如所著《子虚赋》中的虚构代言人之一，他与另两位代言人乌有和亡是公以问答形式叙述全书内容。 后来以子虚乌有形容虚无或毫无根据的事。

寄题[1]雄文阁[2] 〔明〕马希周

阁外长虹[3]跨玉桥，空中飞栋[4]压金鳌。
东回地轴沧溟远，　北依天门紫气高。
会有风流称地主，　偶于星聚见人豪。
怜予万里为书记，　犹向烟云斗彩毫[5]。

本诗出自民国《雄县新志・艺文志》。

① 寄题：指作者在河州衙署中所作。

② 雄文阁：民国时期《雄县新志》寺观表记：雄文阁在小雄山，明崇祯年建。

③ 阁外长虹：指雄文阁南赵北口十二连桥。

④ 飞栋：高耸的屋梁。诗中指雄文阁。

⑤ 怜与万里为书记，犹向烟云斗彩毫：即便在万里之遥（河州），忆想到雄文阁，也不由得拿起彩笔描画其凌空烟云的壮观。

圆通阁[①] 〔明〕马希周

阁西故云川卫，国初，奠都燕云，卫徙改为寺。阁成永乐十三年。

文皇定鼎控幽燕[②]，昙阁初开北极年。
地敞初开金刹迥， 天空时见玉毫[③]悬。
铃音细细流仙梵[④]，钵影沉沉注法泉。
闻道当年曾驻武， 至今指点说云川[⑤]。

本诗出自民国《雄县新志・艺文志》。

① 圆通阁：民国时期《雄县新志》：圆通阁在圆通街，明永乐十三年指挥王俊建。

② 文皇定鼎控幽燕：指明成祖朱棣迁都北京。文皇，即朱棣皇帝。定鼎，诗中指迁都。

③ 玉毫：是指佛眉间白毫。

④ 仙梵：教徒诵经的声音。

⑤ 云川：指明朝洪武年间在雄县设立的云川卫。

雪后登玉虚阁 〔明〕马希周

雪后看山[①]意倍清，林间寂历息经声。
高人自爱披裘[②]卧，吟客聊为曳屐行。
孤况每同梅结侣， 野怀或与鹤寻盟。
萧条满目惊华发， 久向幽闲乞此生。

本诗出自民国时期《雄县新志・艺文志》。

① 山：指大雄山、小雄山。

② 披裘：比喻志高行洁的隐士。

清明展墓[1]登北城楼阁 〔明〕马希周

细雨清明候，松楸剧可怜。
牛羊缘旧陇，儿女哭新阡[2]。
游戏日消歇，荣华有递迁。
偶登重阁望，城郭独依然。

本诗出自民国《雄县新志·艺文志》。
① 展墓：省视、祭扫坟墓。
② 新阡：新筑坟道。

中秋夜登北城玉虚阁观月得看字

〔明〕马希周

月满层楼上，　飞扬万里看。
更无云点缀，　只似镜团圞。
秘宇[1]三千界[2]，危梯二百盘。
天空孤雁迥，　风动万松寒。
杯底流河汉，　云间振羽翰。
顿令诗兴逸，　应遣酒肠宽。
阅世心逾壮，　忧时鬓已残。
夜深瞻北极，　直北是长安[3]。

本诗出自民国《雄县新志·艺文志》。
① 秘宇：道院。
② 三千界：佛语，指大千世界。
③ 直北是长安：北极星直指的是长安，这里借指明朝都城北京。

九日登北城玉虚阁示张羽士[1] 〔明〕马希周

城上寒云万里来，　西山爽气映楼台。
惊逢白雁迎霜至，　愁对黄花[2]冒雨开。
石室千年存浩劫，　丹梯[3]百丈出蓬莱。
怜君满贮茱萸酒[4]，烂醉西风又一回。

本诗出自民国《雄县新志·艺文志》。

① 张羽士：明朝万历早间的道士张光德，曾在玉虚阁修行。

② 黄花：即菊花。

③ 丹梯：红色的台阶。亦喻仕进之路。

④ 茱萸（zhūyú）酒：指九月九日重阳节登高致远，手执或佩戴茱萸，饮菊花酒。

游碧霞宫登清阁 〔明〕邵炳

堪嗟老人爱春游，　晓入玄都[1]景色幽。
玉案焚香翔白鹤，　仙坛说法卧青牛[2]。
碧幢绛节[3]晴云渡，绿字赤文秀霭浮。
飞阁流虹真胜槩[4]，　何须更去觅丹丘[5]。

本诗出自清康熙《安州志·艺文志》。

① 玄都：全名“玄都紫府”，传说中是太上老君所居之地。这里是仙境的意思。

② 青牛：太上老君的坐骑。

③ 绛节：传说中上帝或仙君的仪仗。

④ 槩（gài）：同“概”。

⑤ 丹丘：传说中的仙境。

登齐云楼 〔明〕邵炳

玲珑飞阁压城头，　俯槛阁尊赋壮游。
万里霞光供彩笔，　一天云影豁双眸。
遥瞻翠巘[①]晴岚出，下瞰清流宿雨收。
几度攀跻舒笑傲，　月明仿佛庾公楼[②]。

本诗出自清康熙《安州志·艺文志》。

①巘（yǎn）：山上的小山、山顶。

②庾公楼：指东晋外戚庾亮所建的赏月楼。在今武汉，尚存。

雄文阁[①] 〔明〕王乔栋[②]

一拂剑花[③]忧渐老，突然长啸倚东风。
登高直欲穷天外，　望远宁须入界[④]中。
云气宕来千叶紫[⑤]，烟波散去一鱼红[⑥]。
无端极眺缘何事，　心热人闲泣向空。

本诗出自民国《雄县新志·艺文志》。

①雄文阁：民国时期《雄县新志·寺观》表记：雄文阁在小雄山，明朝崇祯年建。

②王乔栋：字弱侯，号北寓，明朝直隶雄县（今河北省雄县）人。天启五年（1625年）进士，授陕西朝邑知县。

③剑花：剑华，剑的光芒。句中指阁顶高耸如剑。

④界：天界。

⑤千叶紫：浓密祥云。

⑥鱼红：形容霞光如鲤鱼尾之红色。

登齐云楼观莲 〔明〕邵钟瑞[①]

天开霁景斗芳华，百雉攀跻路不赊[②]。
极目烟岚迷远嶂，盈池菡萏榇[③]晴霞。
风来水面神偏爽，香袭楼中兴益加。
喜听采莲歌婉转，归来不觉斗横斜[④]。

本诗出自清康熙《安州志·艺文志》。

①邵钟瑞：明朝新安县（今河北省安新县）人，举人。

②赊：长、远。

③榇（chèn）：梧桐的别名。

④归来不觉斗横斜：斗，北斗星。横斜，这里是移动的意思。

魁星阁[①] 〔明〕吴会斗[②]

一

岧荛飞翼构成隈[③]，渺渺平芜宝鉴[④]开。
光接碧霄怀赤日，影翻尽桶净红埃。
兴酣引手钩衡近，眺纵披襟天地垓[⑤]。
云裹徘徊空色相，不知何处别蓬莱。

二

嗷嗷鸿雁渡江村，物候游情共绿罇。
槛外鱼虾堪伴侣，眼前芷藻[⑥]半饔飧[⑦]。
烟收万灶堤杨瘦，棹荡千川野鹜翻。
喜对紫宸[⑧]才尺五，温纶指日下寒原[⑨]。

本诗出自清乾隆《新安县志·建置志》。

①魁星阁：明朝崇祯年建。清朝乾隆《新安县志》：“魁星阁在邑学，据东南城为台，而祠其上。吴邑令会斗创建，训导郭公翠重修。”

②吴会斗：明朝江西湖口（今江西省湖口县）人，崇祯六年（1633

年）新安县令。

③ 隈（wēi）：河水弯弯曲曲的地方，这里指护城河。

④ 宝鉴：宝镜。这里指水淀。

⑤ 垓（gāi）：这里指边界之意。

⑥ 芷藻：芷，多年生草本植物，根粗大；茎叶有细毛，夏天开白色小花，果实椭圆形。根可入药。

⑦ 饔飧（yōngsūn）：指做饭，也指早饭和晚饭，饭食的意思。

⑧ 紫宸：宫殿名，天子所居。泛指宫廷。

⑨ 寒原：冬天冷落寂静的原野。

梳洗楼行 〔清〕张廷玉

新安城南城上头，　昔有元妃梳洗楼。
章宗[①]国号为大金，建春望鹅恣幸游。
所幸元妃李师儿，　聪慧能文十分奇。
新安元是师儿家，　为作妆楼镜里试。
照出姑苏有西子，　淡抹燕支[②]可人意。
可怜西子姑苏台，　今为野棠乌啼地。
大渥淀、小渥淀[③]，金盆纤手谁盥面。
惟是石泉莲花池，　当年池畔供留恋。
岂是金花步步耻，　腥尘至今广匝。
花开六十里，　　　犹斗红妆争翠钏。

本诗出自清乾隆《新安县志》。

① 章宗：指金代皇帝金章宗完颜璟。章宗元妃李师儿为渥城人（今河北省安新县）。

② 燕支：同“胭脂”。

③ 大渥淀、小渥淀：今安新县大王镇地域之大王淀、小王淀。

驻驾台[1] 〔清〕马之骦

世宗深[2]北伐[3]，五代最英豪。
忽而急旋旆[4]，于兹暂息劳。
机缘存黑水[5]，冥漠待黄袍。
驻驾台终古，登临一郁陶[6]。

本诗出自民国《雄县新志·艺文志》。

①驻驾台：明朝嘉靖《雄乘·古迹》：“住驾台在城东七里，高数丈，世传周世宗自方城还驻跸于此。”

②深：深入、彻底。

③北伐：指周世宗显德六年（959年）亲征辽国。

④旋旆（pèi）：回师。

⑤黑水：即黑龙江。这里代指辽国。

⑥郁陶：忧思。

狄夏台[1] 〔清〕马之骦

狄夏台长在，澶渊制胜功。
边劳曹祇候[2]，庙算[3]寇莱公[4]。
去草本宜尽，为农亩欲终。
嘉谋适不用，勉强就和戎。

本诗出自民国《雄县新志·艺文志》。

①狄夏台：古台名，遗址在今河北省雄县狄头村。明嘉靖《雄乘·古迹》：“狄夏台，即狄夏头。宋朝景德间与辽合议于此。”合议，指澶渊之盟。

②边劳曹祇候：指宋臣曹利用代表宋朝与辽国签订合议之事。祇候，官职名称。景德元年（1004年），契丹南侵，真宗亲征，驻澶州（今河南省濮阳市）。宋军射杀契丹主帅挞览。曹利用以阁门祇使、崇仪副使至契丹兵营议和，拒绝割地要求，达成和议。

③庙算：战前占卜筹划形式。始于夏朝，国家凡遇战事，都要告于祖庙，议于庙堂，成为一种固定的仪式。

④莱公：北宋丞相寇准。

登雄文阁望水 〔清〕姚文燮

一

小雄山不见，　高阁领苍茫。
老树乌巢密，　新泥燕垒香。
扪天[1]星斗近，环渚[2]水云凉。
负弩思多暇，　常来坐夕阳。

二

岂有文章伯，狂澜不可回。
天心沉大陆，客意倦登台。
帆影桑田上，渔歌草泽哀。
朱栏通帝鉴，极目自徘徊。

三

二麦油油绿，　非关荷锸民。
新屯移戊已，　骇浪走庚辰。
枉笑豚蹄祝[5]，空啼杜宇春。
蠲租兼发粟，　好共体深仁。

四

泽国渔为业，　儿童习刺舟[6]。
传闻幸紫海[7]，都自梦黄头。
凤沼怜鸠集[8]，龙舟等骏求。
何人尚高蹈[9]，把钓拥羊裘[10]。

五

指点昨秋日，荒城三版[11]余。
至今官舍后，真作傍湖居。
好牧新刍马，徒悬冷甑鱼。
臣心原似水，阁借振衣初。

本诗出自民国《雄县新志·艺文志》。

①扪天：扪，用手指轻压体表。这里指摸天，极言其高。

②环渚：四周积水的空地。

③豚蹄祝：引《史记·滑稽列传》事典，祭神祈祷之意。

④杜宇：古蜀帝王，参与伐纣。后退隐西山，死后魂化为子规。

⑤黄头：犹黄冠，喻船夫或道士、水军。

⑥凤沼怜鸠集：即成语鸠集凤驰，比喻庸才居要位。

⑦高蹈：意隐居。

⑧把钓拥羊裘：喻隐士。引《后汉书严光》事典："及光武即位，乃令以物色访之。"后齐国上言："有一男子，披羊裘钓泽中。"

⑨版：量词，八尺为一版。

洛汪淀[1]乐驾台 〔清〕王余佑[2]

一湾菁藻问风余，　旧时文皇[3]驻跸墟[4]。
鞍马曾闻说麦饭[5]，　风云谁忆似巾车[6]。
千年胜迹[7]应怀古，十里清波久化鱼。
此日重来访逸老，　可堪感慨立踌躇。

本诗出自民国时期《新安新志·舆地志》。

①洛汪淀：淀名，也称落驾淀。乾隆八年（1743年）《新安县志·舆地志·山川》："洛汪淀在县南十八里。明成祖靖难经过此，令军士筑台，命曰落驾。"

②王余佑（1615—1684）：字申之，号五公山人，清朝直隶新城（今河北省新城县）人。初随定兴人鹿善继学，后受业于容城人孙奇逢，又与茅元仪、杜越、刁包等人为师友，并曾得到桐城人左光斗的赏识。擅书法，身负武学。著作有《乾坤大略》等。

③文皇：指明成祖朱棣。

④驻跸墟：指朱棣在白洋淀屯田筑台之事。

⑤鞍马曾闻说麦饭：指当年朱棣下令在白洋淀一带屯田。

⑥风云谁忆似巾车：历代之后谁还想起文皇的泽德。巾车，即"巾车之恩"之典，汉光武帝刘秀于巾车乡（今河南省宝丰县）擒获冯异，旋即赦而录用的故事。

⑦胜迹：指乐驾台。

圆通阁[1] 〔清〕南宫第

天街巍阁峙，　长闭不闻喧。
佛悯风尘客，　僧耽瓶钵缘。
游人迷净土，　竹院话云川[2]。
为念劫灰[3]后，年年春草芊。

本诗出自民国《雄县新志·艺文志》。

① 圆通阁：民国时期《雄县新志》：圆通阁在圆通街，明永乐十三年指挥王俊建。

② 云川：指银河星空，佛家修行的高境界。

③ 劫灰：遭刀兵水火等毁坏后的残余。

雄文阁 〔清〕南宫第

乔构[1]郊南胜，云林象外[2]幽。
翘瞻天仗[3]近，还望物华收。
地主文星聚，　骚人白雪[4]酬。
更临波万顷，　散吏对闲鸥。

本诗出自民国《雄县新志·艺文志》。

① 乔构：指雄文阁。

② 象外：尘世之外。

③ 天仗：佛所用器械。仗，同“杖”。

④ 白雪：指南宋词别集《白雪词》，又称《白雪遗音》，作者陈德武。

雄文阁题壁 〔清〕铁峰[①]

回栏十丈倚层霄， 落日凭临眼界超。
沽水[②]北来春泛泛，香城南去路迢迢。
横空云栈[③]余沙啧，半壁严关[④]尚瓦桥[⑤]。
百里山河千古事， 一齐催向笔尖摇。

香城南去路迢迢：距古鄚州十里有香城。
横空云栈余沙迹：指公孙瓒易京。

本诗出自民国时期《雄县新志·艺文志》。

①铁峰：清朝学者。

②沽水：今河北白河。故道自顺义东南李遂镇西南流至通县东北会温榆河，此下即今北运河。

③云栈：指悬于半空之中的栈道。

④严关：指险要的关门、关隘。

⑤瓦桥：瓦桥关。

雄文阁题壁和铁峰 〔清〕陈仅[①]

手携彩笔[②]俯丹霄，如砺[③]孤城势可超。
故垒已消烟漠漠， 雄关何处水迢迢。
恒沙气挟三千界， 析木[④]光连十二桥。
欲挽天河洗尘臆， 披襟犹恐列星摇。

本诗出自民国时期《雄县新志·艺文志》。

①陈仅（1787—1868）：字余山，一字渔珊，号涣山，清朝浙江宁波（今浙江省宁波市）人。嘉庆十八年（1813年）中举。工诗，擅地理、医学、农学。著作有《群经质》《诗颂》《竹林答问》等。

②手携彩笔：指雄文阁上文曲星左手持的神笔。

③砺：砺带山河，比喻长远。

④析木：星次名。十二星次之一。与十二辰相配为寅，与二十八宿相配为尾、箕两宿。

赏序篇

雄安自古崇文重教，州府县衙均设学宫书院，义学私塾遍布乡里，教化之风薪火传承。安州早在宋代就有州学，是雄安区域已知最早的学校。元代大儒刘因隐居三台施教长达二十五年，其后静修书院声名远播，影响深远，培养了大批栋梁之才。本篇辑录诗歌 13 首。

静修书院[1] 〔明〕吴宽[2]

木落西山见一峰，　容城何处访遗踪[3]。
德辉欲览空翔凤，　王业如兴有卧龙[4]。
隐路[5]微茫随世化，悲歌激烈发心胸。
静修宅里高风[6]远，晚学抠衣[7]恨莫从。

本诗出自清乾隆《新安县志·艺文志》。

①静修书院：刘因辞世七年，其挚友梁志刚、弟子刘英等为纪念静修先生，在其讲学地三台修祠堂一处，并在孔庙西建书院。元朝皇庆元年（1312年）朝廷赐匾“静修书院”。元末书院荒废。明朝弘治十二年（1499年）新安知县周伦重修书院，立刘因像。此后，正德、嘉靖、隆庆、崇祯历代新安知县均有修葺。

②吴宽（1435—1504）：字原博，号匏庵，明朝南直隶长州（今江苏省苏州市）人。成化八年（1472年）状元，官至礼部尚书。其诗深厚醲郁自成一家，著有《匏庵集》。

③访遗踪：探访刘因当年在三台讲学之处。

④德辉欲览空翔凤，王业如兴有卧龙：刘因先生的道德光辉教化出许多人才，可谓鸾翔凤集，成就帝业的仁人志士。

⑤隐路：归隐之路。元朝至元二十九年（1292年），元朝召刘因为集贤学士、嘉议大夫，刘因“以疾固辞。”刘因故后，元世祖对其钦佩，称其为“不召之臣”。

⑥高风：高尚的风度与操守。

⑦抠衣：提起衣服前襟，这是古人迎趋时的动作，表示恭敬。

静修书院 〔明〕朱希周[1]

白鹿[2]荒凉已百年，宛如亲炙讲帷前。
干戈已遍中原地，　理义自涵方寸天。
后学范模应有在，　此邦祀典岂徒然。
试看身到青云路，　何似名登白石镌。

本诗出自清乾隆《新安县志·艺文志》。

① 朱希周（1473—1557）：明朝昆山（今江苏省昆山市）人，弘治九年（1496 年）状元。授修撰，累迁礼部侍郎，官至南京吏部尚书。

② 白鹿：古代喻祥地。借指静修书院。

静修书院 〔明〕周伦

曙色初开卷翠烟，　廿年瞻拜静修前。
萋萋草湿窗前雨，　淡淡云浮柳外天。
赋断渡江心已矣，　歌残采菊兴悠然。
螭头[1]年号曾翻覆，为整新镌换旧镌。

本诗出自清乾隆《新安县志·艺文志》。

① 螭头：古代神话传说中的一种龙。螭龙，寓意美好、吉祥。古建筑或器物、工艺品上常用它的形状作装饰。诗中指静修书院多次修葺。

静修书院 〔明〕刘恺

燕赵千年间出人，　洋洋河洛[1]尽循循。
杏花雨过千林喜，　杨柳风来一座春。
学粹[2]已能传圣统[3]，道尊原不作王臣[4]。
我生愧在三台里，　谁为先生步后尘。

本诗出自清乾隆《新安县志・艺文志》。

① 河洛：指黄河与洛水两水之间的地区。河洛地区古代文化博大精深，是我国古文明发祥地。文中借指刘因讲学之地三台。

② 学粹：指刘因的理学精深渊博。

③ 圣统：圣明通达的管理。

④ 道尊原不作王臣：道尊，集信仰和知识于一体，指刘因。这句是说刘因潜心治学，不为仕途，尊为“不招之臣”。

寄周令冕重修静修书院 〔明〕顾潜[1]

闻说容城接县疆，静修祠[2]墓恐荒凉。
知君已展怀贤志，遗稿残碑乞数行。

本诗出自清乾隆《新安县志・艺文志》。

① 顾潜（1471—1534）：字孔昭，号桴斋，晚号西岩。明朝昆山（今江苏省昆山市）人。弘治九年（1496 年）进士。诗文平正朴实，不事修饰，有《静观堂集》。

② 静修祠：刘因故后，其挚友梁浩然、弟子刘英等在其讲学处（今河北省安新县三台镇）修建祠堂，名“静修祠”。

静修书院 〔明〕周冕

奎壁[1]争辉耀范阳，台城从此构书堂。
鹅湖再建文风振， 白鹿重新教化扬。
易水环流龙变化， 燕山遥耸凤翱翔。
先生道德高千古， 一脉流来万载长。

本诗出自清乾隆《新安县志・艺文志》。

①奎壁：二十八宿中奎宿与壁宿的并称，旧谓二宿主文运，故常用以比喻文苑，这里指静修书院。

静修书院 〔明〕张寅

古径贤祠几历年， 老氓[1]遮道说从前。
纲常有赖三台地[2]，华夏能开一脉天。
远致瓣香心惕若[3]，忽瞻遗像[4]道依然。
铭心镂骨忘何日， 陈迹徒为纪石镌。

本诗出自清乾隆《新安县志・艺文志》。

①老氓：氓，古代称民，特指外来者。这里是作者谦称。

②纲常有赖三台地：纲常，三纲五常的简称。有赖三台，指的是当年刘因在三台设教讲学，传经授道。

③惕若：如临危境，不敢稍懈。这里是敬仰的意思。

④遗像：指刘因画像。静修书院历经多次修葺，作者任安州知州时，安新知县周冕重修，此诗写于重修后不久。

静修书院 〔明〕曹来旬[①]

中原龙战[②]起云烟，衰草荒榛满目前。
万古纲常几坠地，　一心道学可参天。
荆山泣玉[③]徒为尔，鲁薮生麟岂偶然。
此日重过风教在，　不堪仰首认残镌。

本诗出自清乾隆《新安县志·艺文志》。

① 曹来旬：明朝河南郑州人，进士，历武昌知府、永州知府、监察御史。著有《重修柳司马先生庙记》。

② 中原龙战：指明建文元年（1399 年）到建文四年（1402 年）建文帝朱允炆与燕王朱棣夺帝位的战争，史称“靖难之役”。建文二年（1400 年）四月，李景隆会同郭英、吴杰等集合兵将百万，进抵白沟河（今河北省雄县北）。朱棣命令张玉、朱能、陈亨、丘福等率军十余万迎战于白沟河。

③ 荆山泣玉：指为怀才不遇，蒙冤被罪而悲伤。

寄贺侍御高公[①]创建义学[②]成 〔明〕李衷实[③]

蔚矣[④]文风振，肃然道教尊。
莫言多蠖屈[⑤]，亦自有龙门。
拟杜[⑥]身堪隐，追刘[⑦]经可论。
吾乡欣此构，　派衍[⑧]岂忘源。

本诗出自清乾隆《新安县志·建置志》。

① 侍御高公：指高景。

② 义学：新安县义学有两处：一处为“三台义学”，万历年间刘恺之子刘兑创建，地址在山西村（今河北省安新县三台镇山西村）；一处在新安县城，清康熙五年（1666 年）高景创建（后为渥城书院）。此指新安义学。

③ 李衷实：明朝直隶新安三台人（今河北省安新县三台镇）人，天启元年（1621 年）选贡，曾任徐州州判。

④ 蔚矣：蔚然。

⑤ 蠖（huò）屈：比喻人不遇时，则屈身求隐，待来日再展宏图。蠖，尺蠖蛾的幼虫，生长在树上，行动时身体一屈一伸地前进。

⑥ 拟杜：打算学杜康。

⑦ 追刘：追随刘因。

⑧ 泒（gū）衍：荫及后人。泒，古河名，源出山西省，经太行山东麓入河北新安境（白洋淀）流至天津入海。借泒水比喻新安义学。

寄贺义学 〔明〕白皎然[①]

高义[②]堆金总不如，声流[③]金石[④]满新闾[⑤]。
为人远作千年计，教子需读邺架[⑥]书。

本诗出自清乾隆《新安县志·建置志》。

① 白皎然：明朝直隶新安县升平（今河北省安新县端村镇）人。崇祯元年（1628 年）选贡。

② 高义：高尚的品德或崇高的正义感。

③ 声流：名声传扬。

④ 金石：指钟磬发出的乐声。

⑤ 闾：街巷。

⑥ 邺架：“邺架之藏”的省称。对他人藏书的美称。

寄贺义学 〔明〕崔维雅[1]

辟肆[2]集同人，千家桃李春。
此之为至义，永以佩深仁。
好学即成富，积金却是贫。
诒[3]谟[4]钦[5]远大，孝友扩其真。

本诗出自清乾隆《新安县志·建置志》。

① 崔维雅：明朝直隶新安县升平（今河北省安新县端村镇）人，字大醇，号默斋，崇祯十年（1637 年）举人，初为浚县教谕。康熙十一年（1672 年）迁江南按察使，后累官至大理寺卿。著作有《河防刍议》《明刑辑要》。

② 辟肆：此指建学校。

③ 诒（yí）：传递。

④ 谟：计谋，策略。

⑤ 钦：敬仰。旧时书函用语。

寄贺义学 〔明〕李天伦[1]

犹是昔贤风教[2]余，英人崛起辟荒墟。
从兹奕世[3]培桃李，可但三春娱鸟鱼。
白简已清宣大地，墨花文洒渥濡居。
自来濯俗兴文物，夜夜芒辉带尾闾[4]。

本诗出自清乾隆《新安县志·建置志》。

① 李天伦：明朝直隶新安县三台（今河北省安新县三台镇）人，清顺治三年（1646 年）进士，任山东诸城县令。

② 昔贤风教：指刘因在三台讲学。

③ 奕世：即一代接一代之意。

④ 尾闾：后比喻事物归宿或倾泄之所。

寄贺义学 〔明〕白粹然[①]

谁教弛誉早飞生[②]，泒有渊源乐有英。
昔时西山今渥水，桃红李白已盈城。

本诗出自清乾隆《新安县志·建置志》。

① 白粹然：明朝直隶新安县升平（今河北省安新县端村镇）人。清顺治二年（1645 年）选贡，任伏羌知县升杭州府同知。

② 飞生：同“蜚声”。

三贤篇

雄安自古钟灵毓秀、人才辈出，仁人志士不胜枚举。刘因、杨继盛、孙奇逢被称为“容城三贤”，他们的思想、学养、处世之道为历代敬仰。本篇辑录诗 43 首。

泛舟西溪[1]喜雨　〔元〕刘因[2]

万山倒沧浪，　一叶[3]凌嵯峨[4]。
嵯峨为飞舞，　翠影如婆娑。
轻阴散雨足，　净绿生圆波。
人间碧海幻，　老眼青铜磨。
风云几千古，　办此雨一蓑。
溪南[5]有幽人，鼓棹前山阿。
烟深渺无处，　月色浮松萝。

本诗出自《静修先生文集》。

① 西溪：北宋至明朝嘉靖时期对白洋淀称谓之一。

② 刘因（1249—1293）：字梦吉，号静修，元代保定路容城（今河北省容城县）人。理学家、诗人。三岁识书，六岁能诗，十岁能文。至元十九年（1282 年）曾任承德郎、右赞善大夫。二十八年（1291 年）又召其为集贤学士、嘉议大夫，刘因“以疾固辞”。刘因一生致力于探究程颐、朱熹理学，仰慕诸葛亮“静以修身”哲理，边著述边施教，主要设教于三台（今河北省安新县三台镇），讲学收徒长达二十五年，至病逝。此外还在安州、易州等地讲学，对当地文风影响深远，被尊称“静修先生”。刘因一生著作颇丰，有《静修文集》《丁亥集》《易系辞说》等，其诗文入《元诗选》，事迹列入《元朝名臣事略》《元史》。元世祖称其为“不召之臣”。元仁宗皇庆元年（1312 年），赐刘因三台授业之所“静修书院”匾。后追赠翰林学士、资善大夫，谥文靖。后世将其与明代杨继盛和清初孙奇逢并称“容城三贤”。

③ 一叶：小舟。

④ 嵯峨：云盛的样子。

⑤ 溪南：指刘因挚友梁浩然。梁浩然，号“南溪”。

过白沟 〔元〕刘因

蓟门[1]霜落水天愁，　匹马[2]冲寒[3]渡白沟。
燕赵山河分上镇[4]，　辽金风物[5]异中州[6]。
黄云[7]古戍[8]孤城晚，落日西风一雁秋。
四海知名半凋落[9]，　天雁孤剑[10]独谁投。

本诗出自《静修先生文集》。

① 蓟门：即蓟丘，明沉榜《宛署杂记・古迹》：“蓟丘在县西，德胜门外五里西北隅，即古蓟门也。”此地历史悠久，曾为燕国都城。唐朝陈子昂、高适等许多诗人在此咏古留诗。白沟自唐宋以来包含众多历史纠葛，刘因从蓟门返乡经过白沟自然感悟颇多。

② 匹马：一匹马。后常指单身一人。

③ 冲寒：冒着寒冷。

④ 上镇：今河北易县一带，战国时燕、赵疆域大致在此划分。

⑤ 风物：景物。

⑥ 中州：指中原，河南一带地处九州之中，称中州。

⑦ 黄云：边塞之云。边塞黄沙飞扬，天空昏黄故称。

⑧ 古戍：边疆的城堡、营垒。

⑨ 凋落：树木凋零，在此指人辞世。喻指对南宋的灭亡表示哀悼。

⑩ 孤剑：一把剑，也常指孤身战士。

渡白沟 〔元〕刘因

东北天高连海屿，　太行蟠蟠如怒虎。
一声霜雁界河秋，　感慨孤怀几千古。
只知南北限长江，　谁割鸿沟来此处[①]。
三关南下望风云，　万里长风见高举。
莱公洒落近雄才，　显德千年亦英主[②]。
谋臣使臣强解事，　枉着渠头污吾鼓。
十年铁砚自庸奴，　五载儿皇[③]安足数。
当时一失榆关[④]路，　便觉燕云非我土。
更从晚唐望沙陀[⑤]，　自此横流[⑥]穿一缕。
谁知江北杜鹃来，　正见江东青鸟去。
渔阳[⑦]挝鼓[⑧]鸣地中，鹧鸪飞满梁园[⑨]树。
黄云白草西楼暮，　木叶山头几风雨。
只应漠漠黄龙府[⑩]，　比似愁冈更愁苦。
天教遗垒说向人，　冻雨顽云结凄楚。
古称幽燕多义烈，　呜咽泉声泻馀怒。
仰天大笑东风来，　云放残阳指归渡。

本诗出自清光绪《容城县志·艺文志》。

① 只知南北限长江，谁割鸿沟来此处：指宋朝与辽金两个重大历史事件，一是北宋与辽“澶渊之盟”，一是南宋与金“绍兴议和”。“澶渊之盟”是双方约定以白沟河为国界。“绍兴议和”南宋与金两国约定以淮河——大散关为界。鸿沟，这里借指白沟河、淮河。

② 莱公洒落近雄才，显德千年亦英主：莱公，指北宋名臣寇准（961—1023）。宋景德元年（1004 年），寇准力主抗辽。寇准殁后，谥忠愍，复爵莱国公，追赠中书令。故后人多称“寇忠愍”或“寇莱公”。显德，后周世宗年号，这里指显德六年（959 年）世宗柴荣亲征，收复瓦桥关。

③ 儿皇：指石敬瑭。后晋天福元年（936 年）十一月，辽太宗耶律德光册石敬瑭为皇帝。石敬瑭遂则将幽云十六州，即今天的河北和山西北部的大片领土割让给了契丹。石敬瑭称比他小十岁的耶律德光为“父

皇帝”。

④ 榆关：古指山海关，泛指北方边塞。

⑤ 沙陀：原是西突厥十姓部落以外的一部，因其地有大沙丘，故而得名。唐末沙陀朱邪部首领朱邪赤心平叛有功被赐姓为李。沙陀人在五代时期建立了后唐、后晋、后汉三个中原正统王朝和北汉这一个割据政权。

⑥ 横流：比喻动乱、灾祸。

⑦ 渔阳：古郡。秦渔阳县故城在今北京密云西南，秦、汉、魏、晋、渔阳郡治此。

⑧ 挝鼓：特指击登闻鼓。登闻鼓，是悬挂在朝堂外的一面大鼓。挝登闻鼓，是中国古代重要的直诉方式之一。

⑨ 梁园：西汉梁国梁孝王刘武在都城睢阳（今河南省商丘市）皇家园林。

⑩ 黄龙府：为辽金两代军事重镇和政治经济中心，是中国历史名城之一。1127 年，金兵俘虏宋朝徽、钦二帝因禁于此。

南溪行赠梁浩然[1] 〔元〕刘因

老人耕牧南溪南，　南溪草浅牛所贪。
大孙携书小携酒，　青蓑为席树为庵。
以书教孙仍自读，　隔溪遥听声喃喃。
牛眠树荫孙劝酒，　老人未醉意已酣。
老人气高躯干小，　面狭于髯森若杉。
年周甲子辰又浃[2]，　世故十率八九谙[3]。
早岁精勤传世业，　口诵太素[4]手弄苷。
以艺[5]发身[6]宁九屈，安车征起[7]诏使监[8]。
入为天子侍从臣，　龙沙万里尝陪骖[9]。
鼎湖[10]白云望不极，　招之归来山有岚。
身出梦关涉觉镜[11]，　人间万有皆空函。
侍从之名不复记，　老人自署南溪衔。
呼儿来前双玉立，　曰我爱汝择所堪。
自我中年学读书，　方寸若有神明鉴。
活人[12]之功岂不美，　一有不中中或惭。
青囊[13]秘封不再展，　尘迹从此乃一芟[14]。
读书力田两交进，　困[15]有所收心有函。
开此乐国自我始，　继而大之在汝男。
我今已成齐变鲁[16]，　汝等当为青出蓝。
东北一舍容城翁，　今年卧病家山岩。
其室虽迩人堪远，　汝粮自裹簦[17]汝担。
雪中款假[18]来叩门，　仆夫汗流扶酒甔[19]。
侑[20]樽有物随土产，　厥包杂进鸭与鹌。
饮剧谈发不自禁，　四邻惊走来窥探。
先生静然如土钟，　叩之愈大声愈䃣[21]。
今朝音吐泻河汉，　老人者谁开其缄。
斥之令去不复语，　兴亡万古手与谈。
空钩意钓[22]不在棋，　淡然相对如禅龛。
老人思家不可留，　二儿扶归杖几参。
腊酷[23]开时鱼可脍，　相约载酒游溪潭。

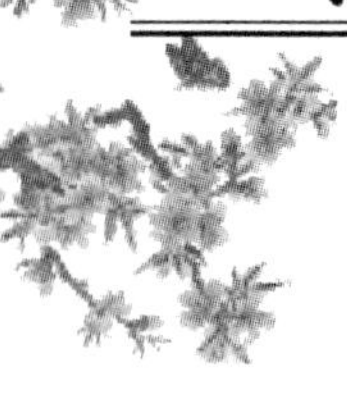

本诗出自清乾隆《新安县志·艺文志》。

① 梁浩然：隐士，号“南溪老人”，刘因挚友。其子梁泰与刘英（刘因门徒，刘因故后辞官）创办静修书院。

② 浃（jiā）：古代以干支纪日，称自甲至癸一周十日为“浃日”。

③ 谙（ān）：熟记、背诵。

④ 太素：《黄帝内经太素》简称。

⑤ 艺：这里指多种技能。

⑥ 发身：起家。

⑦ 安车征起：古代可以坐乘的小车。古车立乘，此为坐乘，故称安车。供年老的高级官员及贵妇人乘用。高官告老还乡或征召有重望的人，往往赐乘安车。安车多用一马，礼尊者则用四马。

⑧ 使监：古代官名。

⑨ 陪骖（cān）：随处。骖，本义是独辕车所驾的三匹马。

⑩ 鼎湖：古代传说黄帝在鼎湖乘龙升天，位于小秦岭之北、荆山脚下，现河南灵宝阳平镇所在地。

⑪ 身出梦关涉觉镜：“使监”之路犹如梦境虚幻一场。

⑫ 活人：医术。

⑬ 青囊：指秦末汉初黄石公撰《青囊经》。

⑭ 芟（shān）：本义割草，引申为除去。

⑮ 困（qūn）：本义指古代一种圆形谷仓。引为聚积、聚拢。

⑯ 齐变鲁：齐，齐国，疆域为山东大部分。鲁，指鲁国，疆域在泰山以南，今山东省南部。就是说，山东这块地方改朝换代，时代变迁，但孔子的思想没有变。

⑰ 簦（dēng）：古代有柄的笠。

⑱ 款假：款，诚恳；假，凭借。

⑲ 甔（dān）：坛子一类的陶瓶。

⑳ 侑（yòu）：筵席旁助兴，劝人吃喝

㉑ 韽（ān）：钟声（声音）微小难辨。

㉒ 空钩意钓：虽然是空钩但意在垂钓，何必能否钓着鱼？

㉓ 腊醅：腊月酿成的酒。

白雁行 〔元〕刘因

北风初起易水寒，　北风再起吹江干。
北风三吹白雁来，　寒气直薄朱崖山。
乾坤噫气[①]三百年[②]，一风扫地无留残。
万里江湖想潇洒，　伫看春水雁来还。

本诗出自《静修先生文集》。

① 噫（yī）气：呼气、嘘气，此处形容天地吐气。

② 三百年：这里暗指宋代江山三百年。

早发濡[①]上 〔元〕刘因

寒出防优逸，　诗情非浩然。
烟浓山失色，　云重雪连天。
坯户[②]仙游上，冰髯[③]老境前。
别家忘再宿，　桑海[④]问何年。

本诗出自清康熙《安州志·艺文志》。

① 濡：指濡水，古河名。分南北两支，北濡水指易县西北的北易水；南濡水指中山国曲逆县的濡水，即今源出河北顺平县西北的祁河及其下游的方顺河、石桥河。濡水东流与博水（今金线河）、滱水（今唐河）、易水相会后，仍得通称为濡水，经安州入白洋淀。

② 坯户：低矮的农户。

③ 冰髯：灰白胡须。

④ 桑海：“沧海桑田”之省。大海变成桑田，桑田变成大海。比喻世事变迁极快极大。典出《神仙传·麻姑》。

乡郡南楼[1]怀古 〔元〕刘因

南北世更迭，　江山人重轻。
澶州出师诏，　显德[2]受降城。
遗恨几时尽，　寸心千载生。
区区蓼花咏[3]，痴计欲何成。

本诗出自民国《雄县新志·艺文志》。

① 乡郡南楼：安州城南城楼。

② 显德：后周显德六年（959 年），周世宗北伐亲征，下令诸将各领马步诸军及水师赴沧州。四月，辽益津关（今河北霸县境内）、瓦桥关守将先后降后周。

③ 蓼花咏：即北宋六宅使何乘矩等所作《蓼花游》。993 年何承矩携众以赏蓼花、作蓼花诗为名，查勘白洋淀，谋划御辽之策。宋沈括《梦溪笔谈》记："瓦桥关北与辽人为邻，素无关河为阻。往岁六宅使何乘矩守瓦桥，始议因陂泽之地，潴水为塞。欲自相视，恐其谋泄。日会僚佐，泛船置酒赏蓼花，作《蓼花游》数十篇，令座客属和，画以为图，传至京师，人莫喻其意。自此始壅诸淀。"

登雄州城楼 〔元〕刘因

古戍寒云接渺茫，　故乡游子动悲凉。
江山自古有佳客，　烟雨为谁留太行。
野色分将愁外绿，　物华[1]呈出夜来霜。
海门[2]何处秋声急，极目苍波空夕阳。

本诗出自民国《雄县新志·艺文志》。

① 物华：自然景物。

② 海门：河流入海处。这里指雄州附近的大清河入东淀河口，白洋淀上游诸水经此后注入渤海。

易台[①] 〔元〕刘因

望中孤鸟入消沉， 云带离愁结暮阴。
万国河山有燕赵， 百年风气尚辽金。
物华[②]暗与秋光老，杯酒不随人意深。
无限霜松动岩壑， 天教遥落助清吟。

本诗出自《静修先生文集》。

① 易台：或指北宋时期雄州获夏台（见马之骦“获夏台”）。

② 物华：指宋辽时期景象。

七月九日往雄州 〔元〕刘因

秋声浩荡动晴云， 感慨悲歌气尚存。
洒落规模馀显德[①]， 承平[②]文物记金源[③]。
生存华屋[④]今焦土，忠孝遗风自一门[⑤]。
白发相逢几人在？ 苍烟乔木易黄昏。

本诗出自民国《雄县县志·艺文志》。

① 洒落规模馀显德：言后周世宗柴荣收复瓦桥关建雄州，其城池依稀存留。

② 承平：社会安定。

③ 金源：女真人建国立国号历史。《金史》志第五《地理》上：“上京路，即海古之地，金之旧土也，国言‘金’曰‘按出虎’，‘按出虎水’源于此，故名金源，建国之号盖取诸此。国初称为内地，天眷元年号上京。海陵贞元元年（1153 年）迁都于燕，削上京之号，止称会宁府，称为国中者以违制论……”

④ 华屋：华美的屋宇，指朝会、议事的地方。

⑤ 忠孝遗风自一门：疑指北宋杨继业世代忠孝。杨继业之子杨延昭曾镇守瓦桥、淤口、益津三关。

望易京 〔元〕刘因

乱山西下郁岧峣[①]，还我燕南避世谣。
天作高秋何索寞[②]，云生故垒自飘萧。
谁教神物归群盗[③]，只见金人泣本朝。
莫怪风雷有余怒，田畴英烈未全消。

本诗出自清乾隆《新安县志·古迹》。

① 岧峣：山势高峻。

② 索寞：形容消沉，没有生气。

③ 谁教神物归群盗：言北宋时期雄州州守李允则“扩城之计”。李允则试图扩展城池加强防卫，又恐引起辽人疑虑，于是用白银铸鼎，置于庙中。又暗使人移走，声明有贼盗取，便张榜缉拿，须筑城防患。李允则用此计实现北扩城池之策，强化军事训练，与辽国对峙。

白沟 〔元〕刘因

宝符藏山自可攻[①]，儿孙谁是出群雄[②]。
幽燕不照中天月[③]，丰沛空歌海内风[④]。
赵普元无四方志[⑤]，澶渊堪笑百年功。
白沟移向江淮去，止罪宣和恐未公[⑥]。

本诗出自《静修先生文集》。

① 宝符藏山自可攻：引春秋赵简子鼓励儿子们攻取“代地”典故，比喻宋太祖曾图谋收取幽燕。宝符藏山，《史记·赵世家》记载，晋卿赵简子听人说，继承君主事业的必须具有代地这块地盘。于是对儿子们说：“吾藏宝符于常山，先得者赏。”诸子疾驰常山寻找，惟庶生子毋恤言宝符找到。赵简子问之，毋恤：“常山居高临下，代可攻取。”赵简子知其贤，便废太子伯鲁立毋恤。后毋恤果攻取代地。

② 儿孙谁是出群雄：这句说宋太祖本可取“幽燕”，可他和他的继承者都没能攻取。宋太祖用十几年芟刘南方诸国，后两次征辽受阻，太宗以降，后代承平苟安，预伏亡国祸根。

③ 幽燕不照中天月：幽燕，指五代时石敬瑭割给契丹幽云十六州，宋代未能收回。不照中天月，指中国（中原）的月亮照不到幽燕。整句指宋朝的势力达不到或控制不了幽燕。

④ 丰沛空歌海内风：引汉刘邦《大风歌》典故。作者有感宋朝“中内虚外”的政策，导致边防空虚，无猛士戍边御敌，外患加剧，直至亡国之教训。

⑤ 赵普元无四方志：这句是说北宋君臣庸懦无能。作者认为赵普空有虚名，无统一天下，展土拓疆雄才大略。史载太宗两次征辽失败，赵普上疏认为征辽是受人蒙蔽，于是李防、赵孚等臣僚附和，主张学唐高祖“将礼与突厥”，对辽屈辱求和。

⑥ 白沟移向江淮去，止罪宣和恐未公：这句是说，澶渊之盟后，宋、辽、金疆界从白沟向南推向淮河。作者认为北宋灭亡的责任仅仅归罪于宋徽宗有失公允，亡国天子宋徽宗虽难辞其咎，但亡国祸根在宋朝开国之初早已埋下。

冯道[①] 〔元〕刘因

亡国降臣固位难，痴顽老子几朝官。
朝梁暮晋浑闲事，更舍残骸与契丹[②]。

本诗出自《静修先生文集》。

① 冯道（882—954）：字可道，自号长乐老，五代时期瀛州景城（今河北省沧州市）人。历仕后唐、后晋（契丹）、后汉、后周四朝十帝，拜相二十余年，人称官场“不倒翁”。好学能文，主持校定了《九经》文字，雕版印书，世称“五代蓝本”，为我国官府正式刻印书籍之始。

② 朝梁暮晋浑闲事，更舍残骸与契丹：言冯道为官之道与操守。

九日九饮歌 〔元〕刘因

一饮君听第一歌，　　谁知此际见天和①。
醉乡② 开物③ 工夫密，春意空蒙尚未多。
二饮重赓④ 第二歌，　　春风毛发欲婆娑。
寸心又到欣然处，　　莫怪山人语渐多。
三饮山人笑且歌，　　羲皇⑤ 相去已无多。
举杯为向诸君道，　　自此光阴奈乐何。
四饮须听第四歌，　　山人未醉觉颜酡。
嘱君轻摘黄花露⑥，　　滴向杯心生小波。
五饮初喧四座歌，　　黄花满意入红螺。
人间此乐知无复，　　鱼鸟闻声亦太和。
六饮相将醉景过，　　令严斟浅欲如何。
秋香正满黄花萼，　　宜与南山细拊⑦ 摩。
七饮人惊饮量多，　　儿童休唱接篱歌⑧。
青天一帽千年在，　　只恐西风不奈何。
八饮人惊饮量过，　　剧谈不记竟云何。
杯中正有春风在，　　无奈萧萧落叶多。
九饮苍崖藉翠蓑，　　江山摇落奈吾何。
乾坤闭物胚胎密，　　中有山人第九歌。

本诗出自清光绪《容城县志·艺文志》。

① 天和：指自然和顺之理，天地之和气。

② 醉乡：指唐王绩《醉乡记》。刘因借用此文比喻自己安于乡里，诗酒为乐，潜心治学。

③ 开物：通晓万物的道理。

④ 重赓：继续，连续。

⑤ 羲皇：伏羲氏。汉族传说中的上古部落首领。

⑥ 黄花露：菊花酒。

⑦ 拊（fǔ）：同“抚”。

⑧ 接篱歌：语出唐孟浩然《宴荣二山池》：“竹引携琴入，花邀载酒过。山公来取醉，时唱接篱歌。”

秋莲 〔元〕刘因

瘦影亭亭[①]不自容[②]，淡香杳杳[③]欲谁通。
不堪翠减红销际[④]，　更在江清月冷中。
拟欲青房全晚节，　　岂知白露已秋风[⑤]。
盛衰[⑥]老眼依然在，　莫放扁舟酒易空。

本诗出自《静修先生文集》。

① 瘦影亭亭：形容秋莲形态，亭亭玉立，淡香迷人的袅娜之艳，极言荷花之美。

② 不自容：“欲谁通”的反问，道出了荷花的内敛、高洁的本性。

③ 杳杳：淡香悠悠之状，香本无形，作者采用通感手法，把本无形之物写得形象可感。

④ 翠减红销际：秋莲凋零的时候。

⑤ 拟欲青房全晚节，岂知白露已秋风：此句用拟人手法用莲比喻人高贵品质，倾诉诗人自矜晚节、持之不渝的人生追求。青房，即莲蓬。白露、秋风，既是对人生坎坷又是对流年易逝的伤感与无奈。

⑥ 盛衰：以秋莲自然生长规律比喻人生。

读史谩题 〔元〕刘因

一

眼底权奸汉室空，伯喈[①]文举[②]亦才雄。
王畿庙号关何事？亦在区区论建中。

二

纪录纷纷已失真，语言轻重在词臣。
若将字字论心术，恐有无边受屈人。

本诗出自《静修先生文集》。

① 伯喈：指东汉文学家、书法家蔡邕。

② 文举：指东汉末著名学者、“建安七子”之一的孔融。

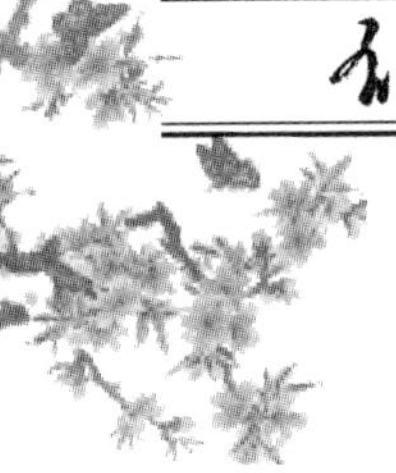

云锦亭[①] 〔元〕刘因

高亭云锦绕清流，便是吾家太乙[②]丘。
山影酒摇千垒翠，雨声窗纳一天秋。
襟怀洒落景长盛，云影空明天共游。
欲向白鸥问尘世，几人曾信有沧洲[③]。

本诗出自清康熙《安州志·艺文志》。

①云锦亭：安州古迹，建于元朝。清朝康熙《安州志》记载："云锦亭在州东南堤上，元刺史完颜安远建，因其花草鲜妍望如云锦故名。"

②太乙：又称太一、泰一。即道家所称的"道"。又指宇宙万物的本原、本体。也指星名，即帝星，又名北极。

③沧洲：滨水的地方。古时常指隐士的居处。

韩婴[①]墓 〔元〕刘因

章句[②]区区老益坚，　百年轲[③]死已无传。
四诗[④]今并毛公[⑤]废，三策[⑥]聊存董相贤。
祀典曾闻乡社在，　荒坟重为里人怜。
弦歌[⑦]燕赵今谁见，　高咏周南[⑧]独慨然。

本诗出自清乾隆《任邱县志·艺文志》。

①韩婴（前200—130）：西汉燕（今河北省固安县）人。汉文帝时任博士，景帝时官至常山王刘舜太傅，后人又称他"韩太傅"。武帝时，与董仲舒辩论，不为所屈。治《诗》兼治《易》，西汉"韩诗学"创始人。韩婴葬于鄚州，今其墓不详。

②章句：古人著书因引经论典将其分章析句注解。

③轲：孟轲。

④四诗：指"齐诗""鲁诗""韩诗""毛诗"四家《诗经》版本。

⑤毛公：毛亨，生平不详，是"毛诗"的开创者，赵（今河北邯郸

一带）人；一说河间（今河北沧州一带）人。

⑥ 三策：指武帝在面试董仲舒时就天道、人世、治乱等三个方面的问题，进行了三次策问，董仲舒一一从容作答，史称“天人三策”。

⑦ 弦歌：指礼歌或祭祀礼仪制度。

⑧ 周南：即《诗经·国风·周南》。

九日昆峰赐饮拟和刘静修先生[①]九日九饮歌[②]韵体

〔明〕杨继盛[③]

一饮初歌第一歌，乾坤万物属中和。
醉乡能发天然乐，况复幽人情兴多。
二饮停杯歌二歌，西风短鬓任婆娑。
四时佳兴俱堪赏，谁道当秋百感多。
三饮幽人发浩歌，百年风月属予多。
此身不是乾坤蒂，留我苍天欲若何。
四饮须听第四歌，傍人休笑醉颜酡。
曾经雪浪翻天涌，风落杯中漫起波。
五饮起来鼓缶歌，万年宇宙一红螺。
闲中看破盈虚壳，聚散浮沈综太和。
六饮将酣豪兴多，仰天长啸奈吾何。
片云忽暗楼头月，只欲凌虚一拂摩。
七饮相关乐趣多，风吹万籁尽笙歌。
区区怀抱俱春意，笑尔高秋奈我何。
八饮自惊饮量过，疏狂成癖竟如何。
纵然痛饮珍珠酒，却恐醉来语更多。
九饮浑忘披翠蓑，圣明恩厚复如何。
酿成四海合欢酒，欲共苍生同醉歌。

本诗出自清光绪《容城县志·艺文志》。

① 静修先生：即刘因。

② 九日九饮歌：即刘因的《九日九歌饮》。

③ 杨继盛（1516—1555）：字仲芳，号椒山，明朝直隶容城（今河北省容城县北河照村）人。明朝著名谏臣。嘉靖二十六年（1547 年）登进士第，初任南京吏部主事，后官兵部员外郎。因上疏弹劾仇鸾开“马市之议”，被贬为狄道典史。后被起用为诸城知县，迁南京户部主事、刑部员外郎，调兵部武选司员外郎。嘉靖三十二年（1553 年），上疏力劾严嵩“五奸十大罪”，遭诬陷下狱。在狱中备经拷打，于嘉靖三十四年（1555 年）遇害，年四十。明穆宗即位后，以杨继盛为直谏诸臣之首，追赠太常少卿，谥号忠愍，世称杨忠愍。后人以其故宅改庙以奉，尊为城隍。有《杨忠愍文集》。

苦冷 〔明〕杨继盛

冻日催寒色，狂风送冷尘。
慢愁衣服薄，眼底是阳春。

本诗出自《杨忠愍文集》。

赏功喜作 〔明〕杨继盛

踏破寒城谁问罪， 深居台阁①亦加封。
圣明恩阔同天地②，不论无功论有功③。

本诗出自《杨忠愍文集》。

① 台阁：古代行政机构，始于东汉，时称尚书省为阁台，相当于宰相府，是全国最高行政机构。

② 圣明恩阔同天地：皇帝明智，恩宽义广如同天地。

③ 不论无功论有功：不评述、追究无功，只提及有功，无功也说成有功。

微雪有感 〔明〕杨继盛

都城夜半初飞雪，台省应多祥瑞诗[①]。
眼底饿夫寒欲死，来年总[②]稔[③]济谁饥？

本诗出自《杨忠愍文集》。

① 台省应多祥瑞诗：朝廷各个机构官员都应和即景赋“瑞雪兆丰年”的诗句。台省，是古代朝廷政府最高机构。历代称谓不同，东汉称“台”，唐代称“省”，明代称“部”。

② 总：纵然、纵使之意。

③ 稔：庄稼丰收。

寒夜和[①]敬所[②]韵 〔明〕杨继盛

乾坤一草阁，宇宙平胸襟[③]。
宿雨千年泪，明霞万古心[④]。
疏灯暗客梦，佳兴无带愁[⑤]。
肌骨浑如铁，寒威任尔侵。

本诗出自《杨忠愍文集》。

① 和：依照他人诗词的韵脚再写一首与之相应。

② 敬所：杨继盛同科进士。

③ 乾坤一草阁，宇宙平胸襟：天地如同茅屋草舍，胸怀要有大地平阔。意为做人要有广阔的胸襟和宏伟的气度。

④ 宿雨千年泪，明霞万古心：雨夜凄凄犹如积蓄千年的苦泪，明快朝霞焕发人的本意初心。

⑤ 疏灯暗客梦，佳兴无带愁：烛光昏暗使人愁思多梦，很想有感兴趣的事情来驱除哀愁。

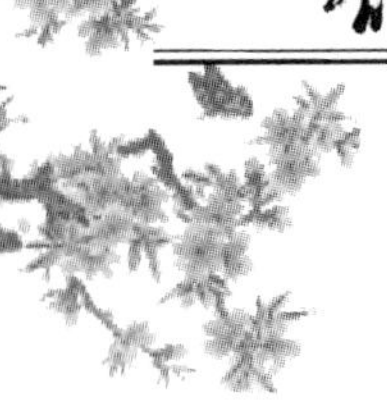

题残菊 〔明〕杨继盛

万树红芳带露残，独怜黄菊对霜看。
东君不与花为主，一任西风落彻寒。

本诗出自《杨忠愍文集》。

因冷感兴 〔明〕杨继盛

风满孤城泪满巾， 高寒偏傍薄衣人。
晴烟亦逐阴云冷， 诗思应逐白发新。
归去①此身方属我，愁来何事最伤神。
边陲戎马中原盗②， 惆怅羞称自靖臣③。

本诗出自《杨忠愍文集》。

① 归去：回到朝中（自己才能与奸佞斗争）。杨继盛上书《请罢马市疏》，被贬甘肃临洮典史。此诗写于被贬期间。

② 边陲戎马中原盗：杨继盛被贬期间，鞑靼部将俺答迭次入侵大同及宣化、滦州等西北边疆。

③ 靖臣：尽忠之臣。

题梅轩号 〔明〕杨继盛

江南有梅不见雪，　冀北[①]雪多梅花稀。
惟有中州[②]风土好，　梅花雪花相映晖。
孤根深托云石里，　天与清香岂偶两。
不向春光藉艳阳，　宁随上苑争桃李[③]。
老干雪铺翻[④]助清，　层冰万丈影涵明[⑤]。
幽姿皎皎尘埃绝，　琴瑟逼人冷气生。
万树丛中呈淡妆，　百花头上吐寒芳。
翛然远峤轻风起，　吹落乾坤草木香。
一枝洁素羞粉白[⑥]，　娟娟月姬着新裳。
一枝黄萼梁园发，　攒金缀栗色微茫[⑦]。
一枝朱英[⑧]舟换骨，　错认夭桃带浅霜。
一枝紫蕤蕾[⑨]初破，　晓霞飞落绯衣傍。
一枝同心并头开，　晴沙酣睡双鸳鸯。
疏影笼月瘦骨[⑩]插，　天劲稍穿石枯隙。
藏烟莺蝶不相识，　风雨更媥[⑪]妍冰葩。
冻蒂应难落一在，　凄凉羌管[⑫]弄[⑬]前川。
古瘦清香原太始，　品题群花更无比。
一段幽闲惟自知，　岂容凡眼窥红紫。
羡君孤梗迥绝俗，　梅花知人人如玉。
得意移来轩后栽，　松竹交映惬哀曲。
樽酒相看[⑭]花解语，　似促早上金门[⑮]去。
商家[⑯]正须和羹[⑰]材，休为花神滞野墅。
花落结实调鼎春[⑱]，　烹来瑞可荐枫宸[⑲]。
惟愿分钟千万山，　以解苍生万斛之渴尘。

本诗出自《杨忠愍文集》。

① 冀北：指明朝北京一带京师。冀，冀州以北。

② 中州：古代中州指以河南为中心及山东西部和江苏、安徽北部地区。

③ 宁随上苑争桃李：上苑，皇帝游赏的园林。词句表现作者效忠朝廷、精忠报国的志向。

④ 翻：反而。动词作副词用。

⑤ 影涵明：万丈冰涯上梅树熠熠生辉，隐含着孤傲与明节。

⑥ 粉白：素装，借指美女。

⑦ 一支黄萼梁园发，攒金缀李色微茫：一株黄色梅花如果在梁园开放，使得成堆的金子和缀满的桃李都黯然失色。梁园，汉代名苑，梁孝在开封王私家园林，遗迹保留至今。

⑧ 朱英：红色梅花。

⑨ 蕤（ruí）蕾：垂蕾。蕤，草木花下垂。

⑩ 瘦骨：梅花先开花后长叶，叶子不满时，枝条显得瘦骨嶙嶙。

⑪ 媥（piān）：身体轻盈的样子。

⑫ 羌管：羌笛。

⑬ 弄：吹奏。

⑭ 樽酒相看：把酒对梅，相知相怜。

⑮ 金门：汉代宫门，也称金马门，被征召贤能者，待诏金马门。作者借指回朝。

⑯ 商家：殷商王朝，借指明朝。

⑰ 和羹：配以不同调味品而制成的羹汤。后用以比喻大臣辅助君主综理国政。

⑱ 调鼎春：调制成美酒。鼎，古代蒸煮器具。春，古代称酒为“春”。

⑲ 荐枫宸：举荐给朝廷。宸，宫殿，引为朝廷。

小雪 〔明〕杨继盛

破窗不奈西风冷，况是萧条一敝疏[①]。
裘疏雪飘残忧国，泪寒更敲[②]碎贯城[③]。
愁悲歌劳忧残燕，士坐卧浑忘是囚。
四海寻家何处是，此身死外更无求。

本诗出自《杨忠愍文集》。

① 敝疏：残破，指牢房。

② 泪寒更敲：凄泪连连又闻更鼓声声，饮恨使人撕心裂肺。

③ 贯城：牢狱。

朝审途中 〔明〕杨继盛

风吹枷锁满城香[①]，簇簇[②]争看员外郎。
岂愿同声称义士[③]，可怜长板见亲王[④]。
圣朝厚德如土地，廷尉称平过汉唐[⑤]。
性癖从来归视死，此身元自不随杨[⑥]。

本诗出自《杨忠愍文集》。

① 满城香：押解途中，人们沿街置案焚香路祭。

② 簇簇：聚集（相看）。

③ 岂愿同声称义士：弹劾奸佞岂是为留下义士名声？同声，众人之声、后人称道。

④ 可怜长板见亲王：可叹疏奏连累二位亲王。杨继盛《请诛贼臣疏》中，有“请圣上亲自询问二王，让二王面陈严嵩罪状”。二王，指当时嘉靖皇帝的两个儿子，在弹劾严嵩一事上支持杨继盛。

⑤ 廷尉称平过汉唐：刑部公正量刑却因我遭殃。廷尉，汉代掌刑法最高长官，这里指刑部郎中史朝宾。杨继盛一案他主持正义，遭严嵩打击。称平，公平，主持正义。过汉唐，超过盛世汉唐（开明）。

⑥ 此身元自不随杨：只身献于国家，自古忠孝两全。不随杨，不属于自己。

赴义[①]二首 〔明〕杨继盛

一

浩气还太虚，丹心照万古。
生前未了事，留于后人补。

二

天王自圣明，制度高千古。
生平未报国，留作忠魂补。

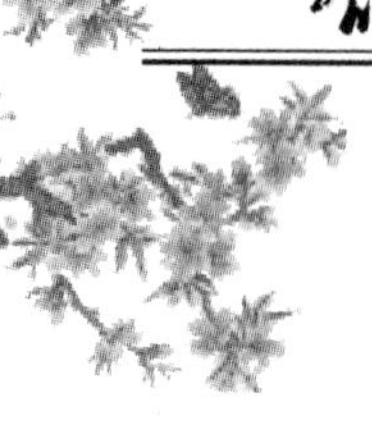

本诗出自《杨忠愍文集》。

① 赴义：嘉靖三十四年（1555），严嵩在其党羽鄢懋卿说服之下，决心杀死杨继盛。恰在此时，严嵩看到其同党赵文华送来的一份对闽浙总督张经等人的论罪奏疏，严嵩特意在这份奏疏之后加上杨继盛的名字，世宗在阅奏时并未注意，便草草同意处刑。

是年十月，严嵩授意刑部尚书何鳌，将杨继盛与张经、浙江巡抚李天宠、苏松副总兵汤克宽等九人处决，弃尸于市，临刑前，杨继盛将自书年谱交予其子，并作本诗，后天下相互涕泣传颂此诗。

白洋观莲访芦中人 〔明〕孙奇逢[①]

高馆[②]临湖心，此中有逸老[③]。
一水入云烟，　缥缈生花草。
绿苇映红莲，　漪漪皆天造。
香风扑面来，　清朗开怀抱。
室中多秘书，　幽遐备瞻讨[④]。
著述已盈几，　挥毫随意扫。
诸子兴翩翩，　未面先盟好。
沽酒[⑤]探夜频，雨滑途欲潦[⑥]。
依依未忍别，　送我段村[⑦]道。
永兴寺[⑧]言归，登舟月已皓。

本诗出自清乾隆《新安县志·舆地志》。

① 孙奇逢（1584—1675）：字启泰，号钟元，明朝直隶容城（今河北省容城县）人。理学大家，与李颙、黄宗羲齐名，合称明末清初三大儒。明万历二十八年（1600年）顺天乡试举人。后连丁父母忧，庐墓六年，旌表孝行。与定兴鹿善继讲学。天启年间，魏阉乱政。天启四年（1624年），杨涟、左光斗、魏大中、周顺昌、黄尊素等人先后下狱。孙奇逢与鹿正（鹿善继父）、张果中等人倡义醵金营救，安顿诸人子弟，并函请督师山海关的蓟辽总督孙承宗“以军事疏请入见”，对魏忠贤施以威慑。一时义声震动儒林，誉为“范阳三烈士”。明亡，清廷屡召不仕，人称孙征君。晚年讲学于辉县夏峰村二十余年，从者甚众，

世称夏峰先生。孙奇逢一生著述颇丰，他的学术著作主要有：《理学宗传》《圣学录》《北学编》《洛学编》《四书近指》《读易大旨》《书经近指》。康熙十四年（1675 年）辞世。

② 馆：永兴寺。

③ 逸老：经历世变的老人。此指芦中人高鐈。

④ 瞻讨：指观览探寻。

⑤ 沽酒：从市上买酒。

⑥ 潦（liáo）：不精致、不整齐。

⑦ 段村：即今河北省安新县端村。清乾隆《新安县志·舆地志》：“永兴寺昔名杨柳庵，在段村去城十五里。”相传乾隆巡行至此，取祥瑞之意改名“端村”。

⑧ 永兴寺：明清时期端村古寺，位于村南频临白洋淀。明朝万历新安县邑令尹从教题写楹联：水会九流，堪拟碧波浮范艇。花开十里，无劳魂梦到苏堤。

过水月庵[1]诗 〔明〕孙奇逢

一

世世纷纷草上露，浮生[2]冉冉水中鸥。
禅僧孤坐松窗静，一饭高眠何所求。

二

携客联翩过此潭， 个中趣味任相探。
外边抢攘[3]难安脚， 魂梦依依水月庵。

本诗出自清乾隆《新安县志·寺观志》。

① 水月庵：乾隆《新安县志·寺观志》：“水月庵在小淀头，一刹水环四围芦带，为渔落佳胜。”

② 浮生：指人生。典出《庄子·外篇·刻意第十五》：“其生若浮，其死若休。”

③ 抢攘：纷乱。此指清兵攻下新安城后社会一时动乱。

夜宿清泉庵[1] 〔明〕孙奇逢

蛟聚如雷势正横[2]，谁知此地寂无声。
病躯终夜成高枕， 怪道禅僧法力宏。

本诗出自清乾隆《新安县志·寺观志》。

① 清泉庵：清泉庵在白洋淀田庄，庄人田贯创建。

② 蛟聚如雷势正横：暗指清兵。

镇龙寺[1] 〔明〕孙奇逢

三人[2]就我意崚嶒[3]，中夜禅床泪不胜。
但得菰芦深碧处， 好留明月话闲僧。

本诗出自清乾隆《新安县志·寺观志》。

① 镇龙寺：乾隆《新安县志·寺观志》："镇龙寺在王家寨去城东十五里。"

② 三人：指杜越、夏鼎和耿权。明崇祯十七年（1644 年）"甲申事变"后，孙奇逢躲避至白洋淀。是年五月，与杜、夏、耿游镇龙寺。

③ 崚嶒（líng céng）：本意高耸突兀。此为刚直不屈之意。

携同人登魁星阁[1] 〔明〕孙奇逢

人日登高谒帝君，乾坤隐隐焕斯文。
寒销春满千林树，烟静祥呈五色云[2]。
足下湖光连远塞，斗[3]间剑气净微氛。
同人无限相期意，月照阑干莫厌醺[4]。

本诗出自清乾隆《新安县志·建置志》。

① 魁星阁：清乾隆《新安县志·建置志》："魁星阁在邑学，据东南城为台而祠。"

② 五色云：祥瑞之云。

③ 斗：指北斗七星中前四颗星，即天枢、天璇、天玑、天权的总称。

④ 同人无限相期意，月照阑干莫厌醺：这句是说月光下同窗好友相聚对酌，踌躇满志，相约期满，任其酒酣大醉。醺，醉酒。

静修书院　〔明〕孙奇逢

此地留风教，　迄今三百年。
瞻礼神逾竦①，读碑口共宣。
我窥先生志，　适符高尚篇。
纵不值元运，　宁与王侯肩②。
李生进光者，　摇首曰不然。
先生服孔姬③，寤寐思尧天。
岂忍变素心，　雷溪④应高眠。
婉词谢时宰⑤，暂出即言旋。
此老非迂阔⑥，心事几熬煎。
李生语在怀，　便可印昔贤。
此语久在怀，　特质⑦先生前。
遗像若有言，　精神可默传。
清风百世师，　吴许敢争先。

本诗出自清光绪《容城县志·艺文志》。

① 竦（sǒng）：恭敬、肃敬。

② 纵不值元运，宁与王侯肩：纵使遇不到好机会，但先生（刘因）的学识与情操高于王侯贵胄。元运，天运、时运。

③ 孔姬：孔子和姬旦（周公旦）的并称。

④ 雷溪：刘因号。

⑤ 婉词谢时宰：指刘因婉言谢绝金朝廷召他为“承德郎、右赞善大夫”和元朝廷召他为“集贤学士、嘉议大夫”官职。

⑥ 迂阔：思想行为不切实际事理。

⑦ 质：抵押或抵押品，这里指作者的思想意识或志向。

赠三无道人[1] 〔明〕孙奇逢

瓦桥老处士，　来垂卫水[2]纶。
闭门惟嗜读，　混迹不言贫。
胸中无机械[3]，眉端不蹙颦。
口底绝雌黄，　与物惟一真。
举以号三无，　真不愧古人。
人在孙邵[4]间，大易有传薪。
我向君问易，　君为我指津。
君为我益友，　况复托良姻。
君年今古稀，　少我十二春。
命儿多酿酒，　是夕我作宾。
山村话终日，　桃源[5]足避秦。

本诗出自民国《雄县新志·艺文志》。

① 三无道人：古时候称有德才而隐居不愿做官的人，后亦泛指未做过官的士人。句中指孙奇逢挚友雄县人李葑（字霞表，晚号三无老人）。

② 卫水：即古卫河，河源一出辉县苏门山麓，一出博爱县的皂角树村。这里指前源，孙奇逢晚年居河南辉县下峰村讲学二十余载。当时“卫水金波”为新乡八景之一。

③ 机械：原指机关装置。这里指巧诈；机巧。

④ 孙邵：孙，指魏晋时期隐士孙登，博才多识，熟读《易经》《老子》《庄子》之书，会弹一弦琴，尤善长啸。阮籍和嵇康都曾求教于他。邵，指北宋哲学家邵雍，幼随父迁共城（今河南省辉县）。少有志，先后被召授官，皆不赴。创“先天学”，以为万物皆由“太极”演化而成。

⑤ 桃源： 这里指躲避强暴或战乱，自得其乐。

九日同止生仁卿集美饮静修墓下追和九饮歌

〔明〕孙奇逢

一饮君听第一歌，　萧萧烟垄转清和。
双杨耸峙插天半，　想见先生遗韵多。
二饮重赓[①]第二歌，乾坤舒卷任婆娑。
莫愁当日期功少，　翻喜今朝展墓多。
三饮山人笑且歌，　晋家处士孰居多。
尧天万古犹容许，　胜国荆榛[②]奈我何。
四饮须歌第四歌，　幽人未饮已颜酡[③]。
腹鳞唇甲[④]方酣战，尺水无风自起波。
五饮初喧四座歌，　太行徙倚吐青螺[⑤]。
非凭酒力当风力，　坐对先生分外和。
六饮相将醉景过，　问心不语意如何。
平生有志伤摇落，　仍欲从头细抚摩。
七饮人惊饮量多，　牢骚忽尔起悲歌。
腐儒不识真儒意，　横肆讥弹可奈何。
八饮人惊饮量过，　百年天地竟如何？
好留底本归桑海，　英略雄图未足多。
九饮苍崖藉翠蓑，　羲皇一枕乐如何？
椒山[⑥]曾为怜同调，愧我樽前漫和歌。

本诗出自清光绪《容城县志·艺文志》。
① 重赓：继续。
② 荆榛：泛指丛生灌木，多用以形容荒芜情景。
③ 酡（tuó）：饮酒后脸色变红。
④ 腹鳞唇甲：肚子、嘴唇。这里指张开嘴、喝下肚。
⑤ 青螺：指法螺。借指佛教经典。
⑥ 椒山：指杨继盛。

题静修祠 〔明〕孙奇逢

文靖元大儒，处士招不至①。
非不事裕皇，易称高尚志。
祖父生金元，舍此身何寘。
尊道与行道②，情同事无异，
希圣学已深，点由置非位。
俎豆拟孔庭③，后来如薪积④。

本诗出自清光绪《容城县志·艺文志》。

① 招不至：指至元二十八年（1291 年），忽必烈下诏以集贤学士、嘉议大夫征召刘因。时已四十三岁的“布衣”刘因“以疾固辞”。忽必烈憾言刘因是“不招之臣”。

② 尊道与行道：指刘因理学思想。刘因以朱熹为宗，在天道观方面，将生生不息的变化归之于“气机”，主张专务其静，不与物接，物我两忘。在为学方面，主张读书当先读六经、《语》《孟》，然后依次读史、诸子，主张读书“必先传注而后疏释，疏释而后议论”。他的“古无经史之分”之说，对后来章学诚“六经皆史”的观点产生一定影响。

③ 孔庭：孔子、孔庙。

④ 薪积：即积薪，集聚木柴。引为传扬，薪火相传。

书感 〔明〕孙奇逢

我来千余里[1]，思见英雄人。
胸中罗今古[2]，万物待其新。
人也而天游， 钓渭[3]与耕莘[4]。
不然隐君子， 山水乐相邻。
丘壑适吾意， 皎洁不染尘。
二者俱悠邈， 斯道竟沈沦[5]。
乃知古人出， 尧舜其君民。
退处林泉下， 坐使风俗淳。
仁可覆天下， 亦可善此身。
此字不分明， 痛痒总不亲。
庸众是非泯， 英雄好恶真。
此是经纶[6]手，千古无等伦。

本诗出自《孙夏峰先生集》。

① 我来千余里：作者指由故里容城隐居到河南夏峰村。

② 罗今古：思想古今。罗，排列，引为考虑、思想。

③ 钓渭：指姜子牙垂钓于渭水遇文王事。

④ 耕莘（shēn）：相传伊尹未遇汤时耕于莘野，隐居乐道。

⑤ 沈沦：沈，同“沉”，埋没、沉沦。

⑥ 经纶：本意是整理过的蚕丝。比喻筹划治理国家大事或借指抱负与才干。

读《许鲁斋集》[1]（明）孙奇逢

我读公遗书，　知公心最苦。
乾坤值元运[2]，民彝[3]已无主。
公等二三辈，　得君为之辅。
伦理未全绝，　此功非小补。
不陈伐宋谋，　天日昭肺腑。
题墓有遗言，　公意有所取。
众以此诮[4]公，未免儒而腐。
道行与道尊，　两义[5]各千古。

本诗出自《孙夏峰先生集》。

①《许鲁斋集》：元朝许衡著。许衡，字鲁斋，金末元初著名理学家、教育家。

② 元运：天运、天命。

③ 民彝（yí）：旧指人与人之间相处的伦理道德准则。

④ 诮（qiào）：责备。

⑤ 两义：君臣两者应该做的合理、适宜的事。

题静修墓[1]（明）孙奇逢

古木森森一望中，孤城烟雨自濛濛。
当年大节乾坤重，奕世[2]清修姓字崇。
易水有情环断垄，金台无地不闻风。
茵芸半亩残碑灭，赖得仁侯祀事隆。

本诗出自清光绪《容城县志·艺文志》。

① 静修墓：清光绪《容城县志·邱墓》："元儒静修墓在沟市村，即波洁贤冢也。中有碑，天顺八年大尹林景修筑垣墉。天启丙寅，孙徵君倡邑绅士建祠宇三楹于墓南。内塑先生像，庭前植柏，门外竖坊，题曰：山高水长每岁清，明节本县同绅士。祭之有墓表。"

② 奕世：累世、代代。

词家篇

古雄安人民为乡贤立祠祭祀、修冢拜谒，历代名士祭拜之余吟诗作赋多有感怀，意在启迪后人、世代传颂。本篇辑录咏祠冢诗37首。

秦越人[1]洞中咏 〔唐〕于鹄[2]

扁鹊得仙处， 传是西南峰[3]。
年年山下人， 长见骑白龙[4]。
洞门黑无底， 日夜唯雷风。
清斋[5]将入时，戴星兼抱松。
石径阴且寒， 地响知远钟。
似行山林外， 闻叶履声重。
低碍更俯身， 渐远昼夜同。
时时白蝙蝠， 飞入茅衣中。
行久路转窄， 静闻水淙淙。
但愿逢一人， 自得朝天宫。

本诗出自《全唐诗》。

① 秦越人（约公元前 407—前 310）：指中国古代神医扁鹊，战国时期莫人（今河北省任丘市），医学家。扁鹊善于运用四诊：望、闻、问、切。尤其是脉诊和望诊来诊断疾病精于内、外、妇、儿、五官等科，应用砭刺、针灸、按摩、汤液、热熨等法治疗疾病，被尊为“医祖”。

② 于鹄：生卒年不详，大致生活在唐朝德宗大历至贞元间。诗人。隐居汉阳，尝为诸府从事。其诗语言朴实生动，清新可人，题材方面多描写隐逸生活，宣扬禅心道风的作品。代表作有《巴女谣》《江南曲》《长安游》《南溪书斋》《题美人》等。

③ 西南峰：指蓬山，扁鹊治好赵简子病后，赵将蓬山封赐予扁鹊。

④ 白龙：白马。

⑤ 清斋：一谓举行祭祀或典礼前洁身静心以示诚敬。二谓素食，长斋。三指清静之室。

扁鹊墓 〔南宋〕范成大[①]

活人[②]绝技古今无，名下从教世俗趋。
坟土尚堪充药饵，莫嗔[③]医者例多卢[④]。

本诗出自范成大《石湖诗集》。

① 范成大（1126—1193）：字至能，号石湖居士。南宋平江府吴县（今江苏省苏州市）人。绍兴二十四年（1154 年）进士，官至资政殿大学士。文学家、诗人。著作有《石湖集》《揽辔录》《吴船录》《吴郡志》《桂海虞衡志》等 。

② 活人：指古医学书籍《活人书》，北宋朱肱所著。原名《伤寒百问》，又名《南阳活人书》，成书于宋徽宗大观二年（1108 年）。诗中借指扁鹊高明医术。

③ 莫嗔：莫怪。

④ 卢：黑色。相传扁鹊墓上的黑土能治病，此照应上句。

过吕仙祠[①] 〔元〕陈孚

山行夭矫[②]苍精剑，日气曈昽[③]紫磨丹。
度尽世人人不识，午烟起处是邯郸[④]。

本诗出自民国时期《雄县新志·艺文志》。

① 吕公祠：民国时期《雄州新志·地理》：“城南十里有村曰十里铺，旧有郝家庄……北有吕公庙，金大定间建。俗传吕仙观莲于此。”

② 夭矫：形容姿态伸展屈曲而有气势。

③ 曈昽：天色微明，尚看不清晰。

④ 邯郸：借引“一枕黄粱”。比喻短促而虚幻。

过吕仙祠 〔元〕李继本[①]

策名[②]文彩动蟾宫[③]，飞上丹梯笑葛洪[④]。
剑影冷含云气湿，　笛声清绕月轮空。
墨翻诗壁研磨外，　神见苍精候谒中。
几度欲寻仙岁月，　芙蓉溪上又秋风。

本诗出自民国《雄县新志·艺文志》。

① 李继本：名延兴。元朝北平人。元至正十七年（1357 年）进士。授太常奉礼，兼翰林检讨。元末隐居（雄县）不仕。

② 策名："策名委质"之省。

③ 蟾宫：本义月宫。引"蟾宫折桂"意，喻指吕洞宾（相传吕洞宾初试金榜题名，诏封咸宁县）。

④ 葛洪：东晋道教学者、著名炼丹家、医药学家。著有《肘后方》《金匮药方》。

扁鹊墓 〔明〕杨士奇[①]

雄县城南水没路，鄚州市里酒如油。
客行相聚且一醉，不见越人空古邱。

本诗出自清乾隆《任邱县志·艺文志》。

① 杨士奇（1366—1444）：名寓，字士奇，号东里，明朝江西泰和（今江西省泰和县）人，官至兵部尚书。曾总裁《明太宗实录》《明仁宗实录》《明宣宗实录》《明实录太宗文皇帝实录》。正统六年（1441 年）与马愉、曹鼎等编辑《文渊阁书目》。另著有《三朝圣谕录》三卷、《奏对录》《历代名臣奏议》等。

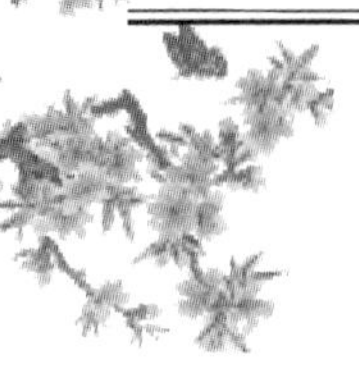

扁鹊墓 〔明〕顾问

扁鹊高原近鄚城， 金丸[1]玉颗产层层。
上池春水[2]一腔话，异梦神针万古灵。
烟入老松龙结雾， 风传仙药凤调声。
瞻衣堂下仍登祝， 更起疮痍四海平。

本诗出自乾隆《任丘县志·艺文志》。

① 金丸：指扁鹊制成的药剂、药丸。

② 上池春水：指凌空承取或取之于竹木上的雨露。气味甘、微寒、无毒。典出于“饮上池”。

宋唐令介[1]前令金灿[2]祠 〔明〕顾问

城北何年祠宇开， 残碑半已蚀莓苔。
瞻衣堂下犹公在， 结构民间为予来。
堤障百川功伟矣， 蝗飞八腊[3]事奇哉。
芳踪仰止[4]心殊切，绵力惭非济世才。

本诗出自清乾隆《任邱县志·艺文志》。

① 宋唐令介：指任丘知县唐介。

② 金灿：指宋唐令前任县令。

③ 八腊：八腊庙。亦称虫王庙，系任丘县令金灿修建，每当蝗灾时乡民去庙祭祀。

④ 仰止：崇高品德。

懿妃冢[1]挽诗 〔明〕高鐈[2]

矮松宿草已敷丘， 蛾贼灰宫[3]恨未收。
薤露[4]歌残白亘列[5]，飞霜击罢绿云[6]浮。
芳猷昭洁从龙驭[7]， 淑哲含悲亦风休。
落落孤村忍吊外， 远天春水夕阳愁。

本诗出自清乾隆《新安县志·丘墓志》。

① 懿妃冢：懿妃，明光宗朱常洛妃嫔（傅氏），直隶新城（今河北省新城县）人。原为太子宫淑女。明光宗即位，命封傅氏为妃。不料明光宗很快驾崩，来不及正式封妃。明熹宗即位，将傅氏强行移往别宫，未加尊封。天启四年（1624 年），魏忠贤执政时期，明熹宗才尊封她为懿妃，由咸福宫改慈宁宫，乃下诏宣布中外，加封号为皇考温定懿妃。

② 高鐍：即“芦中人”。

③ 蛾贼灰宫：李自成起义军焚毁宫廷。蛾贼，封建时代对农民起义军的蔑称。

④ 薤（xiè）露：古代挽歌名

⑤ 白亘列：懿妃冢如白色亘屏摆列。

⑥ 绿云：祥云。

⑦ 芳猷昭洁从龙驭：懿妃的妃位明熹宗即位后得到昭封。芳，指懿妃。龙驭，指明熹宗即位。

题忠愍墓[①]（明）冯琦[②]

直臣[③]未可等闲看，骨鲠[④]终能祸鹬冠[⑤]。
谏草[⑥]肯随尘土暗，忠魂不作海涛寒。
九霄梦断风云歇，　八极神游天地宽。
圣代明贤多建白[⑦]，谠言[⑧]谁似此心丹。

本诗出自清光绪《容城县志·艺文志》。

① 忠愍墓：即容城杨继盛墓。

② 冯琦（1558—1604）：字用韫，号琢庵，明朝益都（今山东省青州市）人，万历五年（1577 年）进士。官至礼部尚书。

③ 直臣：直言谏诤之臣，指杨继盛。

④ 骨鲠：异物哽于咽喉或食道等部位，病之重症。这里借喻杨继盛不屈权贵的气节成为严嵩奸佞的骨鲠心患。

⑤ 祸鹬冠：这里指杨继盛因揭露严嵩获罪。鹬冠，以鹬羽为饰之冠，古时亦为知天文者之冠。这里意为（杨继盛）洞察严嵩罪状。

⑥ 谏草：谏书的草稿。这里指杨继盛“两疏”——《请罢马市疏》《请诛贼臣疏》。

⑦ 建白：提出建议或陈述主张。

⑧ 谠（dǎng）言：正直之言，慷慨之言。

过忠愍祠下忾然感而哭之 〔明〕张光远[①]

当年意气最相期，此日登临重有思。
老我衰残同草木，壮公忠烈震华夷。
青青已挺凌霜柏，灼灼还倾向日葵。
千古英雄增感慨，不堪洒泪湿穹碑。

本诗出自清乾隆《新安县志·艺文志》。

① 张光远：号南川効仁子，明朝直隶新安县（今河北省安新县）人，嘉靖十六年（1537 年）进士，历东平信阳两州知州，升萧府长史。著作有《南川文集》等。

题忠愍祠 〔明〕萧迎[①]

拜谒先生意未阑[②]，　独怜劲节古今难。
遗容尚觉丹心古，　正气浑惊白书[③]寒。
谏草两篇凌董贾[④]，　忠魂千载重龙干。
谁知身死圜[⑤]墙后，　庙祀于今百代看。

本诗出自清光绪《容城县志·艺文志》。

① 萧迎：明朝湖广沔阳州（今湖北省沔阳县）人，监生。明万历十七年（1589 年）任容城知县。

② 阑：尽。

③ 白书：陈述。

④ 董贾：董，指汉代思想家、哲学家、政治家、教育家董仲舒，提出“罢黜百家，独尊儒术”主张；贾，指西汉初年著名政论家、文学家贾谊，作有《过秦论》《论积贮疏》《陈政事疏》等。

⑤ 圜（huán）：环绕。

题忠愍祠 〔明〕李学道[①]

砥柱中流人所难，丹心浩气重龙干。
回天两疏燕山并[②]，扶世一腔易水寒。
颈血谁怜臣节苦，褒封犹觉主恩宽。
芳声[③]应自标青史，庙貌于今百代看。

本诗出自清光绪《容城县志・艺文志》。

① 李学道：明朝四川隆昌（今四川省隆昌市）举人。万历十八年（1590 年）任容城教谕，后升河间府通判。

② 燕山并：与燕相提并论。指杨继盛“两疏”气势。

③ 芳声：美好的名声、声誉。

谒吕仙祠 〔明〕马希周

海上三山[①]何处逢，偶于方外觅仙踪。
桥边白石犹堪煮，鼎内黄金自可封[②]。
落日短墙悬薜荔，倚空长剑出芙蓉。
闲来醉卧长松下，争道蓬莱第一峰。

本诗出自民国《雄县新志・艺文志》。

① 海上三山：中国神话传说中的“海上三神山”——蓬莱、方丈、瀛洲。

② 桥边白石犹堪煮，鼎内黄金自可封：比喻道家炼丹之术，以求长生。

题忠愍墓 〔明〕鹿善继

穷海说椒山，佳城在此间。
穿林看寂寂，渡水听潺潺。
两疏当年泪，一碑万古颜。
从来臣子训，谁破生死关。

本诗出自清光绪《容城县志・艺文志》。

赠仇孝子[1]庐墓[2]　〔明〕韩邦域[3]

马鬣封[4]成负米休，青山涕泪动松楸。
高峰猿断孤霞落，　古岭霜寒片月愁。
吟到蓼峨头尽白，　歌残风木□皆秋。
蓬蒿一卧苹花老，　姓字千年汗竹[5]收。

本诗出自清乾隆《新安县志·艺文志》。

① 仇孝子：指明弘治壬午进士仇惠之仲子。

② 庐墓：指古人于父母或师长死后，服丧期间在墓旁搭盖小屋居住，守护坟墓。这里指仇惠墓。

③ 韩邦域：明万历年间直隶新安主事。

④ 马鬣封：古代民间丧俗。坟墓封土的一种形状。亦指坟墓。

⑤ 汗竹：古人再用火烤青竹做书简，烤之竹片冒水珠如出汗，也称“汗青”。借指史籍、书册。

懿妃冢挽诗　〔明〕王家祚

大地乾坤沸，　天移帝烈成[2]。
鸾飞残月冷，　凤落暮云平[3]。
无复松楸带，　惟余苔草生。
主臣[3]千古恨，依圹[4]涕茕茕[5]。

本诗出自清乾隆《新安县志·丘墓志》。

① 大地乾坤浮，天移帝烈成：指明甲申事变后改朝换代。

② 鸾飞残月冷，凤落暮云平：指明光宗懿妃逃外流落。

③ 主臣：指明光宗和懿妃。

④ 圹（kuàng）：墓穴。

⑤ 茕茕（qióng）：孤“单”。

谒静修先生祠 〔明〕王瑞图[1]

千钧鼎沸晚烟磷，　独许先生节义[2]醇。
函丈[3]三台高赤帜，遗经[4]万禩仰芳尘[5]。
松楸昔拓新堂宇[6]，庙貌今存旧角巾[7]。
瞻拜亭前还怅望，　阶除[8]碧草正铺茵。

本诗出自清乾隆《新安县志·艺文志》。

① 王瑞图：明朝直隶新安邑训，生卒年不详。

② 节义：操节与义行。

③ 函丈：古代讲学者与听讲者，坐席之间相距一丈。后用以称讲席，引申为对前辈学者或师长的敬称。

④ 遗经：刘因留给后人的思想、文化等说教。经，经书。

⑤ 芳尘：明贤遗踪。

⑥ 堂宇：指静修祠。

⑦ 角巾：有棱角的头巾，古代隐士冠饰。借指隐士刘因。

⑧ 阶除：台阶。

题忠愍墓 〔清〕彭而述[1]

履虎[2]撄鳞[3]气薄云，封章[4]才上死生分。
已将铁笔诛奸相，　　敢爱鸿毛答圣君。
故国寒鸦啼断垄，　　空郊落日照孤坟。
先生如可九原[5]作，　不悔椒兰[6]只自焚。

本诗出自清光绪《容城县志·艺文志》。

① 彭而述（1605—1665）：字子篯（jiǎn），号禹峰，明朝邓州（今河南省邓州市）人。崇祯十三年（1640 年）进士，授阳曲县令。清顺治初年任两湖提学佥事，后累官至云南左布政使。著作有《读史异志》《读史别志》《读史新志》等。

② 履虎：即履虎尾，踩踏虎尾。比喻身蹈危境。

③ 撄鳞：古人以龙比喻君主，传说龙喉下有逆鳞径尺，触必怒。后遂以撄鳞等喻触怒帝王。

④ 封章：言机密事之章奏皆用皂囊重封以进，故名封章，亦称封事。

⑤ 九原：一指九州大地。二指春秋时晋国卿大夫的墓地，后泛指墓地或九泉、黄泉。

⑥ 椒兰：喻美好贤德者。

懿妃塚挽诗 〔清〕王余佑

翠华[1]何处是，珠钿[2]落荒丘。
温定[3]先皇诏，慈宁故国愁。
丹心应已化， 青草为谁留。
愧乏椒浆[4]奠，迟迟过道周。

本诗出自清乾隆《新安县志·丘墓志》。

① 翠华：天子仪仗中以翠羽为饰的旗帜或车盖。引为御车或帝王的代称。

② 珠钿：嵌珠的花钿，多为妇女首饰。这里指懿妃。

③ 温定：懿妃溢号。

④ 椒浆：是用椒浸制而成的酒。因酒又名浆，故称椒酒为椒浆。古代多用以祭神。

题静修祠 〔清〕高景

文靖风清百代殊，莲生原不染泥污。
幸从光霁寻真乐，讵待莼鲈[1]忆五湖。
威凤暂鸣怜世主，祥麟徐步蹈康途。
赏音尚有苏公辈，河朔[2]灵根自大儒。

本诗出自清光绪《容城县志·艺文志》。

① 莼（chún）鲈：引“莼鲈之思”典。比喻思念故乡。

② 河朔：地区名。古代泛指黄河 以北的地区。

题徵君祠[1]　〔清〕魏象枢[2]

金容[3]家世旧儒宗[4]，　四海渊源一派中。
膝下曾立承祖训，　门前弟子坐春风[5]。
纯修妙合程明道[6]，　睿学全追卫武公[7]。
闻说当身浑太极，　年年遥拜岁寒翁。

本诗出自清光绪《容城县志·艺文志》。

① 徵君祠：指孙奇逢祠。

② 魏象枢（1617—1687）：字环极，号庸斋，明朝直隶蔚州（今河北省蔚县）人。顺治三年（1646 年）进士，官至左都御史、刑部尚书。著作有《寒松堂全集》九卷。

③ 金容：即指今河北容城县。

④ 旧儒宗：指孙奇峰。

⑤ 坐春风：如坐春风，像坐在春风中间。比喻同品德高尚且有学识的人相处。

⑥ 程明道：指北宋理学奠基人之一程颢，与程颐为同胞兄弟，世称“二程”。死后北宋时期政治家、书法家文彦博题其墓曰：明道先生。

⑦ 卫武公：姬姓，卫氏，名和，春秋时期卫国第十一任国君，公元前 812 年—公元前 758 年在位。施行先祖卫康叔的政令，使卫国百姓和睦安定。

题忠愍墓　〔清〕魏裔介[1]

何世无龙比，哀君王佐资[2]。
孤坟留易水，碧血黯荒祠。
正气无今古，招魂有岁时。
白沟旧战垒，樵径[3]野风吹。

本诗出自清光绪《容城县志·艺文志》。

① 魏裔介（1616—1686）：字石生，号贞庵，清朝直隶柏乡（今河北省邢台市柏乡县）人。顺治三年（1646 年）进士。官至太子太傅等

职。著作有《兼济堂文集》。

② 王佐资：王，指帝王。佐，辅佐。具有非凡的治国能力。

③ 樵径：打柴人走的小道，喻指杨继盛坟茔。

题静修墓 〔清〕李承光

幽兰圹代结余芬，　几望雷溪[1]夕照曛。
神迹定随箕尾宿[2]，　松楸尚护岱横云。
文雄河朔谁堪拟，　道叶濂关乐与群。
庙貌临流波浪息，　横空佳气正氤氲[3]。

本诗出自清光绪《容城县志·艺文志》。

① 雷溪：即刘因。

② 箕尾宿：星宿名，即箕宿和尾宿。

③ 氤氲（yīnyūn）：湿热飘荡的云气。

题静修墓 〔清〕李进光

白杨萧飒桧龙蹲[1]，　古垄烟荒庙貌存。
断碣数行留岁月，　寒鸦几点送黄昏。
金台高卧北窗稳，　易水长歌吾道尊[2]。
梓里至今仍俎豆，　汉陵风雨已邱园。

本诗出自光绪《容城县志·艺文志》。

① 蹲（dūn）：生长缓慢。

② 道尊：集信仰和知识于一体。

题忠愍祠 〔清〕赵士麟

遗像瞻依易水滔，松风万里助悲号。
忠肝涂地君何忍，劲骨撑天臣独劳。
国破乡关留俎豆，神来雷雨拥衣袍。
英雄快事知无憾，两疏千年恒岳高。

本诗出自清光绪《容城县志·艺文志》。

题建文忠义冢[①] 〔清〕魏麟徵[②]

靖难[③]为家祟[④]，悲风卷白沟。
强藩[⑤]猖蓟[⑥]下，溃卒奋雄州。
气并吞千乘[⑦]，　魂宜聚一邱。
感怀从异代，　无愧汉亭侯[⑧]。

本诗出自民国时期《雄县新志·艺文志》。

①建文忠义冢：民国时期《雄州新志·古迹·冢墓》："忠义冢在县西门外半里，约三亩，有林木有墙垣。明靖难之乱后，义士胡斌收瘗国殇骼胔于此。嘉靖末，知县马绍英买地十亩以补冢之西缺，万历中，乡人建关王庙于上。"

②魏麟徵：清朝福建邵武知州，康熙六年（1667年）进士。

③靖难：平乱。这里指"靖难之役"。

④家祟：指朱棣清除建文帝谋臣。

⑤强藩：指明朝建文帝时期诸藩王。句中指燕王朱棣。

⑥蓟：今天津一带。

⑦千乘：古代战车，形容兵车很多。

⑧汉亭侯：指关羽。这里指雄县忠义冢建有关王庙（关帝庙）。

题忠愍祠 〔清〕孙祚昌[①]

浩气飞虹掩落晖，孤忠誓死竟如归。
生前惟恐尘蒙面，身后何妨血灑衣。
两疏笑谈酬帝简[②]，一腔幽愤结霜飞。
夕阳古篆[③]悲风起，犹是先生铁面威。

本诗出自清光绪《容城县志·艺文志》。

① 孙祚昌：明朝直隶容城（今河北省容城县）人。康熙二十九年（1690 年）进士，初任山东诸城知县，官至刑部员外郎。

② 简：选择、简拔、简选。

③ 古篆：即“古篆遥风”，古代“容城八景”之一。

题静修墓 〔清〕李瑞徵[①]

马鬣[②]何时筑，潜龙此地藏。
乾坤真骨子，河洛大文章。
啮岸狂澜折，牵流翠藻香。
徘徊思不尽，烟水自苍茫。

本诗出自清光绪《容城县志·艺文志》。

① 李瑞徵：清朝直隶容城（今河北省容城县）人，康熙二十九年（1690 年）进士，官至户部主事。

② 马鬣（liè）：坟墓封土的一种形状。

扁鹊祠 〔清〕庞玺

仙伯[①]壶中粒粒春，西方佛子号能仁[②]。
先生用药同仙佛，只解生人不杀人。

本诗出自清乾隆《任邱县志·艺文志》。

① 仙伯：泛指仙人。

② 能仁：意为有能力与仁义的智者。

韩婴墓 〔清〕庞垲

汉朝诗学互争雄，　齐鲁同时擅大名。
海内近崇朱氏[①]学，更无人解说韩婴。

本诗出自清乾隆《任邱县志・艺文志》。
① 朱氏：朱熹。

扁鹊祠 〔清〕边连宝

上池春水授长桑，妙术还能洞[①]一方[②]。
我患诗狂兼酒病，有何症结问医王。

本诗出自清乾隆《任邱县志・艺文志》。
① 洞：洞悉、洞察。
② 方：方剂。引为病情。

韩婴墓 〔清〕边连宝

结发攻诗老未成，朅[①]来展谒古先生。
堂封五尺今何处，秋树斜阳空复情。

本诗出自清乾隆《任邱县志・艺文志》。
① 朅 (qiè)：离去。

题徵君祠 〔清〕胡彧[①]

郎山无分住孙登， 却护苏门[②]色倍增。
千里谈心[③]聊对酒，百年问字得传灯[④]。
当关忍令微言绝[⑤]，论世方知大道兴。
从此漫云深处著， 恐教纁帛[⑥]又来徵。

本诗出自清光绪《容城县志·艺文志》。

① 胡彧：清朝直隶容城（今河北省容城县）人。康熙年间以子戴仁累赠通议大夫，曾参与《容城县志》编修。

② 却护苏门：指孙奇逢晚年隐居河南苏门夏峰村。

③ 千里谈心：指孙奇逢在夏峰治学与故里及各地学友、弟子书信交流。

④ 传灯：佛语，即把佛法一代代的传承下去，传法于他人，如同灯灯相传、心心相印，故名传灯。这里指学问的流传继承。

⑤ 当关忍令微言绝：孙奇逢赴京应试，途中闻父亲过世，随即弃考归乡。准古制，服丧服，筑室墓旁，为父亲守丧三年。偏偏祸不单行，三年期过又遭母丧，孙奇逢心伤之余，仍尊父礼，为母亲服丧三年。孙奇逢的倚庐六载，乡里提及，每每称颂不已。

⑥ 纁（xūn）帛：即纁招，招隐士出仕。

懿妃冢挽诗 〔清〕李龙光

故国悲凉日， 岿然独此丘。
昭阳[①]翡翠冷，长信[②]鹿麋游。
芳梦随雕辇， 幽魂绕御沟。
彷徨一再过， 何限黍离[③]愁。

本诗出自清光绪《容城县志·艺文志》。

① 昭阳：指汉代昭阳宫，昭阳泛指后妃所住的宫殿。

② 长信：指汉代长信宫。

③ 黍离：引黍离愁典。

题旌忠祠 〔清〕爱新觉罗·弘历

捐躯不为逆龙鳞，两疏千言万古新。
直使权臣阴丧胆，何妨烈士显忘身。
降神独翠扶舆气，怀古重过滱水春。
居节丹青藏宝笈，须眉宛是个中人。

居节丹青藏宝笈：内府藏居节所书小像、石渠宝笈上等。

本诗出自《钦定四库全书荟要·御制诗集》。

扁鹊故宅 〔清〕戴鸾图[①]

上医医国次医人，　才号神医便不神。
纵使膏肓[②]无竖子，难防肘腋有谗臣[③]。
咸阳才试囊中药，　郑国翻潸陌上尘[④]。
复郭田多[⑤]归不得，暮年失计是入秦。

本诗出自清道光叶圭书《国朝沧州诗钞》。

① 戴鸾图：清朝沧州（今河北省沧州市）人，道光年间举人。

② 膏肓：形容病情十分严重，无法医治。比喻事情到了无法挽救的地步。

③ 肘腋有谗臣：指扁鹊为秦武王治病，遭秦太医令李醯陷害。

④ 翻潸陌上尘：指扁鹊被秦太医令刺死之事。

⑤ 田多：指扁鹊治好赵简子病后，赵简子赏其田四万亩。

扁鹊墓 〔清〕庞垲

郑水环邱起暮烟，　老翁遥指越人阡[1]。
千年药里埋荒草，　四月[2]人奔拜墓田。
方授怀中知鬼物[3]，医随俗贵[4]费周旋。
年来一卷诗成癖，　国手应须治墨颠。

本诗出自清乾隆《任邱县志・艺文志》。

① 阡：坟墓。

② 四月：农历四月二十八是扁鹊生日，届时乡人祭拜。

③ 鬼物：怪异惊惧事物。此指疑难杂症。

④ 医随俗贵：指扁鹊根据不同地方风俗，施以不同诊治方剂。

恭和御题旌忠祠[1]韵 〔清〕裴福德[2]

当年两疏非批鳞，立志重扶社稷新。
只恨奸邪蒿满目，浑忘酷毒浪加身。
遗容好共青天老，古庙常留翠柏春。
拜罢徘徊瞻仰久，堂堂宇宙一完人。

本诗出自清光绪《容城县志・艺文志》。

① 旌忠祠：即忠愍祠。

② 裴福德：清朝山西永济（今山西省永济市）人，监生。咸丰七年（1857 年）任直隶容城知县。

加印说明

《雄安古诗选》出版发行后，深受读者好评。鉴于首次印刷的 3500 册很快售罄，决定加印并改用精装，以满足文史和诗词爱好者阅读与珍藏。

借加印之际，本着对读者高度负责态度，综合吸纳一些合理化意见和建议，认真通览全篇，对每首诗的字词、语句按不同文献出处进行了认真甄别、考证和校对，最终标准为一首诗被多个文献辑录的，以旧志辑录为准；旧志以较早版本为准；较早旧志版本以作者原籍为准，力求准确再现原作本意。

《雄安古诗选》加印与精装设计，得到了白洋淀历史文化研究院全力支持，雄安新区文化界人士寄予厚望，在此表示衷心的感谢。同时也希望广大读者、专家继续提出宝贵意见！

编者

2018 年 9 月 20 日